마침표 없는 편지

마침표 없는 편지

이춘해 장편소설

창해

삶에서 가장 큰 비극은
사람이 죽는 것이 아니라
사람이 사랑하기를 중단하는 것이다.

The great tragedy of life is not that men perish,
but that they cease to love.

– 윌리엄 서머싯 몸(William Somerset Maugham, 영국 작가)

올 수 없는 메일

세상은 온통 바람에 갇혀 있었다. 나무들이 심하게 휘청거렸다. 야산을 점령한 대나무는 유독 심했다. 그러나 호수 위 달은 크고 순연했다. 얼핏 보름달 같았지만 귀퉁이가 살짝 비어 있었다. 보름을 넘긴 이틀째, 시간은 자정을 향해 다가가고 있었다. 불이 꺼진 거실은 희미했다.

경아는 거실 창가에 서서 호수를 바라보고 있었다. 호수가 거칠게 출렁대고 그에 저항하는 달빛은 오묘했다. 유리창에 들어온 풍경은 움직이는 그림이었다. 경아는 한숨을 푹 쉬고 의자에 놓아둔 패딩 코트를 걸치더니 옷깃을 여미며 발코니로 나왔다. 한겨울 북풍의 실세는 안에서 본 것과 천양지차였다. 바람 소리가 사나운 짐승의 포효 같았다. 나무 밑에 쌓아둔 낙엽도 어디로 날아갔는지 바닥이 휑했다. 계곡 바람은 종종 그렇게 드셌다. 때때로 잔인하기까지 한 현상이 계절을 채근하는 몸짓이란 것은 지천명을 넘긴 뒤에 알았다.

경아는 난간에 팔꿈치를 얹고 두 손을 턱에 괸 채 눈을 감았다. 칼바람이 뺨을 때렸다. 매섭고 차가웠으나 느낌은 시원했다. 온갖 감정이 유입되어 몸이 달아오른 탓이었다. 가슴이 아직도 먹먹했다. 긴장을 풀기 위해 기지개를 켜 보이고 겨우내 접어둔 선 베드를 끌어와 몸을 뉘었다. 그리고 깍지 낀 손을 머리 뒤에 놓고 숨을 몰아쉬었다. 소리가 투박했다. 탄식, 슬픔, 죄책감이 뒤엉켜 있었다.

경아가 형민의 메일을 접한 것은 정오였다. 기다린 적이 없었고, 올 만한 상황도 아닌 메일이 도착한 것은 천지가 개벽할 일이었다. 경아는 한동안 말을 잃었다. 그리고 한 줄 한 줄 읽어 내려가면서 가슴 뜯기는 아픔을 느꼈다. 불과 몇 년 전까지 편히 죽을 자격도 없다며 저주했던 그녀의 반응 같지 않았다. 그녀의 기억 속 그는 비겁하고, 비루하고, 잔인하고, 온갖 추악한 것들로 채워져 있지 않았던가! 그녀에게 그는 오랫동안 그녀 곁에 있었으나 가족을 크게 배신한 사람으로만 기억되어 있었다. 그뿐이었다.

형민의 글은 후회와 죄책감으로 점철되어 있었다. 설움에 사무친 핏덩이가 벌컥거리며 쏟아져 나와 경아 가슴에 덕지덕지 엉겨 붙었다. 절절하고 처절한 글을 읽는 내내 경아는 피를 토하는 통증을 느꼈다. 일찍 용서하지 못한 미안함은 그에게 당한 어떤 것보다 잔인하게 느껴졌다. 그러나 되돌릴 수 없는 시간이었다. 그렇더라도 경아는 용서를 빌었다. 용서하지 못한 그녀를 용서하라고. 그리고 오열했다. 그녀에게 남은 시간이 백년이건, 천년이건 그를 향한 죄책감은 떠나지 않을 것이다.

차례

마약 같은 선물

　형민은 환갑을 바라보고 있었다. 그러나 생체나이는 40대 중반의 건장한 체력이었다. 체격도 매우 준수했다. 삼각구도의 떡 벌어진 가슴과 굵직한 다리는 뭇 남성들의 로망이었다. 햇밤처럼 탱탱한 얼굴도, 말술에 끄떡없는 위와 간도 부러움의 대상이었다. 팔팔하다, 팽팽하다, 짱짱하다는 그를 상징하는 단어가 되어 있었다. 목소리도 한몫 거들었다. 차분하고 조용한 바리톤 음성은 왠지 믿음이 갔다. 무엇보다 큰 무기는 자신의 특성을 잘 활용하는 영악함이었다.

　형민은 여성편력이 심했다. 꼭 있어야 할 부속품처럼 여자가 달려 있었다. 물량공세를 하는 것도 아니었다. 그는 하찮은 것으로 여심을 끄는 재주가 있었다. 우아하게 포장한 장미 한 송이나 달콤한 초콜릿 한 통이 효과적이란 걸 잘 알았다. 고가품이라야 여심을 끌 것으로 믿는 사람들과는 차원이 다른 전략이었다. 그의 가장 큰 씀씀이는 여자가 선뜻 내기 어려운 숙박료 정도가 고작이었다. 그의 여성편력을 책으로 발간한다면 《감성적 연애전략》《만 원으로 여심을 잡다》《감동은 돈이 아니다》 그런 제목이 어울릴 것이다.

반대심리가 도드라진 것도 그의 특징이었다. 예를 들어 신발장에 신발을 넣을 때 다른 신발의 앞부리가 바깥으로 향해 있으면 그는 앞부리를 안쪽으로 놓았다. 경아가 방향을 통일할 생각으로 다른 신발을 그의 것 방향으로 돌려놓으면 그는 또 반대 방향을 택했다. 골탕 먹이려는 속셈은 아니었다. 다른 구석이 있어야 멋져 보인다는 심리가 무의식 세계까지 점령한 것이었다. 반대심리는 언어 사용에도 문제가 나타났다. 장음과 단음을 신기할 정도로 바꿔 말했다. 사랑-사~랑, 나라-나~라 여자-여~자, 이런 식이었다. 경아는 종종 히죽히죽 웃으면서 그를 놀렸다.

"어쩜 그렇게 완벽하지? 너~무 완벽해! 천연기념물감이야."

형민과 경환은 고등학교 동창이었다. 그들은 졸업을 하고부터 잘 만나지 못하다가 최근에 교류가 잦아졌다. 형민이 건축자재 일을 하게 되면서 목포에 자주 들락거린 때문이었다. 경환은 지역 동정에 밝은 지방신문 기자였으며, 형민에게 수주

정보를 알려주는 일에 앞장섰다. 어느 날 형민이 다감하게 말했다.

"경환아! 신경 써줘서 고맙다. 계약이 되면 대가는 톡톡히 치를게."

경환은 속마음을 감추고 말했다.

"무슨 귀신 씨나락 까먹는 소리야? 친구 좋다는 게 뭐니. 친구보다 돈이 좋을 순 없지."

"짜식! 친구도 친구지만 우린 이미 동업자야. 그 이상 좋은 게 어디 있니? 너는 나, 나는 너, 이제부터 우린 하나야. 알았지?"

"나는 너, 너는 나? 햐, 기가 막히다. 좋아, 좋아! 나는 너, 너는 나! 하하하하"

테이블을 가운데 두고 앉아 있던 그들은 호기 있게 손을 그러잡았다가 놓았다. 그리고 수주 건에 대해 한동안 대화를 나눴다. 경환이 몇 가지 정보를 전해주고 나서 말했다.

"좋은 선물 하나 준비했어. 엔돌핀, 도파민 팍팍 쏟아져 나오는 마약 같은 선물."

'선물? 그게 뭘까? 승용차는 아닐 테고.'

선물의 개념이 유형적인 것에 비중을 두게 마련이어서 형민이 궁금해 하고 있는데 경환이 말을 이었다.

"니 일이 스트레스 엄청 받잖아. 암 걸리기 딱 좋은 일이지. 그러니까 오래 살려면 즐길 줄 알아야 돼. 인생 별것 있어?"

그의 일이 스트레스가 많다는 말에 형민은 고개를 젓고 싶었다. 예전에 했던 식품회사야말로 쩨쩨한 일이 많고 스트레스가 많았다. 원가 1원을 줄이려고 기를 쓰는 건 대기업이라도 다르지 않았다. 중소기업과 다른 점이 있다면 처우가 좀 좋을 뿐이었다. 그러나 건축업은 스케일 자체가 컸다. 한 건이 성사되면 그가 취급하는 건축자재만도 작게는 수천만 원, 크게는 수백억 원이 움직였다. 아직 성사된 것은 없었지만 성사 단계에 이른 것이 많다는 것으로 그는 자신감에 차 있었다. 쏟아져 들어올 수입을 생각하면 발가벗고 춤이라도 추고 싶었다. 일찍 그 일을 했으면 결과물이 컸을 거라는 생각이 들고 그동안 소비한 시간이 아까웠다. 접대성 정보를 빼낼 때 기분은 어떤 것으로도 설명이 어려웠다. '마약의 위력이 이런 것일까?' 생각이 들어서 실제로 마약을 해본 뒤에 답을 내리고 싶었다. 그가 군부, 관공서, 대기업을 두루 거친 것도 유리한 조건이었다. 중소기업 명함을 내밀면 시답잖게 여기던 사람들도 고위직과의 친분을 과시하면 태도가 달라졌다.

형민은 경환이 말한 선물이 뭘까, 생각해 봤다.

'엔돌핀, 도파민? 그건 섹스가 최곤데! 혹시 여자?'

형민은 번쩍 스치는 영감을 믿고 기분 좋게 경환을 쳐다봤다. 그때 테이블 위에 놓인 휴대폰이 드르륵 소리를 내며 미끄럼을 타고 있었다. 경환이 형민에게 눈을 찡긋해 보이고 전화기를 들었다.

"하당에 들어왔다고? 알았어. 같이 오는 거 맞지?"

선물의 정체를 알아차린 형민이 웃음을 띠고 경환을 바라봤다. 경환이 전화기를 놓고 느글느글 웃으면서 말했다.

"소개해 줄 여자가 있어. 뒤끝 없는 건 유부녀가 최곤 거 알지? M호텔 사장 변영주 부인인데 헤프긴 해도 놀기는 좋아. 2세 생산할 것도 아닌데 학력, 지식, 그게 무슨 소용이니. 알아서 긁어주는 여자가 최고지. 원래 이름은 경잔데 은희라고 불러."

M호텔 사장이 고등학교 후배라는 것은 형민도 알고 있었다.

형민은 픽픽 웃어가며 말했다.

"짜식! 뭘 그런 데까지."

희숙이 은희에게 말했다.

"너 오고 있는지 묻는다. 떨리지 않아?"

"떨린다기보다는 조금 흥분돼."

"많이 궁금하지?"

"니가 하도 자랑을 하니까 더 궁금해."

"있는 그대로야. 유학파 석사에다 매너도 좋고 외모까지 준수하니까. 옷도 잘 입는 거 보면 부인이 센스가 좀 있나 봐. 볼수록 괜찮은 남자야. 그리고 섹시하단 말했니?"

"아니, 남자가 섹시하다니까 진짜 궁금하다."

"아랫입술이 너무 섹시해. 경환 씨 친구 아니었으면 내가 벌써 차지했을 걸."

"경환 씨 아니었으면 알 턱이 없잖아."

"그런가? 어떻든 소개비나 톡톡히 내. 중매 비용 비싼 건 너도 알지?"

"뭐가 갖고 싶어?"

"부잣집 사모님이니까 명품 한 번 받아보자. 빼라가모 핸드백 하나면 돼."

"까짓 가방이 문제야? 남편하고 각방 쓴 지 20년 다 됐어. 밤만 되면 외로워 죽겠다. 몸이 으스러지게 화끈한 사랑 한번 해보고 싶어."

"참, 박 사장은 소식 없어?"

"여자가 생겼나 봐. 잘됐지 뭐. 안 그러면 형민 씨 못 만날 거 아냐."

"맞아. 우린 남자 복은 타고 난 거야. 남편만 보고 살면 무슨 재미가 있겠니. 너도 남편 덕에 좋은 남자 만나는 거잖아. 남편이 너만 바라보면 어떻게 다른 남자 안아보겠어? 한눈을 파니까 여유가 있는 거지."

"맞아, 맞아! 정말 그러네."

웃음소리가 명쾌하게 차 안을 흔들었다. 어느새 그들은 식당 주차장에 도착했다. 은희는 콤팩트를 꺼내 눈알을 굴리며 얼굴을 다듬었다. 그러고는 차에서 내려 옷매무새를 다듬고 구두를 내려다보았다. 갈색 양피 구두에서 말발굽 장식이 올려다보고 있었다. 손가방에서도 말발굽이 출렁거리고 몸에서는 향수 냄새가 진동했다. 은희는 흐뭇한 표정을 지어 보이고 긴장을 풀기 위해 큰 숨을 들이마셨다. 긴장이 조금 풀리는가 싶은데 허름한 차림의 계집아이가 가슴에서 툭 튀어나왔다. 손등은 거북 등처럼 갈라지고 딱지가 들앉아 있었다. 은희는 손가방을 든 손으로 가슴을 꾹 눌렀다.

'난 어엿한 M호텔 사장 부인이야. 이것 봐. 다 명품이잖아!'

계집아이가 빤히 쳐다보며 조롱했다.

'나야 나, 경자! 너는 나, 나는 너!'

"저리 가지 못해!"

은희는 자신도 모르게 소리를 쳤다.

"왜 그래?"

희숙의 말에 은희가 놀란 눈을 하고 고개를 돌렸다.

"어? 어, 쇠파리가 자꾸 달라붙어서. 아휴, 손도 지저분한 게!"

은희는 또 말실수한 게 걸렸지만 희숙은 관심 없이 들었다. 은희는 그녀를 힐끔 쳐다보고 자세를 가다듬었다. 그리고 발걸음을 옮기는데 여자아이가 자꾸 따라오는 환상에 빠졌다. 은희는 걸어가면서 계속 몸을 털어냈다.

"왜 너한테만 파리가 붙지? 비싼 향수 아는 건가?"

두 여자가 식당에 들어서자 종업원이 사무적인 목소리로 말했다.

"어서 오세요. 예약하셨나요?"

"네!"

"예약하신 분 성함은요?"

"김경환 씨."

"안내해 드리겠습니다."

두 사람은 여자를 따라 왼쪽 복도로 들어갔다. 여자가 방문을 열자 두 남자가 자리에서 일어났다. 은희는 형민의 모습이 상상을 벗어난 것에 놀랐다. 핸섬하기도 했지만 나이를 가늠하기 어려운 동안이었다.

'어쩜 저렇게 탱탱하고 온화할까!'

은희는 멍하니 형민을 바라보며 서 있었다. 경환이 무슨 말을 하는 것 같았지만 단어는 들어오지 않고 소리만 들려왔다. 희숙이 옆구리를 툭 쳤다.

'왜 치고 난리야?'

은희는 속으로 생각하며 고개를 희숙에게 돌리고 짧게 소리를 냈다.

"어? 어!"

은희는 겸연쩍은 표정을 지어 보이고 신발을 벗었다. 형민이 나긋나긋하게 말했다.

"어서 오세요."

'어머, 목소리까지 미성이네!'

은희는 대꾸를 하고 싶었지만 목소리가 의식되어 참았다. 그녀는 목소리에 열등의식이 많았다. 얼굴은 성형을 했다지만 그러지 않아도 밉상은 아닌데 나이보다 10년을 앞선 둔탁한 소리와 최남단 사투리 억양은 노력을 해도 고쳐지지 않았다. 정도가 얼마나 심했던지 점잖은 자리에서 입 열지 말라는 농담을 자주 들어왔었다. 은희는 튀어나올 뻔한 소리를 누르고 방으로 들어갔다.

"말씀 많이 들었습니다. 편히 앉으시지요."

은희는 점잖은 자리에서 입 열지 말라는 말을 생각하며 가성으로 말했다.

"아, 네!"

목소리는 별 탈 없이 흘러나왔다. 은희는 조금 안도하며 다시 입을 열었다.

"저도 말씀 많이 들었습니다."

순간 억양이 흩어지면서 책 읽는 가락이 튀어나왔다. 목소리도 첫 단어까지는 무난했는데 금세 적나라한 소리 맵시로 변해 있었다. 은희는 무안해 죽을 지경이었다. 그러나 다른 사람에게는 무심하게 들렸을 것도 같아서 힐끔 희숙을 쳐다봤다. 희숙은 손으로 입을 가리고 얄궂게 웃고 있었다.

'살던 대로 살지 목소리까지 바꿔 가며 교태를 부리니?' 하는 것 같았다. 은희는 눈을 내리깔고 자리에 앉았다. 얼굴은 달아올랐고 부끄러움의 정도도 심해졌다. 자리에 앉자마자 경환이 형민의 자랑을 늘어놓았다.

"이 친구 이야기 많이 들으셨죠?"

은희가 고개를 끄떡거렸다.

"좋은 학교 나와서 고급공무원을 했는데 얼마나 실력이 좋았으면 까다롭기로 유명한 S사에서 특채를 했겠어요? 그 뒤에도 스카우트 제의가 많이 들어왔지만 다 뿌리치고 벤처기업에서 일하고 있어요."

은희는 진지하게 고개를 끄덕거렸다. 희숙에게 많이 들어왔지만 직접 형민을 옆에 두고 한 말이라서 더 믿음이 갔다. 형민도 싫지 않은 낯으로 경환을 쳐다봤다. 음식이 나오자 그가 말했다.

"맛있게 드세요. 말씀은 많이 들었는데 소문보다 훨씬 미인이셔요."

형민은 깍듯한 예의를 표했지만 속으로는 '하필 저런 여자야! 하고 있었다. 은희는 성형 티가 심하고, 화장이 짙고, 목소리까지 거북했다. 그는 특별히 목소리에 민감했다. 남의 말을 잘 하지 않는 편이었지만 그녀와 비슷한 목소리에도 거북함을 드러내곤 했었다. 그러나 오랫동안 위안거리가 없었기에 소유

개념으로 다가온 여자 앞에서 형민은 존재감을 느꼈다. 경환의 말처럼 2세를 낳을 것도 아닌데 품위보다는 본능적 욕구에 충실할 여자가 필요했다. 천박하여 좋은 청량제가 될 수 있다는 것은 경험으로 터득한 것이기도 했다.

식사를 마친 네 사람은 가벼운 말을 주고받았다. 대화의 대부분은 형민이 이끌었고 은희는 고개를 끄덕거리는 것으로 호감을 드러냈다. 식사가 끝나고 한 시간쯤 지나 그들은 밖으로 나왔다. 경환이 말했다.

"어디 가서 차나 한잔할까?"

"눈치 없기는. 임무 끝났으면 물러가야지."

희숙이 경환을 툭 치면서 말하고 은희에게 눈을 찡긋했다. 네 사람은 약속처럼 소리 내어 웃었다. 은희가 조금 민망한 척 형민을 쳐다봤다.

"낼 연락하자."

경환이 형 같은 포스로 형민의 어깨를 두들기고 희숙의 어깨에 손은 얹고 걸어갔다. 은희와 형민은 그들을 잠깐 바라보다가 주차장으로 향했다. 형민이 차 옆으로 다가가 보조석 문을 열고 말했다.

"타시지요."

은희는 주춤했다. 어찌할 바를 모르겠다는 표정이었다. 은희는 손등을 입에 대고 그를 바라보았다.

"레이디 퍼스트!"

형민이 눈썹을 치켜올리고 좌석 쪽으로 손을 내밀었다. 은희가 황송하다는 표정으로 형민을 쳐다보고 차 안으로 몸을 들였다. 순간 차창에 머리를 살짝 부딪치고 말았다. 그때 손등이 갈라진 계집아이가 키득거렸다. 그렇잖아도 얼굴이 달아올랐는데 더 민망하고 창피했다. 은희는 눈을 한 번 감았다 뜨고 자리에 앉았다. 그리고 문을 닫기 위해 손을 뻗으려는데 문이 벌써 닫히고 있었다. 황송하고, 고맙고, 민망하고, 뿌듯하고, 묘한 감정들이 몰려왔다. 은희는 속으로 말했다.

'이런 남자도 있구나! 이런 남자랑 한번 살아 보고 싶다.'

운전석으로 돌아온 형민이 물었다.

"바닷바람 쐬러 갈까요?"

은희는 미소를 띠고 고개를 끄덕였다. 차가 주차장을 빠져나올 때 형민이 말했다.

"은희 씬 최고의 선물입니다."

"감사합니다."

"차가 불편하시죠? 은희 씨 모시려면 좋은 차로 바꿔야겠어요."

형민은 굴러들어올 수입을 생각하며 말했다. 첫 계약이 성사되면 승용차부터 바꿀 생각이었다.

"이 차도 좋은데요."

은희는 예쁘게 말하려고 애를 썼지만 마음대로 되지 않았다.

"하하하하, 은희 씨 수준에 벤틀리 정도는 돼야죠."

두 사람은 어느새 바닷가에 도착했다. 자동차 문이 열리면서 갯내음이 쏴 하게 밀려왔다. 목포에서 성장한 형민에게도, 섬에서 자란 은희에게도 갯내음은 매우 정감어린 것으로 다가왔다. 두 사람은 차에서 내려 해변을 걸어갔다. 먼 거리의 가로등이 등 뒤에서 어둔하게 비쳐주었고, 길고 희미한 그림자는 그들을 앞서가고 있었다. 멀리 보이는 촘촘한 빛이 도시 근교임을 말해줬을 뿐 파도 소리가 유독 정겨운 밤이었다. 파도는 쉼 없이 밀려와 희뿌연 거품을 게워내고 뒷걸음질 치기를 반복하고 있었다.

형민은 한동안 말을 걸지 않았다. 대신 은희에게 바짝 다가갔다. 그를 향한 그녀의 마음이 울림으로 건너왔다. 그림자에서도 숨소리가 들릴 것 같은 크고 사뿐한 울림이었다. 형민이 입을 열었다.

"바다 냄새가 좋네요. 어릴 때 추억이 많아서 바다 근처에만 와도 좋아요. 은희 씨도 바다 좋아하세요?"

"네."

'너무 좋아해요. 섬에서 자랐거든요.'

그렇게 말하고 싶었지만 목소리를 의식해 말을 아꼈다. 갈급한 욕망에 금을 내고 싶지 않았다.

해변에는 몇몇 연인들이 몸을 맞대고 조용히 속삭이거나 입을 맞추고 있었다. 두 사람은 조급함을 다독이며 천천히 걸었다. 형민이 그녀 어깨에 손을 얹었다. 톡톡톡, 건너오는 진동이 그를 향한 감정임을 그는 알았다. 형민은 기습적으로 은희를 껴안았다. 그녀가 거부할 것을 염려하여 격하게 껴안은 것은 아니었다. 그런 행위가 남자답게 여겨졌고 그녀에게도 강렬한 인상을 줄 것으로 믿었다. 그녀가 비밀한 곳에 동행한 것은 은밀한 약속이 존재한다는 것을 알고 있었다. 형민은 뜨겁고 깊은 키스를 퍼부었다. 은희도 대담하게 입술을 탐했다. 형민에게 여자는 많을수록 좋은 오락 같은 것이었고, 은희에게 남자는 갈급함을 풀어주는 마약 같은 것이었다. 남편에게 외면당한 욕정이 폭탄 같은 위력으로 절규하고 있었다. 여행길에 오른 남편은 기내에 있을 시각이었다. 비행기가 이륙한 지두 시간 치앙마이까지는 네 시간 남짓 남아 있었다.

'흥! 기는 놈 위에 나는 놈 있는 거야. 몇 번째 남잔지 알기나 해? 자그마치 20년을 버려뒀잖아. 살다 보니 이런 남자도 있네.'

은희는 짜릿한 쾌감을 느끼며 남편을 비웃었다. 모처럼 맞은 자유의 시간을 하얗게 새우고 싶었다. 시간이 흐를수록 흥분되었고 손과 입술도 분방하게 튀어 다녔다. 순간순간 개방된 곳이라는 의식이 침투하여 마지막 관문은 이르지 못했지만 욕구는 여과가 없었다. 어쩔 수 없는 속내가 신음으로 흘러나왔다.

　더위가 기승을 부리는 한여름, 형민은 조금 이른 시각에 집으로 돌아왔다.

　"벌써 왔어?"

　경아가 그를 반기며 평소처럼 입을 맞추려 했다. 그러나 형민이 입을 오므리고 고개를 돌렸다. 밤에도 똑같은 일이 벌어졌다. 경아가 잘 자요, 하면서 상반신을 그에게 돌려 입을 맞추려는데 그가 등을 돌리면서 말했다.

　"나이가 몇이야?"

　경아는 꼼짝없이 그의 뒷모습을 바라봤다. 아침저녁 입을 맞추고 살아온 세월이 27년인데 느닷없는 반응을 이해할 수 없다는 표정이었다. 경아는 그동안 알지 못한 뭔가를 깨달았다. '자유롭게 살고 싶으니 당신은 떠나 주시오.' 하는 것 같았다. 며칠 뒤, 그는 속마음을 드러냈다.

　"당신이 자꾸 뒤척거리니까 잠을 못 자겠어. 방을 따로 써야겠어."

　스스로 외도를 시인하는 말이었다. 그는 밤이건 낮이건, 잠자리가 어떻든 5초 안에 잠이 드는 신비한 습성을 갖고 있었다. 딱 한 번 예외가 있다면 이직문제로 고민에 빠졌을 때였다. 그렇더라도 그가 뒤척거린 시간은 10분이 채 되지 않았다.

잠자리에 예민하고 생각이 많은 경아에겐 너무 신기한 일이라서 언젠가 농담을 한 적이 있었다.

"당신에게 불면증을 적용하면 맥시멈 10분인 거 알아요? 아인슈타인보다 더 초인적인 뭐가 있을 거야. 아메바 수면 세포 같은 거."

형민이 목포에 간 날이었다. 경아는 노트북을 덮고 거실로 나왔다. 창가에 자리한 흔들의자가 쓸쓸해 보였다. 경아는 터덜터덜 걸어가 의자를 창가로 돌리고 자리에 앉았다. 정원수 이파리는 성글게 달려 있었지만 붉고 노란 단풍은 찬연했다. 예전 같으면 소녀 같은 감성이 튀어 다닐 가슴에 아릿한 아픔이 스며들었다. 마음을 다독이며 글을 쓰는 동안 뒷모습을 드러낸 가을이 무심해 보였다. 경아는 시무룩하게 앉아서 속으로 말했다.

'가을이 끝나 가는데 왜 그렇게 바보처럼 살았지?'

홀로 보내는 시간이 익숙할 법도 한데 하루하루 낯설고 허전했다. 밥은 살기 위해 때우는 것이 되어 있었고 주말이 되면 진저리나게 외로웠다. 주말마다 밖으로 도는 남편이 원망스럽고 말없이 견뎌온 자신에게 화가 났다. 더는 보탤 수 없는 외로움이 몰려왔다. 경아는 자리를 털고 일어나 드레스 룸으로 걸어갔다. 발꿈치까지도 불만스러웠던지 발자국 소리가 퉁명했다.

"외도를 하면 미안한 마음이라도 있어야지!"

경아는 혼잣말을 하면서 여행가방을 꺼냈다.

경아는 호텔에 짐을 풀고 밖으로 나왔다. 소나무 숲에 둘러싸인 정원에 미미한 바람이 불어왔다. 바람결에 실려 온 솔 내음이 청아했다. 경아에게도 근간에 없었던 설렘이 찾아 들었다.

'이렇게 사는 거야. 나는 나, 너는 너! 그런 사람에게 뭘 더 바라? 이제부터 나를 찾자!'

경아 얼굴에 자조 섞인 미소가 배어나왔다. 어느새 쑥대밭으로 변한 오솔길로 접어들었다. 경아는 쑥대를 훑어 코에 대고 숨을 들이마셨다. 스멀스멀 올라오는 향기 속에서 오논 강가의 허브를 떠올렸다.

"흠! 몽골의 향기!"

대평원의 향기가 파고처럼 일렁거렸다. 갈 수만 있다면 달려가고 싶었다. 대평원을 달리며 말발굽에 피어난 허브의 향기를 만끽하고 싶었다.

'추억할 수 있다는 건 행복인 건가? 그래, 좋은 추억만 생각하자. 나보다 못한 사람도 많잖아.'

이런저런 생각을 하는 사이 작은 마을에 다다랐다. 어느 집 돌담 사이, 들국화보다 작은 괴꽃 한 송이가 삐죽 고개를 들고 있었다. 세월이 연마한 호박돌 속에 앙증맞게 피어난 꽃 한 송이가 사랑스러웠다. 경아는 호기심 많은 아이처럼 사뿐거리며 사진을 찍고 있었다. 그리고 들어줄 사람이 없는 걸 알면서도 연거푸 말을 쏟았다.

"어쩜 이렇게 앙증맞고 예쁠까? 흠! 예뻐라!"

언제 다가왔는지 뒤에서 여자 음성이 들려왔다.

"이 양반도 꽃을 여간 좋아한 갑이네잉."

경아는 소리가 나는 곳으로 고개를 돌렸다. 나이 지긋한 아낙네가 소박한 웃음을 짓고 있었다.

"네, 너무 예쁘네요."

"그라믄 쩌그 우게(위에) 화가 집에나 한번 가 보쇼. 어디서 그런 귀한 꽃들을 갖다 났는지 천지사방이 꽃이여라우. 뭔 남자가 극케도 꽃을 좋아한지 모르겄어!"

아낙네는 외떨어진 곳을 가리키며 말했다.

"그래요? 위로 쭉 가면 되나요?"

경아는 큰 기회를 잡은 것처럼 신이 나서 물었다.

"갈라진 길은 없은께 잘못 갈 일은 없을 것이요. 이쁜 꽃 보먼 나 있는 쪽에다 큰절이나 한번 하쇼잉!"

경아도 아낙네도 크게 웃었다. 경아는 인사를 꾸벅하고 길을 따라 올라갔다. 잡초만 무성한 흙길이었다. 멀지 않은 곳에 큰길이 있는 걸로 보아 옛길이란 것을 알 수 있었다. 자동차 바퀴에 패인 흙길에는 질경이가 무리를 이루고, 길옆으로는 쑥부쟁이와 구절초가 세 다툼을 하고 있었다. 경아는 눈에 띄는 것들을 들여다보고, 만져보고, 해찰을 부리면서 천천히 걸었다. 모처럼 찾은 여유가 고마웠다.

"아! 좋다. 자연은 역시 좋아!"

경아는 혼잣말을 하기 위해 지리산에 온 것처럼 말을 계속했다. 문득 그런 자신을 의식하고 속으로 말했다.

'그렇게라도 했으니까 버텨왔지 안 그랬음 미쳤을 거야. 맞아, 난 혼자서도 잘 노는 여자야. 혼자서도 잘 노는 조용한 여자!'

그러고는 씩 웃었다. 쉬엄쉬엄 걷다 보니 배롱나무 사이로 화가의 집이 보였다. 크기가 각각 다른 청자 조각으로 지붕을 한 황톳집이었다. 까만 옹기지붕은 흔히 보아왔지만 청자지붕은 처음이었다. 가우디의 모자이크 건물이 연상되는 집이었다. 가다, 쉬다 다다른 화가의 정원은 그녀의 시선을 아낌없이 사로잡았다. 원래 지형을 자연스럽게 잘 살린 정원이었다. 정원 한쪽 구릉을 이용한 작은 연못에 부레옥잠과 창포가, 연못 경계석인 큰 돌 사이에 말발도리가 무리를 이루고 있었다. 가을빛에 물든 말발도리 작은 이파리가 바람결에 하늘거렸다.

'말발도리 꽃이 참 예쁘지. 청순하달까, 소박하달까! 소박함은 때때로 지극히 화려한 것도 같아. 꽃이 져버려서 아쉽다.'

정원과 연결된 낮은 언덕에는 쉰 살 안팎의 화가가 들국화를 따고 있었다. 경아는 야생화에 눈이 팔려 인사마저 잊고 있었다. 곧 하늘을 향해 속곡을 드러낸 용담을 발견했다. 큰 꽃을 가운데 두고 양쪽으로 꽃송이가 점점 작아지며 대칭을 이루고 있었다.

"어머! 영락없이 신부 면류관이네! 신기해라. 어쩜 이렇게 예쁠까!"

화가가 허리를 펴고 웃어 보였다. 언제부터 거기 있었어요, 하는 눈빛이었다. 그러고는 다시 꽃을 따기 시작했다. 경아는 가둬두었던 말들을 풀어 놓았다. 숨죽였던 말들이 흥겹게 튀어나왔다. 질서쯤이야 없으면 어떠냐는 듯.

"타샤 튜더 정원이 따로 없네, 정말! 이것 좀 봐. 할미꽃도 있고, 초롱꽃도 있고, 매발톱도 있고……."

마른 이파리만 보고도 경아가 알 수 있는 꽃들은 많았다.

"가을이라 이파리만 남았구나. 봄에는 정말 좋았겠다."

경아는 쉬지 않고 말을 했다. 화가가 들어주기를 바라지도 않았고 혼잣말이 부끄럽다는 생각도 하지 않았다.

"어머나, 갯국도 있고 섬패랭이도 있네. 정말 천국이다. 이렇게 꽃을 보고 살아야 사는 맛이 나지. 이건 노루귀잖아! 이른 봄꽃인데……."

강아지처럼 폴짝거리며 쉴 새 없이 말을 하는, 혼자 묻고 대답하는 모양이 천진한 아이 같았다. 화가가 입을 열었다.

"성품이 참 맑은 분이시네요. 야생화도 많이 아시고."

화가 얼굴에 무척 재미있는 여자구나, 하고 씌어 있었다.

"야생화를 좋아하거든요. 할미꽃하고 풍로초를 특히 좋아해요. 베란다에서 길러 보니까 풍로초는 그런대로 되던데 할미꽃은 안 되더라고요. 색깔도 안 나고."

"야생화는 별나게 대접해도 자연을 벗어나면 싫어해요. 저 할미꽃은 한 뿌리씩 심었는데 3, 40개씩 꽃대가 올라왔는걸요. 내년에는 훨씬 많이 필 거예요."

"우와! 정말 환상이겠다. 할미꽃은 어릴 때부터 좋아했어요. 융단처럼 이중 빛을 띠는 게 신기해서요. 그런 꽃이 별로 없잖아요. 이렇게 예쁜 꽃을 왜 할미꽃이라고 했을까, 의아했고요. 할머니처럼 구부러져서 그런 줄 알았는데 전설이 따로 있더라고요. 선생님도 할미꽃 좋아하세요?"

경아는 곧 하나 마나 한 말을 했다고 생각했다. 화가가 엷은 웃음을 띠고 바구니를 들어 올리며 말했다.

"좋아하지요. 아주 좋아합니다. 괜찮으시다면 국화차나 한 잔하실까요?"

"정말이세요?"

경아는 경계심 없이 말하고 그의 청을 기다렸던 듯 그를 따라 집 안으로 들어갔다. 거실에 들어선 경아는 또 한 번 놀랐다. 폐품에 불과한 것들이 근사한 미술품으로 변신해 있었다. 낡은 빨래판이나 도마 같은 생활용품에 감물을 바르고 돌가루와 청동을 부식시켜 완성한 것들이었다. 부식한 동과 나무가 빚어낸 청록의 조화는 천년 저 너머 세월까지 허물어 버렸다. 경아는 튀어나오는 감탄을 그대로 나타냈다.

"선생님 작품은 단아하고 기품이 넘치네요. 소재도 예사롭지 않고……."

"홍수에 밀려온 것들로 작업했어요. 누군가 귀히 썼던 것인지, 낡아서 버린 것인지, 쓸 만한 게 있더라고요. 무생물에 불과하지만 생명체를 대하듯이 대화하면서 작업을 했지요. 선생님이 꽃을 보고 혼잣말을 하신 것처럼."

경아는 진지하게 고개를 끄덕였다. 화가는 경아에게 Y자형 다상 앞에 앉기를 권하고 주방으로 갔다. 다상은 자연스런 갈색을 띠고 있었는데 1자 부분이 V자 부분보다 조금 길었고, 폭은 V자 부분이 조금 넓어 보였다. V자 가운데가 나무껍질이 채워져 있는 걸로 보아 두 개의 가지가 붙어 자랐다는 것을 알 수 있었다. 다상 위, 거친 질감의 다기와 깨진 도자 조각 받침들도 예술적이었다. 경아는 세월의 흔적을 다소곳이 담아낸 다상을 찬찬히 들여다봤다.

'정말 근사하다. 어쩜 이렇게 색감이 고울까?'

경아가 정감 있게 다상을 들여다보고 있는데 화가가 포트를 들고 나왔다. 그는 다상 앞에 양반다리를 하고 앉았다.

"다상도 근사하네요. 모양도 좋고 색도 좋고, 이렇게 고상한

다상은 처음이에요."

"지인이 통나무를 주셔서 자르고, 사포질하고, 감물을 바르고 말리기를 여러 번 반복했지요. 가죽나무예요."

화가는 옹기에서 마른 국화를 꺼내 숙우에 넣으며 말했다. 곧 숙우에 물을 부어 국화를 헹구고 그 물로 찻잔을 헹궜다. 다시 숙우에 물을 붓자 국화가 생기를 찾고 통통 살이 올랐다. 이내 안개처럼 향기가 퍼져나갔다. 화가가 찻잔에 차를 따랐다. 경아는 목례를 한 뒤 찻잔을 들어 올려 향내를 맡았다.

"향이 정말 좋네요. 전통차 마실 때는 마음가짐이 달라지는 거 같아요."

"다도를 즐기는 것은 그런 이유도 좀 있겠지요. 그런데 커피에 길들여진 분들은 아무리 좋은 차를 드려도 매력을 못 느껴요."

두 사람은 한동안 다도에 관한 이야기를 나눴다. 얼마만큼 시간이 지나 경아가 화제를 바꿨다.

"건축자재 값이 많이 올랐다면서요? 저도 일이 잘 풀리면 전원주택 하나 짓고 싶은데."

"건축 일은 꼼꼼히 알아보셔야 돼요. 업자들이 천태만상이거든요. 그 분야에 잘 아는 사람이 있으니까 원하시면 제가 알아봐 드릴게요. 직영으로 하면 많이 절감되거든요."

"그렇게 해주시면 너무 고맙죠. 그리고 봄꽃 필 때 연락 좀 주세요. 꽃철만 되면 벼르는데 서울에 있으니까 절정기를 놓치게 되더라고요. 눈 속에 핀 얼음새꽃을 꼭 보고 싶어요."

"기억해 뒀다가 연락드릴게요."

"몇 년 전에 보니까 근처에 홀아비꽃대 군락지가 있던데 철
쭉하고 같은 시기에 폈던 것 같아요. 근데 왜 홀아비꽃대라고
하는지 모르겠어요. 너무 수수해서 그랬을까요? 홀아비 같지
는 않던데."

화가는 또 껄껄 웃었다.

형민은 은희를 알고부터 휴대폰 관리에 촉을 세웠다. 아침
이 되면 휴대폰부터 챙겼고, 평소 운전할 때 컵 홀더에 놓던
휴대폰을 왼쪽 바지 주머니에 넣어뒀다가 전화가 오면 왼손으
로 전화를 받았다. 그러나 약간의 청력장애가 있는 그가 조절
해둔 소리는 조금 컸다. 상대방 목소리가 경아에게도 들린다
는 것을 그는 몰랐다. 그는 전화를 받을 때 경아가 곁에 있고
없고를 은희가 알 수 있도록 암호를 썼다. 경아가 있으면 '경
환아!' 했고, 없으면 정중하고 정겹게 '접니다.' 했다. 은희는
'경환아!' 소리가 들리면 전화 잘못 걸었다며 얼른 전화를 끊었
다. 집이 넓은 것도 은밀한 행동을 하기에 편리했다. 경아와
멀리 떨어진 방에서 통화를 하면 경아는 까마득히 몰랐다. 경
아가 있을 때 문자가 오면 '또 대리운전이다' 하면서 문자를 지
웠다. 문자 지우는 걸 노동처럼 여기던 그가 즉시즉시 지우는

것은 스스로 빌미를 제공한 셈이었다. 잠자리에 들 때 휴대폰을 패밀리 룸에 두는 것도 하나의 작전이었다. 패밀리 룸에 처음으로 휴대폰을 놓던 날, 그는 그럴싸한 핑계를 댔다.

"대리운전 문자가 많아서 당신 잠 깰까 봐 그래."

'휴대폰 가진 지 20년인데 느닷없이 거룩한 수면? 당신이 안전하다고 생각한 곳이 훔쳐보는 데도 안전한 거야.'

경아는 속으로 생각하면서 코믹하게 말했다.

"여자 있는 거 알고 있으니까 빨리 정리하세요. 시끄러워지기 전에."

형민은 말도 안 된다는 듯이 진중하게 말했다.

"이 나이에 여자는 무슨 여자."

"당신 이마에 연애한다고 씌어 있거든. 운전하면서도 문자지우는 이유가 뭐겠어?"

형민은 전율을 느끼며 말했다.

"당신한테 배운 거지."

"방 안에서도 알 건 다 아니까 좋게 말할 때 끝내셔! 여자는 유부녀고 회사 안에 있어."

경아가 유부녀라고 추측한 것은 동물적 감각이었다. 형민은 종종 다섯 시 경에 직원들과 식사 중이라는 전화를 해왔고, 그런 날은 평소보다 일찍 들어왔다. 그를 만나는 여자가 저녁식사를 준비하는 주부임을 짐작할 만한 것이었다. 그때마다 경아는 속으로 말했다.

'당신 사장이 그 시간에 직원들 풀어줄 정도로 너그러워? 차라리 고객 만난 것처럼 하는 게 낫지.'

형민은 경아 말을 흘려보냈다. 되레 회사 안에 여자가 있다는 말에 안심했다. 경아는 그가 여자를 만나고 있다는 것에 비중을 두고 말했지만, 그는 회사 안에 그의 여자가 없다는 것에 초점을 두고 대꾸했다.

"당신이 회사 와서 확인해 봐."

형민은 당당하게 말했다. 그러나 꼬리까지 감추지는 못했다. 어느 날, 그가 술에 취해 인사불성이 되어 들어왔다. 장작불에 넣어도 모를 지경이었다. 그런데도 휴대폰은 패밀리 룸에 잘 모셔두고 잠이 들었다. 반복적인 행위로 길들여진 치밀함이었다. 경아는 곯아떨어진 그에게 눈을 흘기고 패밀리 룸으로 들어갔다. 그가 잠에서 깨어나려면 적어도 여덟 시간, 갈 수만 있다면 금강산까지도 다녀올 여유가 있었다.

'혼수상태인데 뭔 짓을 한들 알게 뭐야. 휴대폰을 팔아먹어도 잃어버린 줄 알겠지. 잡히기 싫으면 정신은 놓지 말아야지.'

경아는 긴장을 하며 통화기록 버튼을 눌렀다. 이름이 적혀 있지 않은, 같은 번호 네 개가 줄줄이 누워 있었다. 010 6388 50××! 하나는 전화기 그림이, 세 개는 봉투 그림이 있었다.

'전화 한 번, 문자 세 번? 이 정도면 잘 아는 사람일 텐데 이

름도 입력 안 했단 말이야? 머리 쓴다는 게······.'

그러나 그것은 집에 들어오기 전 두 시간 기록에 불과했다. 그전 기록은 술을 마시기 전에 정리를 했었다. 경아는 또 문자함을 열었다. 문자함은 깔끔하게 비어 있었다.

'들키고 싶지 않다?'

경아는 허탈한 심경으로 최근기록을 눌렀다. 곧 집에 도착하기 전에 한 시간이나 통화한 것을 발견하고 말을 잃었다. 얼굴이 달아올랐다.

'청소를 하려면 안방 건넌방 다 해야지. 통화기록은 두고 내용만 지우면 돼?'

경아는 여자를 희롱하고 싶었다. 입을 앙다물고 자판에 손가락을 올렸다. 그때 문자가 들어왔다.

〈도착하셨어요? 전화로 하자더니. 벌써 벗었는데…〉

경아는 숨구멍이 조여드는 충격을 느꼈다. 곧 소리가 터져 나올 것 같았고 가슴은 좀처럼 가라앉을 기미가 아니었다. 경아는 한동안 전화기만 쳐다보다가 혼잣말을 했다.

"세상에! 프로젝트 핑계로 서재에 얼씬도 못 하게 하더니 폰섹스 프로젝트였어? 각방 쓰자고 한 이유가 그거였냐고? 미쳐도 곱게 미쳐라."

경아 목소리가 떨렸다. 그런 중에도 적나라하게 문자를 보냈다.

〈당신에게 깊숙이 들어가고 싶어. 여우가 들락거려서 전화를 못 하겠네.〉

금방 답이 날아왔다.

〈미칠 것 같아요. 떨어져 사는 건 고통이야. 러뷰!〉

경아는 휴대폰을 꽉 쥐었다. 금방이라도 괴성이 터져 나올 기세였다. 답을 하려고 자판을 두들기고 있었지만 자음과 모음이 갈팡질팡 튀어 다녔다. 쓰고 지우고를 반복하고 있는데 또 문자가 들어왔다.

〈너무 흥분하셨나 봐요. 문자도 못 할 만큼. 당신 샘은 넘치는데.〉

경아는 눈을 꼭 감았다. 마치 두 사람의 정사신을 눈앞에서 본 것처럼 가슴이 후들거리고 숨이 찼다. 한참 뒤에야 눈을 뜨고 자판을 두들겼다. 그러나 글씨가 제 맘대로 튀어 다녔다. 쓰고 지우고를 반복하다 겨우 문장을 완성했다.

〈맞아, 녀석이 단단히 화가 났나 봐. 목이 탄다. 잘 자. 러뷰!〉

경아는 한동안 문자를 들여다보고 앉아 있다가 삭제했다.

형민은 출근하자마자 은희에게 전화를 했다. 은희가 아양을 떨면서 말했다.

"어젯밤에 그렇게 흥분하셨어요?"

"무슨?"

"폰섹스 대신 문자했잖아요."

형민은 주춤했다. 무슨 문자를 보냈는지 기억이 없었다. 다만 집에서는 늘 문자를 지우곤 해서 어제도 그랬으려니 생각했다. 곧 어젯밤에 필름이 끊겼다는 걸 기억해냈다.

"아! 당신 목소리만 들어도 흥분하는 거 알잖아요."

"깊숙이 들어오고 싶다면서 그냥 자면 어떻게 해요. 화가 났으면 달래주고 잤어야지, 안 그래요? 당신 생각나서 한숨도 못 잤단 말예요."

"아, 알았어요. 오늘 밤엔 실수 없이 할게요. 충성!"

"어제 문자는 너무 정겨웠어요. 반말 쓰니까 더 가깝게 느껴지고."

"아, 그랬어요? 너무 흥분돼서 길게 쓸 겨를이 없었어요."

형민은 말을 하면서도 고개를 갸우뚱했다.

경아가 지리산에 다녀온 지 4개월이 지나 있었다. 사람들의 옷차림에도 변화가 일었다. 두툼한 패딩이 주류를 이뤘지만 감각 빠른 여성들은 봄을 연출하고 있었다. 지리산에서도 꽃소식이 날아들었다. 경아는 여전히 쳇바퀴만 돌려온 것에 혀를 찼다.

'무슨 미련이 있어서 이 생활을 벗어나지 못하는 걸까!'

한 푼이라도 아끼겠다며 글을 쓰는 것으로 소일해온 자신이 바보 같았다. 경아는 지난가을 지리산에서 자신을 찾기로 다짐했던 것을 떠올리며 형민에게 말했다.

"내일 지리산에 가볼래요. 간 김에 사나흘 쉬다 올래."

"나도 내일 목포 가는데 가는 길에 태워다 줄게."

그가 수주관계로 목포에 가는 것인지 여자를 만나러 가는 것인지 경아는 알지 못했다. 다만 말을 함부로 하거나 트집 잡는 일은 근간에 없었다. 지리산 가는 길, 예전 같으면 먼저 손을 잡았을 그가 말없이 운전만 하는 것에 경아는 소외감을 느꼈다. 건강하게 여행을 한다는 것으로 위안을 삼았지만 마음은 언짢았다.

지리산은 봄기운이 스멀거렸다. 햇볕이 풍성한 곳에는 냉이, 광대나물, 봄까치풀이 꽃을 피웠고, 화가의 정원에도 봄을 알리는 생명체가 움을 틔우고 있었다. 수선화는 한창 꽃대를 올리고 있었고, 매화도 봉긋 봉오리를 터트릴 기세였다. 화가는 반갑게 두 사람을 맞아주었다. 현관에 들어서자 은근한 매화향이 스르르 밀려왔다. 경아는 향기의 행방을 찾아 고개를 돌렸다. 다상 위, 그가 손수 빚은 항아리에 길게 축 휘어진 매화 가지가 늘어져 있었다.

"매화 향이 너무 좋아요."

"일찍 꽃을 볼 수 있는 건 시골 생활의 매력이죠. 봉오리 진 걸 꽂아두면 이렇게 꽃이 피니까요."

"꽃도 예쁘고 구도도 너무 좋아요."

경아는 매화가 담긴 항아리에 시선을 모으고 말했다. 가마 속 땔감에서 튀어나온 송진이 잘 배어난 살구빛 항아리는 유약 도자와는 다른 귀품이 있었다. 하찮은 것 하나까지 감각적으로 꾸며진 것에 형민도 놀랐다. 화가는 그들 부부를 다상으로 안내하고 차를 올렸다. 녹차와 매화 향이 은근하게 떠다녔다.

"맛이 순하고 좋네요. 발효찬가 봐요."

"맞습니다. 보이차 정도는 아니지만 정성 많이 들였습니다."

"선생님은 지루할 틈이 없으시겠네요."

"오히려 시간이 부족하지요. 책 보는 시간이 직장에 다닐 때 보다 부족해요."

세 사람은 얼음새꽃을 보기 위해 화가의 집을 나섰다. 계곡 으로 통하는 길은 양쪽으로 대나무 숲이 자리하고 있었다. 경 아가 탄성을 질렀다.

"어머, 대나무 숲이다. 난 집을 지으면 꼭 대나무를 심을래 요. 비오는 날 턱 괴고 누워서 빗방울 소리 듣는 거 상상해 봤 어요?"

"서정적이시네요. 대나무 이파리와 빗방울의 조화라!"

바람이 씽 불어왔다. 대나무는 바람이 불 때마다 휘~~ 소 리를 내며 휘청거렸고 새들도 소리를 높였다. 삐우 삐우, 끼르르륵! 처음 들어본 새소리도 있었다. 모두 새소리에 심취하여 아무도, 아무런 말도 하지 않았다. 인간의 소리는 바스락바스락 낙엽 밟는 소리뿐이었다. 말하지 않아도 서로의 느낌과 내면의 소리를 들을 수 있었다. 대나무 가지에는 날개가 파란 물까치가 떼 지어 앉아 있었다. 농산물을 마구 헤치는 새라지만 빛깔이 너무 예뻤다.

'오호라! 행복의 파랑새!'

경아가 속으로 말했다. 아쉽게도 물까치는 인기척을 느꼈던지 푸드득거리며 하나둘 자리를 떴다. 경아는 걸음을 멈추고 새들이 날아간 방향을 바라보았다. 다시 걸음을 옮기면서도 대나무 숲을 두리번거렸다. 그때 날개 끝이 까만 노란 새 두 마리가 뒤에서 나타나 앞으로 날아갔다.

"어머, 꾀꼬리! 정말 오랜만이다. 당신 기억나요? 캐나다 집에서 많이 봤는데."

"아, 어디서 봤나, 했는데 캐나다였구나!"

"좋은 분들 오시니까 꾀꼬리가 반겨주네요."

"기분이 너무 좋네요. 우리나라에서 꾀꼬리는 처음이에요."

꾀꼬리가 자취를 감춘 뒤에도 경아 시선은 꾀꼬리가 사라진 자리에 머물러 있었다. 몇 걸음 걸어가자 낙차를 느낄 만한 물소리가 들려왔다. 경아는 물소리에 귀를 기울이며 걸었다. 대나무 숲이 끝나자 폭이 20미터쯤 되는 계곡이 나타났다. 수많은 바위가 층을 이룬 계곡에 폭포를 이루며 떨어지는 물줄기를 보고 경아는 또 감탄을 쏟았다.

"와~~."

"계절에 따라 다르긴 하지만 사계절 물이 마르지 않아요. 비가 오면 한동안 장관을 이루는데 지금은 소박하고 아기자기한 멋이 있지요."

"정말 그러네요. 숲도 좋고, 물도 좋고, 공기도 청아하고, 청정지역이네요."

"담비가 여기까지 내려온 거 보면 청정지역 맞아요."

"담비요? 그거 천연기념물 아니에요?"

경아는 눈을 휘둥그렇게 뜨고 말했다.

"천연기념물 맞아요. 멸종 위기종인데 얼마나 날렵하고 예쁜지 몰라요. 녀석들은 혼자 다니는 법이 없어요. 꼭 무리 지어 다니더라고요."

"제가 왔다고 꾀꼬리는 나와 줬는데 담비도 그랬으면 좋겠다."

경아 말에 모두 소리 내어 웃었다. 경아는 발길을 멈추고 계곡을 바라보았다. 듬직하게 자리한 거대한 바위와 평상처럼 넓적한 바위 마당, 그리고 옥빛 물을 담은 구릉, 일부러 빚어낸들 이렇게 조화로울까 싶었다. 물에 잠겨 있건, 물 밖에 나와 있건, 세월이 연마한 호박돌 하나까지도 예술품 같았다. 경아는 거대한 예술품 속에서 계곡이 빚어낸 교향곡에 귀를 기울렸다. 계곡을 따라 내려온 물은 섬진강을 거쳐 남해에 다다를 것이고 대평양이건 대서양이건 자유롭게 흘러가 국적과 근본을 따지지 않는 공동체가 될 것이었다.

"어쩜 이렇게 맑을까? 명경지수란 말이 이런 거겠죠?"

"오래오래 보존돼야 할 텐데. 설마 여기까지 개발하지는 않겠지?"

경아와 형민은 모처럼 주거니 받거니 하면서 물을 건넜다. 앞서가던 화가가 발길을 멈추고 말했다.

"여기예요."

계곡 옆 바위 밑에 얼음새꽃 두 송이가 얼어붙은 잔설 속에 고개를 내밀고 있었다.

"어머나! 얼음새꽃! 이름하고 너무 잘 어울려요. 눈 속에서 핀 건 어쩜 이렇게 분위기가 다를까? 바위 옆에 있으니까 더 멋지네요."

웃음 섞인 말이 오가고 있을 때 화가의 휴대폰이 울렸다. 화가는 몇 마디 하고 전화를 끊더니 친구가 찾아왔다며 데려오겠다는 말을 남기고 자리를 떴다.

"햐~~ 역시 자연이 좋구나! 당신처럼 글 쓰는 사람은 이런 곳에 살아야겠다. 좋은 자연에서는 영감도 좋을 거 아냐! 온 김에 좋은 부지 있으면 계약해 둬."

"그럴 형편이 아니잖아요."

"형편이 아니라니? S아파트 건 곧 된다고 했잖아."

경아가 무슨 소린가, 하는 눈빛으로 그를 쳐다봤다. 형민은 그때서야 경아가 아닌 은희에게 말했다는 걸 깨달았다.

"바쁘게 뛰어다니느라 깜박했나 봐. S사에서 전국적으로 아파트 2만 세대를 분양하는데 새시, 창틀, 다 우리 거 사용하기로 했어. 이건 대박이야. 당신은 걱정 말고 글이나 써."

"2천 세대도 아니고 2만 세대요?"

"그렇다니까. 약속한 전원주택은 근사하게 지어줄게. 당신이 좋아하는 돌집으로. 여기는 애들이 귀국할 때 불편하니까 서울 집을 베이스캠프로 두고 오고 싶을 때 와서 살면 되겠네. 당신 좋아하는 닥우드(Dogwood-층층나무과에 속한 미국 산딸나무)도 많이 심고. 요즘엔 우리나라에도 닥우드가 제법 보이던데? 지우 피아노 콘테스트 나갈 때 당신이 닥우드 화관 만들어줬잖아. 나중에 지우가 딸을 낳으면 그 녀석도 그렇게 해줘."

"어떻게 그런 큰 건을 뚫었어요?"

"나 마당발인 거 잘 알잖아. 신동기 선배가 일본까지 진출해서 설계도에 이미 우리 제품 넣었어. 공사 끝에 들어가는 제품이라 시간은 좀 걸리지만 엄청난 액수야."

"이제야 일이 되려나 보다. 내가 말했잖아요. 열심히 하면 기회는 있는 거라고."

"당신이 참고 기다려준 덕분이야."

형민의 목소리는 낭랑하고 신이 나 있었다.

"공사비 20퍼센트면 어마어마한 거야. 제조원가나 영업이익 상관없이 매출의 20퍼센트니까 천문학적 숫자라구. 3, 4년 뒤엔 계산도 어려울 거야. 대기업 임원, 그거 허울만 좋지 연봉 얼마 돼?"

그때 화가가 돌아와 친구를 소개했다. 서로 인사를 나누고 나서 형민이 화가에게 말했다.

"택지 좋은 거 나오면 연락 좀 해주세요. 이 사람은 물을 좋아하니까 섬진강 조망권을 우선으로 하시고요. 고향 집 앞에 냇가가 있었대요. 어릴 때 추억이 있어서 강이나 호수를 보면 깜박 죽어요. 얼굴은 도시형인데 지나치게 서정적인 게 도시형 촌사람이라고 해야 하나? 하하하하."

화가도 화가의 친구도 함께 웃었다.

봄이 조금씩 무르익고 있었다. 휴일 아침, 넥타이를 매던 형민이 거울 속 제 모습을 보면서 말했다.

"결혼식 끝나고 한잔하다 보면 늦어질 거야."

TV에서는 조지 W 부시와 백악관 화면이 비쳐지고 있었다. 경아는 형민의 말을 무시한 채 TV에 시선을 모으고 푸념처럼 말했다.

"올해도 닥우드(Dogwood) 보기는 글렀구나, 연말에 종부세

환급받으면 내년에 가야지."

경아가 긴 여행이라도 떠나길 바랐던 형민은 팔짝 뛰고 싶었다. 긴 여행은 비용 때문에 망설이고 있었는데 미국은 적은 비용으로 오래 머물 수 있는 곳이었다. 미국에는 각별하게 지낸 지인들이 많았고, 경아 동생 용희도 보스턴에 살고 있었다. 형민은 웃음이 기어 나오는 걸 절제하고 말했다.

"이번에 다녀와."

"여유도 없는데 어떻게 가요?"

"조지 버나드 쇼(George Bernard Shaw) 묘비에 이런 글이 있어. 〈우물쭈물하다 내 이럴 줄 알았다.〉 뭐든 하고 싶을 때 해야 후회하지 않는다는 거야. 기왕 갈 거 빨리 가는 게 낫지 내년에 무슨 일이 벌어질지 어떻게 알아. 평생 써도 못 쓸 만큼 벌어 온다는 데 무슨 걱정이야. 이제부터 여행 다니는 재미로 살아."

형민은 눈까지 찡긋하며 말했다. 목소리는 낭랑했고 눈빛은 영롱하고, 온갖 좋은 기운이 얼굴에 넘쳐났다. 경아는 '여자가 마력이야?' 생각하며 언짢은 듯 말했다.

"주제넘게 뭐하러 지금 가. 종부세 천만 원 받으면 갈래."

"이 사람이! S사 거 금방 된다고 했잖아. 자그마치 2만 가구야. 당신 왜 이렇게 작아졌어? 모든 게 잘 되고 있으니까 쩨쩨하게 굴지 말고 쓰고 좀 살아. 돈은 쓰는 사람에게 들어오는 거야. 당신이 많이 써야 내가 많이 벌지. 돈 세는 재미로 살게 해줄 테니까 건강할 때 많이 다녀. 우리는 지금 건강하게 살고 있지만 늙으면 하루가 다르대. 조카들도 당신 좋아하니까 처남 집에서 푹 쉬고 와. 나도 그레이트 폴스도 보고 싶고, 포토맥 강변도 달리고 싶고, 당신이랑 다녔던 곳 다 보고 싶은데 바빠서 못 가니까 당신이라도 다녀와. 한사람이라도 즐겨야지, 안 그래?"

형민은 경아가 미국에 가지 않으면 지구가 파멸할 것처럼 말했다. 그러나 경아는 대꾸하지 않고 TV 화면만 바라봤다. 형민이 목에 힘을 주며 말을 이었다.

"늦어도 두 달 뒤엔 계약이 될 거야. 계약만 되면 곧바로 계약금이 들어오고 성과급도 바로 지급돼. 그러면 2억이 들어온다는 얘기고, 연말까지 10억이 더 들어오니까 쓸 궁리만 해. 대중교통 고집도 그만하고. 싸모님이 지하철만 타고 다니면 되겠어? 뭐 사줄까? 벤츠? 아냐, 그건 너무 흔하니까 벤틀리 어때? 롤스로이스까지는 못 사줘도 그건 사줄 수 있어."

"벤틀리고 롤스로이스고 알지도 못하고 관심도 없어. 차 끌고 나가면 고생인데 뭐하러 사. 시간 잘 지키는 전철이 젤 좋아."

"많은 돈 다 뭐할 건데? 내년 봄만 해도 10억 넘게 들어오고 1년에 30억, 40억 그냥 굴러올 텐데 어디에 쓸 거냐고? 소비가 살아야 경제가 산다는 거 잘 알잖아. 소비는 미덕이란 말이 그래서 있는 거야. 농담 아니니까 친구들하고 놀러나 다녀. 경비는 얼마든지 대줄 테니까 평생 놀러만 다니라고. 미국 가는 거다, 오케이?"

"차는 됐고 미국 가는 건 생각해 볼게."

"생각은 무슨 생각. 어제 죽은 사람이 가장 동경한 날이 오늘이래잖아."

형민은 여느 때보다 달콤하게 구슬렸다. 경아를 벗어나고 싶은 마음이기도 했고, 외도에 대한 보상이기도 했다. 경아도 가고 싶은 마음은 간절했지만 갈등이 일었다. 아직 여유가 없는 데다 그의 여자관계도 신경 쓰였다.

다음 날, 경아는 친구를 만났다. 미국에 다녀오겠다는 경아에게 친구가 말했다.

"남편은 바람이 났는데 여행을 가? 너 없으면 어쩌라고? 휘발유에 불붙이는 격이지."

"내가 있어도 할 거 다 하잖아. 영업 핑계로 밖으로만 도는데 쫓아다닐 수도 없고, 안 보고 사는 게 차라리 나아."

"니가 있는 것과 없는 건 달라. 너 없으면 일사천리로 진도 나간다니까."

"갈 데까지 갔는데 나갈 진도가 어딨어? 애만 안 생겼지 책거리 이미 끝났다."

두 사람은 소리 내어 웃었다. 그러고는 한심하다는 듯 경아 친구가 말했다.

"할라는 놈은 못 해 본다고 하더라만."

"미안한 것은 아는지 돈 쓰는 재미로 살게 해준단다. 금방 돈통에 빠져 죽을 것처럼 말하는 거 있지. 친구들이랑 놀러나 다니래. 나도 곧 재벌 사모님 될 거니까 기대해 봐."

그날 오후, 형민은 여행사에 비행기표를 예약하고 경아에게 여행경비를 넣어 주었다. 그리고 부부동반 모임에서 자랑스럽게 떠벌였다. 덕분에 형민은 좋은 남편, 경아는 부러운 여자로 시선을 받았다.

미국에 도착한 경아는 한동안 동생 집에 머물며 휴식을 취했다. 심신이 지친 탓인지 일주일이 지나서야 주변을 둘러보는 여유가 생겼다. 모처럼 블로그에 들어가 다음과 같은 글을 남겼다.

4월 5일
보스턴에 도착한 지 일주일째,
한 번도 문밖을 나가지 않았다.
그런데도 지루한 걸 모르고 살았다.
게으름 피우자고 온 여행이니까.

쫓기지 않으니 밤과 낮이 바뀐들 나쁠 거 없다.

날씨마저 너그럽게 도와주었다.

기온은 낮고 바람 불고 비가 와서

조급하지 않게 시차적응을 했다.

오늘은 모처럼 해가 났다.

한국보다 한 달쯤 절기가 늦은 이곳,

대부분의 꽃들은 부스스 눈을 비비고 있지만

봄을 깨우는 꽃들은 있게 마련이다.

그것들을 담기 위해 게으름을 털고 나갔다.

보름 뒤 경아는 워싱턴으로 갔다. 그녀가 그토록 잊지 못한, 그리움에 절어 있는 곳들을 찾아다니며 블로그에 근황을 올렸다.

워터게이트 호텔 옆 주차장은 15년의 세월도 비켜 있었다.

변함없이 그대로인 것이 더 반가웠지만 말이다.

여기서부터 내 소설에 등장한 것들을 생각하며 사진을 찍는다.

워터게이트 호텔 주차장, 레스토랑,

포토맥 강을 달리는 보트, 경비정 등.

워싱턴 모뉴먼트를 찍으려는데 갈매기들이 비행을 해준다.

고마운 녀석들, 오랜만에 온 사부님을 알아보다니!

한쪽에서 가스펠 송 공연을 하고 있다.

잠시 거룩한 자세로 감상에 젖는다.

조금은 숙연해진다.

내친 김에 호국영령들을 뵈러 갈까 보다.

알링턴 국립묘지까지는 2마일(3.2Km),

까짓것 걸어보자, 다리 하나 사인데…….

다리에서 내려다본 포토맥 강과 무성한 숲,

빌딩과 숲이 어우러진 그림 앞에 숨이 막힌다.

질릴 법도 한데 볼수록 좋은 건 친근감일 게다.

눈을 번득거리며 두리번거리는 사이

부지런한 발이 묘지 입구까지 데려다 놓았다.

역시 눈은 게으르고 발은 부지런하다.

예쁜 닥우드(Dogwood)가 줄줄이 서있다.

얼마나 그리워해온 것들인가!

우와!

닥우드 앞에 선 경아는 눈물이 터질 것 같았다. 행복했던 추억 뒤에 외로움이 밀려오고 미묘한 감정이 뒤엉켰다. 경아는 한동안 그늘에 앉아 추억을 곱씹어 보았다. 그리고 소설의 소재를 찾아다니며 사진을 찍어 블로그에 올렸다. 사진 밑에는 소설 내용에 관한 설명을 곁들였다.

그동안 형민에게 큰 변화가 일었다. 신상을 위협하는 것이었지만, 선배가 잘 방어해 주고 있어서 극한 상황으로 발전하지는 않을 것으로 믿었다. 그는 경아가 눈치 채지 않도록 매일 전화로 건재함을 과시했다.

사라진 꿈

경아는 미국에서 한 달을 머물다 한국에 돌아왔다. 미국에서 활달하게 보낸 기운은 어디로 갔는지 공항에서부터 머리가 지끈거렸다. 그녀는 시무룩한 표정으로 베게지 클레임 앞에 서 있었다.

'안 보고 사니까 신간은 편했는데 지옥으로 들어왔구나! 그 지겨운 꼴을 어떻게 또 견디지?'

그녀의 심경을 대변하듯 컨베이어벨트가 고달픈 신음을 토해냈다. 경아는 멍하니 서서 쏟아져 나오는 가방들을 바라보고 있었다. 비슷비슷한 가방들이 수없이 밀려 나왔다. 혼선을 피하려고 리본이나 띠를 두른 가방까지도 비슷한 것들이 많았다. 곧 리드 선 벨트에 파란 하드케이스 가방이 솟구쳐 올랐다. 가방은 둔탁한 소리를 내며 미끄러져 내려와 난간을 때리고 삐걱대는 컨베이어 벨트에서 게걸음질을 치기 시작했다. 가방은 어느새 그녀 앞으로 다가왔다. 경아는 힘을 모아 가방 손잡이를 잡아당겼다. 그러나 한 달 동안 그녀를 버티게 해준 가방은 도도했다. 몸이 휘청거리며 벨트가 움직이는 쪽으로 끌려갈 기세였다. 경아는 어머, 소리를 내지르며 얼른 손을 뗐다. 옆에 서 있던 남자가 재빨리 가방을 당겨 바닥에 놓아주었다. 경아가 고개를 숙여 고마움을 표시했다. 얼굴은 웃음을 띠고 있었지만 좀 전의 상황을 말해주듯 얼굴에 땀이 나고 재킷은 한쪽으로 쏠려 있었다. 경아는 재킷을 벗어 카트에 올리고 손가방에서 휴지를 꺼냈다. 그리고 휴지로 얼굴을 찍어내면서 형민이 있었으면 일어나지 않았을 일이라고 생각했다.

공항 대합실은 몹시 분주했다. 그러나 형민은 보이지 않았다. 경아는 우울했다. 딱히 마중 때문은 아니었다. 남편의 마음이 멀어져 있다는 게 서글펐다.

'한 달이나 놀다 왔으면 됐지. 남편 없는 사람도 잘살잖아!'

경아는 마음을 다독이며 출구를 빠져나왔다. 애써 무심한 척하면서도 눈은 여전히 군중 속을 헤치고 있었다. 이내 긴 한숨이 새어 나왔다. 고개도 풀이 죽은 듯 힘없이 떨어졌다. 경아는 상실감을 누르며 가족들이 귀국할 때 이용하는 오른쪽 통로로 걸어 나왔다. 여남은 걸음쯤 옮겼을 때였다. 급하게 발을 옮기는 남자의 다리에 시선이 멈췄다. 곧 낯익은 바지와 구두가 형민의 것이란 걸 알아차리고 고개가 스프링처럼 튀어 올랐다. 얼굴에는 환한 웃음이 걸려 있었다. 그러나 손을 흔들어 보이는 형민의 얼굴이 해쓱했다. 경아는 집 나간 아들이 돌아온 것처럼 종종걸음을 쳤다. 형민이 성큼성큼 그녀에게 다가와 가방을 끌어갔다. 그는 경아 어깨를 토닥거리며 말했다.

"엇갈릴 뻔했다. 금방 도착해서 달려온 거야. 잘 지냈어?"

목소리에 힘이 없고 눈빛은 유순하고 호의적이었다. 신변에 변화가 있다는 것을 알 수 있었다. 형민은 더 이상 말을 하지 않았다. 예전 같으면 인상 깊었던 일이며, 음식이며, 몇 가지 물어봤을 것이었다. 그의 태도가 달라진 것에 경아도 시무룩해졌다. 좀 전에 느낀 호의적인 눈빛은 그녀 스스로 최면에 빠진 것 같았다. 그림자마저 맥없이 늘어졌다. 몇 걸음 걸어가자 밖으로 통하는 자동문이 스르르 열리고 머리카락이 제멋대로 흐트러졌다. 봄은 중반으로 치닫고 있었지만 가로수는 이파리만 무성할 뿐 퍼렇게 질려 있었다. 바람이 사물에 부딪히는 소리와 자동차 소리가 어지럽게 뒤엉키고 바람은 매서웠다. 몸이 움츠러들었다. 경아는 들고 있던 재킷에 팔을 꿰어 넣었다.

잠시 뒤 리무진 버스가 도착했다. 형민이 경아에게 눈을 맞추고 먼저 올라가라는 시늉을 해보였다. 경아는 말없이 차에 올랐다. 두 번째 줄을 제외한 모든 좌석이 비어 있었다. 경아는 세 번째 줄 창가에 자리를 잡고 형민을 바라보았다. 그가 가방을 불끈 들어 올려 짐칸 펜스 안에 집어넣고 있었다. 곧이어 바닥에 바퀴 닿는 소리가 나고 그가 가방에서 손을 뗐다. 뒷모습이 쓸쓸해 보였다. 경아는 물끄러미 그를 쳐다보다가 그가 뒷모습을 들키고 싶지 않을 것 같은 생각이 들어 고개를 돌렸다. 창밖은 여전히 바람이 휘몰아치고 있었다. 저벅저벅 소리에 고개를 돌렸을 땐 그가 좌석에 다가와 있었다. 그는 경아를 한 번 쳐다보고 자리에 앉았다. 잠시 침묵이 이어진 뒤 그가 경아 손을 잡으며 말했다.

"당신한테 미안한 일이 있어."

경아는 숨을 죽였다. 수많은 생각이 숨 가쁘게 들락거렸다.

'여자관계를 털어놓으려는 것일까?

'좋아하는 여자가 생겼어, 이혼해 줘.'

꼭 그렇게 말할 것 같았다. 경아는 마른 잎사귀 같은 입술을 다물고 다음 말을 기다렸다.

"대출이자랑 지우 학비 보내고 당신한텐 백만 원만 넣었어. 나머지는 곧 넣어줄게."

경아는 넋 나간 표정으로 그를 바라봤다. 그의 입에서 나온 말이란 것을 믿을 수 없다는 표정이었다. 진행 중인 일이 한 건만 성사돼도 평생 먹고살 수 있다고 말한 게 한 달 전 일이었으니 그럴 만도 했다. 경아는 도깨비 장난 같다는 생각을 하면서 여전히 그를 쳐다봤다. 침묵은 벌써 두려움이 되어 있었다.

"이런 얘기는 하고 싶지 않았는데, 믿었던 일이 틀어져 버렸어. 당신하고 애들한테 너무 미안해."

"무슨 얘기예요, 지금."

"이번처럼 암담한 적은 없었어. 당신 오기 전에 해결해 보려고 노력했지만 안 되더라고."

경아는 말을 잃었다. 서 있는 상태에서 말을 들었으면 풀썩 주저앉았을 것이었다. 평생을 살아오면서 그렇게까지 절박한 말은 들어본 적이 없었던 것 같았다. 차라리 이혼을 요구하는 게 나을 것 같았고, 그런 상황에서 여자를 가까이했다는 노여움이 몰려왔다. 남편에게 자신은 아무것도 아닌 것만 같았다. 몸이 흐물흐물 녹아내렸다.

'이 사람을 얼마만큼 알고 있는 것일까? 언제까지 모른 척해야 되는 것일까?'

오랜 비행에 지친 사람들이 약속처럼 눈을 감고 있었지만 경아는 가슴이 조여드는 압박을 느꼈다. 형민이 무슨 말을 하려고 입을 뗐다.

"여보!"

경아가 그의 손을 툭 쳤다. 알량한 자존심이 사람들의 귀를 의식하고 있었다. 형민은 그 마음을 알았던 것인지 버스에서 할 얘기가 아니라고 판단한 것인지 입을 다물었다. 평소 그는 금전에 관한한 지나치게 말을 아껴 왔다. 간혹 사정을 물으면 생활비 주는데 뭐가 궁금하냐며 면박을 주곤 했었다. 그런 그가 그런 말을 한 것은 사태가 심각하다는 것을 의미했다. 경아는 달아오른 얼굴을 부여잡았다. 남편 사정도 모르고 한 달 생활비에 해당된 경비를 썼다는 것이 미안했다. 그녀가 천국을 누리고 있을 때 남편은 지옥에 있었다는 생각까지 들고 수치심이 친친 동여맸다.

형민의 눈에 눈물이 몰려들었다. 그는 숨을 푹 내쉬면서 눈물을 훔쳤다. 다섯 손가락을 펴서 엄지와 장지를 동시에 사용해 두 눈을 훔치는 것은 그의 특별한 버릇이었다. 결혼생활 29년 동안 그가 눈물을 보인 적은 있었지만 경제적인 이유로 눈물을 보인 것은 처음이었다. 카드 결제일이 남아 있다면 바빠서 입금을 못했다는 핑계라도 댔을 텐데 그럴 수 없는 게 서글 펐던지 그가 눈물을 훔친 시간은 여느 때보다 길었다. 그러나 이틀 뒤 부산까지 내려가 카드깡을 하리라곤 상상하지 못했다. 경아는 창밖으로 고개를 돌렸다. 휘청거리는 가로수가 그들의 마음을 대변할 뿐 깊고 어두운 침묵이 흘러내렸다.

경아는 여행에서 돌아올 때마다 느꼈던 안온함을 느끼지 못했다. 거실 벽 중앙에 걸린, 두 사람의 사랑을 상징하는 추상화마저 철퍼덕 쓰러질 것 같았다. 경아는 거실 한구석에 가방을 팽개치고 소파 팔걸이에 몸을 기댔다. 곧 '휴~' 소리와 함께 눈을 감았다. 얼마 동안 그렇게 있었을까! 잠이 들지도 않았는데 옆에 형민이 있다는 것을 깨닫지 못했다. 조금 뒤, 작은 인기척을 느끼고 그의 존재를 깨달았다. 경아는 신경질적으로 몸을 일으켰다. 그리고 목소리에 화를 담아 쏘아붙였다.

"한 달 전까지만 해도 세상이 다 당신 것처럼 말하더니 왜 그렇게 됐어? 한 큐에 날린다고 하지 않았어? 1년에 30억, 40억 들어온다던 자신감은 어디 갔냐고?"

예상된 질문이었다. 형민은 입을 다물고 마룻바닥만 내려다봤다. 경쟁사로부터 당한 일을 생각하니 분통이 터졌다. 그는 10분이 흘러도 말을 하지 못했다. 경아는 그의 입에서 말이 나오는 걸 포기했다. 대신 눈을 감는 것으로 불쾌함을 드러내고 다시 소파에 몸을 기댔다. 잠시 뒤 무슨 생각이 들었던지 그가 입을 열었다.

"설계도엔 우리 제품을 넣었는데 윗선에서 다른 걸 쓰게 했나 봐. 밑에서는 시키는 대로 할 수밖에 없는 거지. 회장이 비자금 조성에 노련한 사람이야. 우리 회사 제품이 친환경 우수 제품인 건 정부에서도 인정하고 업체에 권장을 하는데 질이 나쁘다는 핑계로 리젝트 시킨 거야."

형민은 이런저런 일들을 짜깁기 하여 변명을 해댔다.

"그거 말고도 엄청나다고 하지 않았어요? 왜 절망적인 말만 해?"

"회사 그만두기로 했어. 두 달 뒤에 후임자가 온다니까 그때까지만 나갈 거야."

경아는 분노에 찬 눈빛으로 형민을 쳐다봤다. 형민은 금방이라도 여자관계가 드러날 것 같은 위협을 느끼고 시선을 피했다. 그는 잠시 주춤하다가 설득력이 있다고 믿어지는 말들을 늘어놓았다.

"몇 번 일이 틀어지다 보니까 사장은 내 말을 믿지도 않아. 오너 입장에선 당연하겠지. 전에도 전직 고관 출신을 채용해봤는데 한 건도 못 하고 나갔대. 나도 거의 2년 동안 실적이 없었잖아. 공사 마무리 제품이니까 시공 1, 2년 뒤에 결제되는 걸 알 텐데, 관급공사에 맛들인 사람이라 인내심이 없어. 관급공사는 계약하면 바로 돈이 들어오거든. 탄생 자체를 축복으로 여기고 살아왔는데 모든 게 원망스러워. 공부를 잘했다는 것도 원망스럽고, 고급공무원을 했다는 것도 원망스럽고, 대기업 임원을 했다는 것도 원망스러워. 올라갈 일이 없었으면 떨어질 일도 없었을 거 아냐. 주변 사람들은 다 잘나가는 데 나만 도태된 것 같고 너무 힘들어."

형민은 감정에 복받쳐 끝말을 제대로 맺지 못했다. 힘들다는 말을 흐리게 내뱉고 다시 한숨을 푹 쉬었다. 이미 물 건너간 수주를 따기 위해 큰 공을 들였는데 목전에서 일을 빼앗긴 게 분하기만 했다. 공사 관계자들이 회식이나 골프를 하면 득

달같이 달려가 시중을 들고 뇌물을 찔러주며 창부처럼 웃음을 판 게 한두 번이었던가! 뿌린 만큼 성과를 거둘 것으로 믿고 자존심을 던져 일해 왔는데 수고와 노력이 수포로 돌아간 것에 분이 나고 서러웠다.

형민이 그의 사장 밑에서 배운 것은 뇌물의 위력이었다. 사장은 거액의 현금을 트렁크에 넣고 다니며 로비를 해왔는데 그 성과는 엽기적이었다. 수많은 기업이 쓰러지는 중에도 회사가 문전성시를 이룬 것은 뇌물의 성과라고 그는 믿었었다. 그 위력을 믿고 그 또한 같은 방법으로 로비를 했었다. 뇌물을 받은 이들은 비공개 정보도 알려주었고, 선이 닿는 곳을 기꺼이 연결해주는 아량도 베풀어 줬었다. 그는 금방 빌딩이라도 살 것 같은 자신감에 차 있었다. 예상치 못한 일이 아주 없었던 것은 아니었다. 드물게는 진행 중에 담당자가 바뀌기도 하고, 단체장이 뇌물죄에 연루되어 백지화되는 일도 있었다.

그러나 한때 최고 권력자 측근이었던 선배와 손을 잡고부터 상황은 늘 우호적이었는데 경아가 미국에 간 사이 그가 세상을 떠나 버렸다. 경쟁사에는 절호의 기회였다. 견제세력이 사라지자 형민에게 협박을 가해왔다. 일선에서 물러나지 않으면 뇌물공여와 여자관계를 폭로하겠다는 것이었다. 그러고는 설계도에 값싼 제품을 넣어 공사금액을 부풀리고 차액을 뇌물로 바치는 비리를 저질렀다. 형민은 말할 수 없는 비애와 배반감에 휩싸였다. 그를 밀어주겠다던 동료들과 그가 기관에 있을 때 그의 도움을 받은 사람들은 다 어디로 간 것인지…….

형민은 분노를 이기지 못해 소리 내어 울었다. 경아는 말없이 형민을 쳐다봤다. 소나기처럼 쏟아지는 불안감은 가쁜 숨이 대신하고 있었다. 그러나 한 번쯤은 기회가 있을 것으로 믿었다. 그가 대기업을 나왔을 때 자세로 돌아가면 이겨내지 못할 것은 없었다. 당시 그는 대기업의 임원이었다는 체면을 벗고 현실에 순응하려 애를 썼었다. 서울 시내는 지하철과 버스를 이용했고, 지방에 갈 때는 한 시간도 넘게 기다렸다가 차비가 싼 일반버스를 타곤 했었다. 사람에 따라서는 궁상맞은 짓으로 치부할 수 있겠지만 경아는 그를 존경했었다.

'당신은 반드시 일어설 거야. 힘들어도 조금만 참아요.'

그렇게 열렬히 응원했었다. 때때로 그의 뒷모습을 바라보며 눈물을 닦기도 했었다.

경아는 고개를 젖히고 천정을 쳐다보는 것으로 조여드는 가슴을 누그러뜨렸다. 카드 결제일이 일주일을 넘어섰지만 연체에 대한 압박감은 뒷전이었다. 그의 포부를 억누르고 있을 상실감이 두려웠다. 경아는 소리를 낮춰 형민을 위로했다.

"환갑 다 된 나이에 직장 다니는 사람이 몇 명이나 된다고 그래요. 사오정, 오륙도, 그런 말이 그냥 있는 건 아니잖아요. 주변 사람 비교하는 것도 그렇지, 당신은 5년 먼저 임원이 됐으니까 먼저 나온 건 당연하지 않아요? 그렇다고 희망을 놓을 단계는 아니라고 봐요. 한 번쯤은 기회가 있을 거예요."

경아 말은 부드럽게 들렸지만 그에게 격려가 필요하다고 느꼈을 뿐 좋아서 한 말은 아니었다. 그의 눈에서 굵은 눈물방울이 떨어졌다. 그는 곧 엷은 미소를 머금고 말했다.

"맞아, 동기들보다 5년 먼저 임원이 됐었지? 그걸 잊어버렸네. 당신 말대로 한 번은 기회가 있을 거야. 용기 줘서 고마워."

그가 경아 손을 잡았다. 경아에게는 그런 그가 비굴해 보였고 고마워하는 것마저 노여웠다. 그러나 마음을 가라앉히고 차분히 말했다.

"이제부터 미래에 대한 준비도 하면서 살아요. 욕심으로 뜻을 이룰 수 있다면 안 되는 게 뭐가 있어. 힘만 좋으면 지구도 들어 올릴 수 있다고 믿는 게 바로 당신이야. 이제 현실적으로 대응을 하자고요. 필요하면 집도 내놓고. 생활비 해결도 못 한 거 보면 카드빚까지 진 모양인데 빚이 얼마나 되는지 말해 봐요."

형민은 대꾸하지 않았다. 경아가 받을 충격이 염려되어 입을 열 수가 없었다. 침묵이 계속될수록 경아는 화가 났다. 앙금을 가라앉히려 애를 썼지만 눌러두었던 감정이 회오리를 일으키며 올라왔다. 드디어 그녀 입에서 쐐기 박힌 말이 튀어나왔다.

"무슨 비밀이 그렇게 많아? 이러고도 부부야? 진작 알았으면 여행이라도 안 갔을 거 아냐. 말 안 해도 심각한 게 다 보이는데 숨기는 게 말이 되냐고? 당신이 죽기라도 하면 우리 가족은 길거리에 나앉으란 말이야? 당신이 생각한 배려는 나를 미친년 만든 것밖에 더 돼? 이런 상황에서 여행까지 갔다면 다들 어떻게 생각하겠어?"

형민은 여전히 눈만 내리깔고 있었다. 그런 태도가 밉고 짜증스러웠다.

"같이 살 생각이면 제발 마음 좀 열어 봐. 도대체 빚이 얼마냐고?"

경아 목소리는 더 이상 올라갈 수 없을 만큼 올라가 있었다. 형민은 힐끔 경아를 쳐다보고 나서 한숨을 푹 쉬더니 입을 열었다. 그의 말에 경아는 숨을 멈췄다. 카드와 마이너스 통장으로도 부족하여 사채까지 끌어들였다는 것이었다. 법인카드 사용비, 차량 렌트비, 영업 지원비는 물론 매달 받은 월급까지 갚아주는 조건이었다는 말에 기겁을 하고 말았다. 당장 벌이가 없는 상황에서 그가 진 수억 원의 부채는 너무 버거운 액수였다. 경아는 얻어맞은 사람처럼 멍하니 그를 쳐다봤다. 그의 말이 떨어질 때마다 그녀의 자존심도 떨어져 내렸다.

"그래도 그렇지, 나한테까지 몸값 부풀리고 허세 부렸어? 그게 당신 자존심이야? 나를 허수아비 만들어 놓고 그렇게까

지 하는 게 자존심이냐고? 그럼 나는? 내 자존심은 자존심도
아니냐고."

경아가 120평 넘는 빌라에 산다는 것을 알게 되면 사람들은
준재벌이나 되는 것처럼 말했다. 그러나 거대한 빌라에 사는
대가는 혹독했다. 그 대가는 형민이 식품회사 회장과 갈등을
겪으면서 시작되었다. 그 와중에도 경아는 형민을 위로했었다.
"3년 동안 몸담은 곳인데 원망하지 맙시다. 이제부터 회사
직원들과 술자리는 피하는 게 좋겠어요. 당신 위로한답시고
누군가 회장님 비방하면 당신도 거들게 될지 모르니까. 회사
떠나면서 뒷소리하는 건 비겁하잖아요. 회사가 잘돼야 후손들
에게도 자랑할 수 있는 것이지, 회사는 퇴출 되고 없는데 일류
회사 다녔다고 으스대면 뭐해. 나는 여전히 당신 회사에 애정
을 갖고 의리를 지킬 거예요. 예전처럼 그 회사 제품을 쓸 것
이고 마트에 흐트러진 물건이 보이면 정리하고."
세상은 만만한 게 아니었다. 형민은 회사를 나온 뒤 2년 동
안 이력서만 들고 다니다 현재 적을 둔 건축자재 회사에 들어
갔다. 회사는 탄탄했고 전관예우를 증명하듯 관공서 동료들은
협조를 잘해 주었다. 공사 한 건만 성사되면 걱정 없이 살 것
같았다. 그는 자신감에 차 있었고 곧 자체 은행이 필요할 거라
는 농담까지 하면서 힘차게 발걸음을 내디뎠다. 그러나 진흙

탕 같은 건설시장에서 수주를 따는 건 돼지가 알 낳기를 바라는 것과 같았다.

다음 날, 형민은 새로운 스웨터를 입고 나왔다. 브라운과 옐로우 배색의 이탈리아제 골프웨어였다. 경아가 저건 또 뭐야, 하는 시선으로 바라봤다. 그걸 의식한 형민이 선수를 쳤다.

"지나가는데 이게 보이더라고. 이태리젠데 가성비가 좋아서 샀어."

경아는 말이 돼? 하는 눈빛을 거두지 않았다. 그는 가족에게는 헌신적이었지만 자신에게는 인색했다. 꼭 필요한 것을 살 때도 수없이 망설이고, 사더라도 가장 싼 것을 고집했다. 그런 그가 꼭 필요한 것도 아닌 옷을, 더군다나 수입품을 어려운 형편에 살 리가 없었다. 그가 샀다는 것이 있다면 여자에게 받은 것이란 건 경험으로 알고 있었다. 그의 말이 거짓이란 것은 카드 내역이 말해주고 있었다. 그가 옷을 산 흔적은 어디에도 없었다. 그는 액수의 크고 작음을 떠나 카드를 고집하는 성격이었다. 단돈 천 원까지도 카드를 내밀곤 해서 경아가 대신 계산할 때도 있었다. 경아는 터져 나오는 욕지기를 삼키며 속으로 두 사람을 싸잡아 욕했다.

'미친년! 돈도 많다, 화대비까지 주시고. 늙은 놈이 능력도 좋아!'

그러면서도 자신을 위로했다.

'환갑 다 됐는데 하면 얼마나 하겠어!'

그날, 세탁한 옷을 서랍에 넣으려던 경아는 그의 속옷 세 벌이 없어졌다는 것을 알게 되었다.

'유부녀가 아니라 혼자 사는 여자야? 속옷까지 들고 가 여자 집에서 살았단 건가, 여자랑 여행이라도 가서 잃어버렸단 건가?'

그의 여자가 유부녀일 것으로 추측했던 경아는 섬뜩했다. 여자가 독신이면 표면화될 가능성도 있다는 것이었다.

'여자가 협박이라도 해서 끌려 다녔던 거야?'

온갖 생각이 들었지만 마음을 진정시키고 형민에게 물었다.

"팬티하고 러닝셔츠가 어디로 갔어요?"

"어디로 가긴?"

형민이 경아 표정을 살피며 변명거리를 찾고 있는데 경아가 말을 이었다.

"서랍 속에 있는 속옷이 어디로 가? ……내가 생각하는 여자가 아니란 얘기네."

형민은 뜨끔했다. 그러나 속내를 숨기고 말했다.

"여자라니? 속옷 없어진 거하고 여자하고 무슨 상관이야?"

"여자가 유부녀인 줄 알았는데 여자 집에 옷까지 들고 가 살았나 싶어서."

"무슨 소리야? 오줌 누고 뭐 볼 시간도 없었는데."

"속옷이 세 벌이나 없어진 건 말이 안 되잖아요."

"참, 잠깐 착각했는데 너무 낡아서 버렸다."

"회색 비로드 팬티는 말짱한 새것인데 그것까지 버려요?"

"글쎄, 그건 나도 모르겠네. 거기 있던 게 어디 갔지?"

"숨길 생각 말고 내가 말한 의미를 잘 생각해 봐요."

경아는 '이 정도 했으면 알아서 정리하겠지.' 생각하며 말했다. 여자가 집에 다녀갔을 법한 흔적은 냉동실에서도 드러났다. 엄지손가락만한 인절미가 한 끼씩 먹을 만큼 정성스럽게 포장되어 있었다. 경아는 인절미 봉지를 들어 보이며 물었다.

"이건 뭐예요?"

"경환이가 줬어. 와이프가 시골에서 보냈대."

형민은 태연하게 말했다. 경아가 물어올 것을 예상하고 궁리해둔 말이었다. 그가 인절미를 버리지 않은 것은 나름대로 의심받을 일이 없다는 확신 때문이었다. 원산지 기록도 없는 인절미 내력을 알아볼 사람은 없을 것으로 믿었다. 그러나 경아는 경환이 보낸 게 아니라는 것을 한눈에 알아보았다. 경환은 아버지와 아들, 세 사람이 살고 있는데 군이 그의 아내가 1인분씩 소분해서 보낼 리가 없었다. 경아는 형민의 말이 이치에 맞지 않다는 듯 말했다.

"시골 떡도 아니려니와 경환 씨 부인이 보낸 게 아니라는 게 보이구먼 그러네."

형민의 몸에 솜털이 돋았다. 그러나 동요하지 않고 침착하게 말했다.

"시골 떡 도시 떡이 어딨어? 떡은 떡인 거지."

"와이프가 경환 씨 혼자만 먹으라고 1인분씩 포장해 보냈겠어요?"

"그럼 경환이한테 물어봐."

경아는 눈을 한 번 흘기고 입을 다물었다.

다음 날 경아는 친구와 전화로 수다를 떨었다.

"이젠 아주 노골적이야. 팬티가 세 개나 없어졌는데 시치미 떼는 거 있지?"

"카섹스 하고 버렸을까?"

"휴지도 많은데, 설마. 여자를 집에 데려온 거 아니겠어? 여자가 나한테 욕하면서 버렸겠지. 낡아 빠진 거 입혔다고. 내가 겉옷은 잘 사주는데 속옷은 신경 안 쓰거든. 나 같으면 낡은 속옷 보이고 싶지 않아서 못 벗을 같은데 창피도 모르나 봐."

"재미에 팔리면 속옷이 보이겠어?"

"긍가잉?"

경아는 속이 터질 것 같은 마음을 내려놓고 깔깔 웃었다.

형민은 여자 만나는 걸 자제하려고 노력했다. 자신이 선택한 아내, 세상에서 가장 행복한 여자로 만들어주고 싶었던 아내를 배신한 것이 미안했다. 여자들과 낙락거리며 시간과 물질을 허비한 것도 아까웠다. 일이 성사되면 검불 같은 것이려니, 생각하며 그어댄 법인카드가 생살이 되어 버린 것도 아까웠다. 문득문득 그를 위협한 사람들이 떠올라 복수심이 부글거렸다.

'비겁한 놈, 제 놈은 여자가 한두 명이고, 비리가 한두 건이야? 이래 죽으나 저래 죽으나 마찬가진데 같이 죽어?'

정말 그러고 싶었지만 폭로가 두려웠다. 시도 때도 없이 한숨이 기어 나왔다. 은희가 원망스럽기도 했다.

'그 여자만 없었으면 그런 일은 없었을 텐데…….'

형민은 살며시 눈을 감고 자책했다. 돌이켜 보니 수년 동안 힘겹게 버텨온 경아가 고맙고 미안했다. 그동안 최소한의 생활비만 넣어줬을 뿐 변변한 선물 하나 해준 적도 없었다. 웬만한 부부라면 특별한 의미를 부여했을 결혼 25주년에도 꽃무늬 속옷 한 세트 선물이 전부였다. 속옷을 산 곳은 일류 백화점도 아닌 할인매장이었다. 문득 속옷을 들고 오면서 눈물을 훔쳤던 기억이 떠올라 형민은 또 한 번 눈물을 흘렸다. 형민은 경아와 시간을 보내려고 노력했다. 쉬는 날이 돌아오면 가까운 교외를 함께 다니며 살가운 말을 건넸다.

"당신이 등산은 안 좋아하니까 이런 데라도 자주 다니자. 나도 이제 친구들하고 다니는 거 그만하고 당신이랑 다닐래."

그의 말은 진심이었다. 외도를 죄악으로 여긴 적은 없지만 경제적으로 어려운 때 마음마저 다하지 못한 게 미안했다. 경아가 유일하게 즐기는 것이 있다면 여행이었는데 충분한 기회를 주지 못한 것도 미안했다. 남은 시간은 경아를 위해 살기로 다짐했고, 은희는 하루빨리 정리하기로 마음먹었다. 그러나 은희는 포기를 몰랐다. 문자에 답이 없으면 전화를 하고 휴대폰을 받지 않으면 회사로 전화를 했다.

형민이 마음을 다잡고 있을 때 작은 변화가 일어났다. 작은 건축자재 회사에서 그를 사장으로 영입했다. 직원이라야 여섯 명뿐인 부실한 회사였지만 직책은 대기업을 방불케 했다. 회장, 사장, 부사장, 전무, 상무, 부장 등. 초등학교 출신인 회장은 형민을 영입한 것에 매우 흡족해했다. 그의 경력만으로도 홍보가 될 것으로 믿었던 것이다.

그러나 회장은 기술만 있을 뿐 정세에는 어두웠다. 투자의 필요성을 조언하면 기술력으로 장악한다는 장담만 늘어놓았다. 그렇게 시간을 끌다 보면 자금줄 좋은 회사에서 신제품을 개발하여 시장을 점유해 버렸다. 형민은 탁상공론만 하는 회장이 답답하고 짜증났다. 그는 점점 의욕을 잃어갔고 회사가 싫어졌다. 번번이 좌절을 겪은 탓인지 부정적인 생각만 자리했다. 이래서는 안 되지, 무슨 대책이 없을까, 마음을 가다듬다가도 회장이 그 모양인데 뭐가 되겠냐며 한숨을 쉬었다. 생각을 거듭해도 뾰족한 수가 없었다.

무료하게 앉아있을 때 은희가 연락을 하면 반가웠다. 하루 수십 번의 문자가 귀찮다는 생각도 들지 않았다. 그는 꼬박꼬박 답을 하는 것으로 성의를 보였다. 그리고 다시 만나기 시작했다. 공백기 때문인지 예전보다 그녀가 새롭게 느껴졌고, 세상에서 외면당한 그를 유일하게 붙잡아준 사람 같았다. 그녀를 취하는 순간의 쾌락은 마약보다 강력하여 목을 짓누르는 시름이 사라졌다. 스스로 건재하다는 존재감이 느껴지고 황홀했다. 모든 것이 헛되고 헛되다는 것을 몰라서는 아니었다. 다만 가족들의 영혼을 갉아먹는다는 것을 몰랐다.

형민은 새벽같이 헬스클럽에 나가 몸을 다졌다. 어떻게 그런 몸을, 그런 정력을, 그런 말이 듣고 싶었다. 헬스가 끝나면 텅 빈 사무실에 들어와 은희에게 전화를 했다. 직원들이 들어서려면 한 시간 남짓 남아 있었고, 은희 남편도 일곱 시만 되면 집을 나섰으니 두 사람 다 구애받을 일이 없었다. 그들의 아침 통화는 매번 한 시간을 훌쩍 넘겼다.

은희의 집착은 놀라웠다. 짧은 공백이 큰 폭발력으로 작용했던지 그를 놓치지 않겠다는 집념이 하늘을 찔렀다. 남편이 의식주를 해결해준 기계 같은 것이라면 형민은 몸을 사르며

정이 든 남편 아닌 남편이었다.

　형민은 한 여자만으로 만족하지 못했다. 또 다른 여자를 소
유하고 싶은 욕망이 스멀거렸다. 8월 말, 헬스장은 창사 기념
일이라 문을 닫았고 은희는 목포에 내려가 있었다. 만만한 게
등산이었다. 그는 등산복을 챙겨 입고 가까운 산을 찾았다. 산
중턱에 올랐을 때 두 여자가 앞서가고 있었다. 그중 한 여자에
게 마음이 끌렸다. 작고 마른, 단발머리 여자는 은희와 체격이
비슷했다. 미모는 아니었지만 귀염성이 있었다. 형민은 천천
히 그들 뒤를 따랐다. 그녀의 이름은 유경이었다. 그녀는 간간
이 뒤를 돌아보았다. 그런 유경이 형민에게는 예사롭게 보이
지 않았다. 기회는 어렵지 않게 다가왔다. 다른 여자가 그녀에
게 무슨 말인가를 하고 숲으로 들어갔다. 용변이 급한 모양이
었다. 형민이 유경에게 다가갔다.
　"죄송하지만 배터리가 나가서 그러는데 휴대폰 좀 빌릴 수
있을까요? 잠깐이면 돼요."
　유경은 그의 속마음을 모르지 않았다. 배터리가 이유라면
남자가 아닌 그녀에게 부탁할 이유가 없을 것이었다. 유경은
흔쾌히 전화기를 내밀었다. 형민은 휴대폰을 들고 저쪽으로
걸어갔다. 그리고 자신의 전화번호를 눌렀다. 그의 주머니에
서 진동이 일었다. 손이 무의식적으로 주머니에 다가간 순간

아차, 하고 손을 거뒀다. 그리고 유경의 반대쪽으로 고개를 돌리고 웃음을 삼켰다. 세상일이 이처럼 쉽다면 평일에 산에 오를 일은 없을 거라고 생각했다. 그는 목을 한 번 가다듬고 유경이 있는 곳으로 다가갔다. 그녀와 동행한 여자는 아직 보이지 않았다. 그가 말했다.

"덕분에 일을 잘 처리했습니다. 감사합니다. 정상까지 가실 건가요?"

"네!"

"그럼 먼저 올라가겠습니다."

형민은 눈인사를 하고 다시 산을 타기 시작했다. 몸은 한결 가벼웠고 걷다 보니 정상에 도달했다. 그는 주위를 한 번 살펴보고 휴대폰을 열었다. 액정화면에 부재중 전화 010 9959 05××가 떠 있었다.

월요일 아침, 형민은 유경의 남편이 출근했을 법한 시각에 전화를 했다. 어제 그녀의 마음을 확인한 만큼 그녀가 그의 청을 거절할 것으로는 생각하지 않았다. 그의 신분을 알지 못한 여자가 거절을 한들 민망할 일은 없었다. 전화벨이 두 번 울리자 그녀는 전화를 받았다.

"어제 휴대폰 빌려 쓴 사람입니다."

"아, 네."

문자보다 전화가 먼저 온 것은 의외의 일이었다. 유경은 긴장된 감정을 숨기고 침착하게 말했다.

"무슨 일로……."

"한 번 뵙고 싶어서요."

"전 아무나 만나는 사람 아니에요."

"그렇게 보였으면 저도 전화 안 했겠죠. 저도 아무나 만나지 않습니다."

"어떻게 생전 처음 뵌 분을 만나겠어요."

"처음이 있어야 나중도 있는 거죠."

유경은 숨을 죽였다. 형민이 그녀의 심경을 알아차리고 물었다.

"바쁘지 않으시면 점심시간 어때요."

"특별한 일은 없지만 좀 그러네요."

점심시간까지는 두 시간이 남아 있었다.

"사시는 곳이 어디신가요?"

"정릉이요."

"그러면 인사동이 좋겠네요."

"인사동이요?"

"장소는 알아보고 전화 드릴 테니까 그쪽으로 시간 맞춰 나오시지요. 11시 어때요?"

전화를 마친 형민은 어깨를 으쓱하면서 눈을 치켜올리고 전화기를 놓았다. 곧 자리에서 일어나 옷걸이에 걸어둔 재킷을 들었다. 할 일 없이 앉아 있으니 미리 레스토랑이라도 알아보려는 것이었다. 얼굴에는 잔잔한 미소가 걸려 있었다.

인사동에 도착한 형민은 수도약국 골목에 차를 세웠다. 주차장 옆에 조선 왕비 후손이 운영하는 〈민가다헌〉 레스토랑이 있었지만 너무 점잖은 분위기라서 시선이 의식될 것 같았다. 그는 담벼락 위로 드러난 기와지붕을 쳐다보고 발길을 옮겼다. 평일인데도 거리가 붐볐다. 그러고 보니 인사동에 와 본 게 10년이 넘었고, 새로운 밀레니엄이 시작된 지도 10년이 지나 있었다. 겉으로 본 그곳은 외국인 관광객만 많아졌을 뿐 쌈지길을 제외하면 외관상 큰 변화가 없었다.

그는 한가하게 두리번거리며 천천히 걸었다. 누군가 그의 어깨를 부딪치고 지나갔다. 고개를 돌려 보니 깃대를 든 가이드 뒤에 중국 관광객이 몰려가고 있었다. 그들 중 하나가 허둥지둥 가이드를 쫓다가 부딪친 것을 알 수 있었다. 그는 세상이 많이 좋아졌다고 생각하면서 걸음을 옮겨갔다. 한복을 입은 젊은이들이 사진을 찍으며 왁자지껄하는 모습이 자주 보였다. 불현듯 젊은 날의 그가 떠올랐다. 그의 청년 시절은 빈한했다. 그는 총망 받는 사관생도였지만 피해의식이 많았다. 일반대학은 꿈도 꾸지 못하고 숙식과 취업이 보장된 학교를 택했던 과거가 기억나 씁쓸해졌다.

형민은 흔히 말하는 7080세대였다. 서양문물의 꽃망울이 절정에 이르러 디스코텍이니 호프집이니 젊음의 놀이 공간이 팔딱대고 있었지만 그는 생도수당 7천 원까지 매달 부모 손에 놓아드렸다. 행동에도 제약이 많았다. 여자와 손을 잡는 것도, 가볍게 술 한잔 마시는 것도 금기였다. 금지된 뭔가를 하려면 몰래 해야 했다. 그가 지금 몰래몰래 여자를 만나는 것도 성장 과정에서 쌓인 욕구불만의 발산일 수도 있었다. 형민은 입을 앙다물었다. 전쟁처럼 흘러간 젊은 시절이 못내 아쉬웠다. 단 하루만이라도 청년 김형민으로 돌아가 지금 거리를 휘젓는 젊은이들처럼 분방한 시간을 갖고 싶었다. 왈칵 서러워졌다.

형민은 천천히 걸어서 아트센터 골목으로 들어갔다. 경아와 함께 갔던 이탈리안 레스토랑이 지금도 있는 것인지 궁금했다. 이름은 잊은 지 오래되었지만 여자들이 좋아하는 레스토랑으로 기억하고 있었다. 다행히도 레스토랑은 그 자리에 있었다. 그는 안도하며 2층으로 올라갔다. 식사 때가 이른 레스토랑은 아직 한산했다. 여자들만 서너 테이블 차지하고 있었다. 그는 길이 내려다보이는 창가에 앉아 유경에게 전화를 했다. 얼마 지나지 않아 유경이 들어왔다. 그녀는 굵직한 웨이브의 헤어스타일과 치마 정장을 하고 있었다. 그가 자리에서 일어나 손짓을 했다. 그를 발견한 유경이 까닥 인사를 하면서 다가왔다.

"잘 찾아오셨네요."

"잘 알려 주셔서⋯⋯."

형민이 소리 내어 웃었다. 유경은 그의 외모에 조금 놀랐다. 코발트색 마직 슈트는 가까이서만 식별이 가능한 직사각형의 카키색 줄이 크게 그어져 있었는데 옅은 크림색 아사 와이셔츠와 스카이블루 넥타이에 잘 어울렸다. 아무에게나 어울리지 않을 것 같은데 난해하거나 어색하지 않고 귀티가 났다.

'마직 슈트는 배우들만 입는 줄 알았는데 저렇게 잘 어울리는 사람도 있구나! 직접 골랐을까, 아내가 골라줬을까? 직업이 뭘까? 변호사? 회사 중역? 배우 같기도 한데 웬만한 배우는 내가 모를 리 없고.'

안정된 바리톤 음성은 어제 확인한 것이기도 하지만 실내에서는 더 매력적이었다. 여종업원이 다가와 메뉴판을 두 개 놓아주고 주문지를 꺼내 들었다.

"살펴보고 메뉴 결정되면 부를게요."

형민이 말했다. 여자가 네, 하고 돌아서자 그가 메뉴판을 펼치면서 물었다.

"뭐 드실래요?"

"아무거나 잘 먹어요."

"그럼 제가 고를까요?"

"그러시면 좋구요."

형민은 또 웃어 보였다. 그리고 메뉴판을 뒤적거리며 말했다.

"이 집에서 제일 유명한 걸로 시킬게요. 발사믹 야채 샐러드, 루꼴라 피자."

유경은 '루꼴라?' 하면서 물끄러미 형민을 바라봤다. 형민은 주문할 메뉴가 더 있는 듯 메뉴판을 들여다보다가 뒷장을 넘기면서 말했다.

"피자는 골랐으니까 스파게티 하나 추가하는 게 좋겠어요. 흠! 여기 있다. 크림소스 랍스터 스파게티!"

유경은 여전히 형민에게 시선을 모으고 있었다. 사소한 것이지만 자연스럽게 메뉴를 입에 올리는 그를 보면서 남편에게 느끼지 못한 감정을 느꼈다. 20년 넘게 살아온 남편과는 서양 레스토랑엔 가본 적이 없었다. 어쩌다 외식을 하면 삼겹살만 고집하는 그가 오늘은 더 구차하게 여겨졌다.

"음료수는 뭘로 할까요?"

"식사 끝나고 커피 마실래요."

"그럴까요?"

형민이 웃으면서 말했다.

두 여자를 사귀게 되면서 형민의 손가락은 문자놀이 종이 되어 갔고 몸도 감당이 어려웠다. 그는 은희를 멀리하기로 마음먹었다. 해외 출장을 간다거나 워크숍이 있다거나, 핑계를 대고 만나는 횟수를 줄였다. 문자를 떼어먹는 일도 일어났다.

유경에게 신경 쓰느라 지체하다 보면 잊어버린 경우였다. 그런 때 은희는 회사번호로 전화를 하거나 회사 근처로 찾아왔다. 어느 땐 두 여자를 착각하는 일도 있었다. 바빠서 시간 내기 어렵다는 문자를 은희에게 보낸다는 게 유경에게 가는 일이 발생했다. 유경에게 만나자는 문자를 보내고 은희를 따돌린다는 게 둘 다 유경에게 간 것이었다. 사랑한다거나 일상적인 인사는 동시에 보내기도 했다. 두 사람 다 '당신'으로 통하고 있어서 여자들이 오해할 일은 없었다. 드물게는 경아 번호를 누를 때도 있었다.

'점심은 드셨나요? 러뷰.'

하트까지 새겨진 문자가 날아들면 경아는 '느닷없이 극존칭?' 하면서 좋아했다. 그가 워낙 다감한 성격이라서 배달사고 문자란 것을 알지 못하고 답을 보냈다.

'맛있는 거 먹었는데 당신 생각나서 울 뻔. Lovely husband!'

문자를 받은 형민은 실성한 사람처럼 픽픽 웃었다.

'못난 자식 효도한다더니 배달사고로 점수 땄네. ㅎㅎㅎ'

그런 생각을 했고, 종종 세 사람에게 같은 문자 보내는 기염을 토했다.

경아는 매일 갈등했다. 남편이 카드깡까지 한 것을 알고 나니 가만히 있을 수가 없었다. 카드깡을 할 때 얼마나 초라하고 자존심 상했을까, 생각이 들고 안쓰러웠다. 밑천 없이 할 일을 생각해 봤지만 떠오르지 않았다. 몇 날 며칠을 고민하다가 친구에게 사정을 털어놓았다. 친구가 기능성 신발 장사를 권했다. 유명 브랜드는 아니지만 디자인이 예쁘고 편한 신발이 있다는 것이었다. 쉽게 소모되지 않는 단점이 있었지만 웰빙 시대에 좋은 아이템 같았다. 경아는 서둘러 신발공장을 찾아갔다. 가게가 아닌 집에서 장사하고 싶다는 말에 사장은 난처해했다.

"원칙적으로 가게가 있어야 돼요. 2천만 원 정도의 물건을 구입해야 되고요."

경아는 난감했다. 자금이라곤 현금 120만 원이 전부인데 2천만 원을 충당할 자신이 없었다. 그러나 자금이 없다면 무시할 것 같아서 핑계를 댔다.

"남편 몰래 하는 거라 크게 벌일 수가 없어요. 몇 켤레 해보다가 자신감이 생기면 그때 생각해 볼게요. 장사가 잘되면 남편도 반대하지 않을 거예요."

"브랜드 명예가 있는데 아무 데서나 하면 되겠어요?"

"잘 팔리면 오히려 홍보가 되지 않을까요?"

한동안 실랑이하다가 사장이 양보했다. 그러나 크기별로 신발을 살 형편이 되지 않아서 고객이 디자인을 고르면 그때그때 주문해야 되는 번거로움을 감수해야 했다. 경아는 몇 켤레되지 않은 신발을 들고 집에 돌아와 훌쩍거렸다. 그렇다고 남편까지 심란하게 만들고 싶지 않았다. 그날 형민은 조금 늦게 귀가했다. 경아는 신발 들여온 것을 숨기고 말했다.

"뭐 좀 해볼래요. 기능성 신발 반응이 좋다던데 그거나 해볼까 싶네."

목소리는 담담하고 조용했지만 결연해 보였다. 형민이 놀란 듯 경아를 쳐다봤다. 이내 자조 섞인 목소리가 흘러나왔다.

"경험도 없으면서 무슨 장사를 해."

"경험이야 하면서 쌓는 거지."

"그런 거 하면 무시당해."

"무시하라 그래. 도둑질도 아니고 인격이 부족해서도 아닌데 무시한다고 무시당해요? 내가 생활비라도 벌면 당신이 좀 수월할 거 아냐. 어떻게든 같이 헤쳐나가요. 집 팔릴 때까지만 고생하면 되잖아요."

형민은 말을 잇지 못하고 고개를 떨궜다. 말리자니 형편이 어렵고 두고 보자니 경아에게 미안했다.

"잘할 수 있으니까 걱정 말아요. 상호까지 정했어요. Shoe Gallery! 어때?"

경아는 까르르 웃는 여유까지 보였다. 상호가 필요한 것은 아니었지만 제대로 해보자는 각오인 것을 그는 잘 알았다. 고마운 일이었다. 그는 경아 의지에 감동하여 장부까지 만들어주었다. 표지에 〈Shoe Gallery〉 이름을 크게 쓴 장부였다.

발각

토요일 아침이었다. 경아와 형민은 마트에 가기 위해 주차장으로 나왔다. 자동차 문이 열리자 알코올 냄새가 밀려왔다.

"아휴, 아직까지도 술 냄새!"

경아는 코에 손을 얹으며 차 안으로 들어갔다. 순간 운전석 바닥에서 그의 지갑을 발견했다. 경아 얼굴이 굳어졌다.

"대리운전했다더니…….."

"금방 떨어진 거야."

"어쩜 환히 보이는 것까지 거짓말을 하냐? 더 이상은 안 되겠다. 집값이 싸든 비싸든 정리하고 갈라서야지. 벌금을 250만 원이나 내고도 음주운전이야?"

형민은 한숨을 푹 쉬고 세상을 다 잃은 듯이 말했다.

"당신이 그렇게 말하니까 힘이 쫙 빠진다."

"힘은 왜 빠져?"

"가정이 파괴되는데 힘이 안 빠져?"

"가정파괴 무서운 사람이 허구한 날 음주운전에 외도까지 해?"

"이런 상황에서 여자 달고 다닌 적 없어. 당신 생각대로 몰고 가지 마."

"달고 다닐 계제 아닌 것은 알고 계세요?"

"당신은 툭하면 여자 애기야?"

"근거 없이 얘기한 적 없어."

"돈도 없고 능력도 없는데 누가 좋아해?"

"돈 없다고 광고할 사람도 아니지만 몸만 필요한 여자도 있어. 조용히 넘기려고 가만히 있으니까 바본 줄 알아? 내 앞에서까지 문자질하잖아. 내가 바보라도 그건 아니지."

"환장하겠네 정말. 생사람 잡지 마!"

"억울하면 재작년 가을부터 통화기록 빼 와."

"사람 몰아붙이지 마. 당신이 남자 만나는 거 아냐?"

"그래? 둘 다 통화기록 빼보면 되겠네. 당장 통신사로 가!"

"10년 전 악몽이 떠오른다."

〈10년 전 악몽〉은 그의 두 번째 외도로 빚어진 가정불화를 뜻했다. 당시 형민은 호텔 여직원과 불륜에 빠졌는데, 그전에도 여자문제로 골치를 앓았던 경아가 폭발을 했었다. 분노가 극에 달하자 형민은 가출소동을 벌였고 자칫 이혼으로 이어질 뻔했었다. 차는 주차장을 빠져나와 시내를 달리고 있었지만 경아는 화를 풀지 못했다.

"떳떳하면 10년 전 악몽이 떠오를 리 없잖아. 내 생각이 맞나 안 맞나, 확인해 보자고."

"집 팔리면 이혼한다며? 집 팔리면 이혼해 줄 테니까 그만해."

"그때까지 기다리고 싶지 않으니까 지금 법원으로 가."

형민은 뜨끔했다. 어차피 이혼할 거면 사실을 노출할 필요가 없다고 생각한 게 자신도 모르게 여자관계를 시인한 꼴이 되어버렸다. 그는 한동안 말을 못 하고 침묵을 지키다가 조용히 말했다.

"약속 못 지켜서 미안해. 술을 아주 끊기는 어렵고 조금씩 마실게. 그리고 음주운전은 절대 안 할게."

그의 태도는 진지해 보였고, 경아도 진심으로 받아들였다. 어느새 마음이 누그러지고 그를 용서하기로 마음먹었다. 그는 한동안 술을 덜 마시는 것으로 의지를 드러냈고, 여자 만나는 것도 자제하는 눈치였다.

세상은 연말 분위기에 들떠 있었지만 경아는 경제적 압박에서 벗어나지 못했다. 지인들을 찾아다니며 신발 장사에 매진했다. 지인들은 경아의 삶을 응원하며 적극적으로 도와주었다. 여기저기 소개를 해주면서 체면 불사하고 열심히 하라는 격려도 해주었다.

새해 아침, 경아는 간절하게 소망을 빌었다.

'올해는 풀리겠지. 제발 잘 풀렸으면.'

그런데 새해를 맞은 지 일주일 만에 궂은 소식이 날아들었다. 형민이 예전에 다녔던 회사에서 내용증명이 날아들었다. 그가 영업자금으로 빌린 2억2천만 원을 변제하지 않으면 강제집행하겠다는 것이었다. 생전 처음 본 내용증명 앞에서 경아는 바르르 떨었다.

'세상에! 이런 일이 벌어지다니.'

경아는 집안에 온통 빨간 딱지가 붙는 상상으로 불안했지만 남편과 힘을 모으면 잘 헤쳐 나갈 것으로 믿었다. 그러나 그 바람은 공염불이 되고 말았다. 형민은 다시 방탕에 빠져들었다. 여자를 만나고 술을 마시고, 밤늦게 들어오는 일이 반복되었다. 경아도 의지가 약해졌다.

'여편네는 보따리장사까지 하는데 여자를 만나? 힘을 합해도 모자랄 판에!'

세상이 싫고 발을 옮기는 것도 싫어졌다. 그런 중에도 신발을 사겠다는 사람이 있으면 어디든 달려갔다. 집을 나설 땐 가방 속 여남은 켤레의 신발을 생각하며 속으로 말했다.

'하나라도 팔면 기분전환이 될 텐데 못 팔면 어떡하지?'

그러다가 한 켤레라도 팔면 기분이 풀렸다.

'매일 이렇게만 팔면 생활비는 벌 수 있겠다, 감당할 몸이 있으니까 보따리장사라도 할 수 있는 거지.'

그렇게 자신을 위로했다. 가끔 전철을 타고 오면서 남편 뒤를 밟고 싶은 충동을 느낄 때도 있었다. 그의 회사가 있는 역이 가까워지면 내릴까, 말까, 수없이 갈등했다. 그러나 내리지는 못했다.

'나이가 있는데 정리하겠지. 애들도 결혼할 나인데.'

며칠 뒤에 일어날 일을 알지 못하고 마음을 달랬다.

발가벗은 나무들이 오돌오돌 떨고 있는 오후였다. 경아는 침대 풋보드에 몸을 기대고 방바닥에 앉아 있었다. 얼굴이 파리하고 눈은 피로에 절어 있었다. 슬슬 내려앉는 눈꺼풀을 진정시키려 애를 쓰고 있었지만 몸이 가라앉았다. 눈이라도 감으면 나을 것같았다. 경아는 한숨을 쉬면서 방바닥에 몸을 뉘었다. 그러고는 술을 끊겠다고 선언한 형민의 말을 되뇌었다. 술을 끊겠다는 말은 결혼생활 29년 만에 처음 들은 말이었다. 면허정지 중에도 음주운전을 하고, 절주는 해도 금주는 못 하겠다던 그가 최초로 뱉은 말이라서 진심이기를 바랐다. 그때 문 열리는 소리와 함께 형민이 물컵을 들고 들어왔다. 벌써 다섯 컵째 물을 마시는 중이었다. 그는 좀 전에 경아가 앉았던 자리에 앉아 물을 한 모금 마시고 경아 등을 어루만졌다. 경아가 그를 올려다보며 낮은 소리로 물었다.

"당신은 정말 나랑 살고 싶은 거야?"

"그럼!"

형민이 힘을 주어 말했다. 술 냄새가 소리 없이 퍼져나갔다.

"나도 신중하게 고민해 볼게."

경아 말이 떨어진 지 몇 초나 지났을까! 형민의 주머니에서 메시지 알림 소리가 났다. 그가 집에서까지 휴대폰을 끼고 산 것은 3년 전부터 해온 일이었다. 그는 주머니에서 휴대폰을 꺼내들었다. 은희의 문자였다.

'햇살이 너무 좋아 산책하고 있어요. 러뷰'

그의 입꼬리가 슬그머니 올라갔다. 그는 답을 할까, 말까, 잠시 망설였다. 왠지 옆에 있는 경아가 신경 쓰였다. 그는 휴대폰을 내리면서 속으로 말했다.

'안전에는 밤낮 없다. 불철주야 경계태세!'

그러고는 무슨 표어 같다고 생각하며 피식 웃었다. 그는 휴대폰을 주머니에 넣으려고 주머니 쪽으로 손을 옮겨 갔다. 그런데 마음이 자꾸 달려갔다. 그는 동작을 멈추고 힐끗 경아를 훑어봤다. 경아는 미동도 없이 널브러져 있었다. 문자까지 참견할 기미는 어디에도 없었다.

'세상만사 다 싫고 잠이나 실컷 자고 싶어.'

머리카락부터 발끝까지 그렇게 씌어 있었다.

그는 휴대폰에 눈을 박고 문자를 다시 읽었다. 러뷰! 문자 그대로 사랑스런 말이었다. 그는 은희가 문자를 기다릴 것이라는 생각을 하고 답을 하기로 마음먹었다. 보내려는 문자는 이미 손가락 끝에 하달되어 있었다.

'보고 싶네요. 마음은 벌써 당신에게 달려가고 있소. 러뷰'

그는 독수리 모양의 손을 하고 자판을 향해 뻗어 나갔다. 그리고 〈ㅂ〉 자 위에 집게손가락을 올렸다. 누르기만 하면 글씨는 시작될 것이었다. 열흘 전 그녀와 보낸 시간을 생각하며 그는 소리 없이 방긋 웃었다. 그때였다. 느닷없는 머리 하나가 툭 튀어 올랐다. 경기를 일으킬 만큼 위협적인 것이었다. 하마터면 '꽥' 소리를 지를 뻔했지만 그는 태연하게 웃음을 거둬들였다. 얼굴은 벌써 순전함을 가장하고 있었다. 태연함과 순전함! 여자를 알고부터 민방공훈련처럼 대비해온, 의심이라는 피상적인 감정에서 가장 자유롭다고 생각한 것이었다. 그러나 그만의 생각에 불과했다.

"이리 줘봐."

경아가 액정화면에 눈을 박고 손을 내밀었다. 뜻밖의 일이었다. 경아 곁에서 문자를 주고받은 건 하루에도 몇 번씩 해온 일상 같은 것이었다. 그때마다 경아는 힐끗 쳐다보는 것 말고 반응을 보인 적이 없었다. 무심하게 하던 일을 계속하곤 했었다. 오늘도 그럴 것으로 믿고 방심한 게 화근이었다. 형민은 떨렸다. 그러나 침착함을 잃지 않았다. 글씨를 터치하지 않은 걸 다행으로 생각하며 순전한 표정을 유지한 채 말했다.

"이상한 문자가 들어왔네. 할 일 없는 사람들 참 많아. 심심하면 잠이나 잘 일이지!"

미간을 찌푸리며 휴대폰을 건네는 품새가 깜찍하고 천연덕스러웠다. 얼마나 진지했던지 '이런 한심한 인간은 감옥에서 푹 썩혀야 세상이 맑아져.' 하는 것 같았다. 성폭행을 하고 미투 운동에 앞장선 어느 정치인 못지않은 뻔뻔함이었다.

경아가 실눈을 뜨고 휴대폰을 들여다보았다.

〈식사는 하셨나요. 햇살이 너무 좋아 산책하고 있어요. 러뷰〉

〈러뷰〉는 형민이 주술처럼 사용하는 말이었다. 마침 서울 하늘은 잔뜩 찌푸리고 있었기에 경아는 속으로 생각했다.

'햇살이 좋아? 서울이 아닌가? 서울에서 만난 여자는 뭐야? 여자가 둘이라는 거야, 아니면 여행 중에 보낸 거야? 문자 버전은 그 여잔데……'

경아는 일그러진 얼굴로 휴대폰을 들여다보며 속으로 말했다. 여자의 문자가 형민의 버전에 길들여져 있다는 것은 새삼스러운 일이 아니었지만 오늘은 유독 화가 나고 불쾌했다. 경아는 형민을 째려보며 말했다.

"러뷰? 허! 잘~ 놀고 계신다. 빚이 턱까지 차 있는데 여자

하고 술이 전부야? 더 이상 못 참겠어."

경아는 작심한 듯 내뱉었다. 오늘따라 경아가 발끈한 데는 이유가 있었다. 그동안 경제적 어려움을 겪어온 데다, 그의 빚을 생각하면 숨이 막히는데 빚을 진 당사자가 방탕하게 살고 있다는 것이었다. 경아가 형민을 노려보며 말했다.

"아직도 그 여자야?"

"그 여자라니?"

"어째 당신은 보는 년마다 러뷰냐? 사랑 못 하고 뒈진 귀신 붙었어? 내용증명 받고 나서 보름간 당신이 한 짓 좀 생각해 봐."

"날마다 오는 스팸문자 하나 갖고 왜 그래?"

"돼지 알 낳는 소리 그만해. 그런 것도 구별 못할 등신인 줄 알아?"

경아는 눈을 부라리며 말했다. 그러고는 잘 보이지 않는 번호를 확인하려고 휴대폰에 눈을 모았다. 안경을 끼지 않은 상태에서 작은 폴더 전화기에 쓰인 6과 5, 3과 8은 구별이 어려웠지만 그녀의 기억 창고는 010 6388 50××을 토해내고 있었다. 경아는 여전히 눈을 찌푸린 채 휴대폰을 들여다보고 있었다. 형민이 태연한 척 손을 내밀고 말했다.

"이리 줘봐. 내가 전화해서 한마디 해줘야겠다."

경아는 그를 빤히 쳐다보며 가증스럽다는 표정을 지어 보였다. 그러면서도 증거를 잡으려면 방을 빠져나가야 된다고 생각했다. 그런데 방을 나가면 그가 유선전화로 여자에게 상황을 알려줄 것 같았다. 경아가 주춤하고 있는데 그가 기습적으로 손을 뻗었다. 자칫 지체하면 휴대폰을 빼앗길 것 같았다. 경아는 앙칼지게 그의 손을 털고 자리에서 일어났다. 그러고는 만만하게 당하지 않겠다는 듯 그를 노려보고 방을 빠져나왔다. 이내 거실을 거쳐 지우 방으로 들어가 문을 잠그고 휴대폰을 들여다봤다. 경아는 곧 고개를 절레절레 흔들면서 허탈하다는 듯 속으로 말했다.

'말도 안 돼. 한동안 잠잠해서 그 여자는 끝난 줄 알았는데 지금까지야? 불과 두 달 전 일을 잊었단 말이니? 아무리 바보라도 그렇지. 통화기록 빼오라며 싸웠던 거 잊었냐고?'

경아는 거친 숨을 들이마시며 형민의 휴대폰으로 여자에게 전화를 했다. 여자는 받지 않았다. 몇 번에 걸쳐 전화를 해봤지만 반응이 없었다. 여자는 이미 그곳 사정을 알고 있었다. 경아는 유선전화기를 놓고 온 것을 자책했다. 경아가 메시지를 읽은 순간 계획한 것은, 형민이 여자에게 전화를 못 하도록 유선전화기를 들고나와서, 형민의 휴대폰으로 여자에게 문자를 보내, 두 사람 관계를 증명할 만한 답을 유도하려 했었다.

〈어디를 산책하시나요? 중요한 미팅으로 통화가 어려운데 당신 목소리가 듣고 싶어요. 음성녹음으로 제 이름 한 번 불러주세요.〉

그렇게 했으면 두 사람이 연인관계라는 물증은 충분히 얻어
냈을 것이었다. 경아는 벌겋게 달아오른 얼굴을 문지르며 방
을 나왔다. 그리고 큰 소리로 선우를 불렀다. 휴대폰을 쥔 손
등의 혈관이 선명했다.

형민이 당황한 기색으로 그녀를 쳐다봤다. 선우가 알게 되
면 그의 체면은 곤두박질칠 것이었다. 어떻게든 휴대폰을 빼
앗아야 했다. 그는 죽기 살기로 경아에게 달려들었다. 경아가
사력을 다해 큰 소리로 선우를 불렀다. 형민은 더 초조해졌다.
그는 사자가 먹잇감을 향해 돌진하듯 사나운 눈빛으로 휴대폰
을 향해 몸을 날렸다. 경아도 이전까지 보아온 모습이 아니었
다. 삐쩍 마른 몸에서 어떻게 그런 힘이 나올까 싶었다. 빼앗
고 말겠다는 공격전과 죽음을 불사한 방어전이 팽팽하게 불붙
고 있었다. 그때 선우가 다가왔다. 형민은 몸에 힘을 빼고 별
일 아니라는 자세를 취했다. 경아가 든든한 아군을 만났다는
듯 형민을 째려보며 선우에게 휴대폰을 내밀었다.

"아빠가 어떤 사람인지 네가 확인해 봐. 내 앞에서까지 여자
랑 문자 주고받는 거 이해가 안 돼."

형민은 맥이 풀리고 오금이 저렸다. 그러나 겉으로는 당당
한 척해야 했다.

"엄마가 오해한 거야. 여자는 무슨 여자, 절대 아냐."

선우는 두 사람을 번갈아 쳐다보고 메시지를 들여다봤다.

선우 얼굴은 금방 증오로 이글거렸다. 그는 형민을 노려보며 말했다.

"저번에 내가 한 말 잊었어요? 엄마를 배반한 건 가족 모두를 배반한 거라고 했어요, 안 했어요? 그러고도 아빠야? 나가세요, 아빠 같은 사람 필요 없으니까 나가라고요."

선우는 지나치게 조용히 말했다. 너무 어이없고 화가 나서 소리마저 나오지 않은 모양이었다. 형민은 섬뜩했다. 차라리 욕이라도 하면 나을 것 같은데 너무 차분해서 더 숨이 막혔다.

작년 유월, 선우가 구호활동을 마치고 귀국을 했을 때였다. 두 사람은 맥주잔을 기우리며 부자간의 정을 나눴다. 선우는 아빠에게 여자가 있다는 엄마 말을 기억하고 그에게 말했다.

"아빠! 나는 아빠를 사랑하지만 아빠가 엄마를 힘들게 하시면 용서하지 않을 거예요. 또 한 번 외도를 하시면 아빠로 인정하지 않을 테니까 제 말 명심하세요. 엄마를 배반하는 건 가족 모두에 대한 배반이라는 거 기억하셔야 해요. 의심받을 행동은 하시지 말라는 거예요. 아셨죠?"

형민은 더없이 사람 좋은 표정을 하고 말했다.

"그걸 말이라고 하니? 직장문제로 마음고생 시킨 것도 미안한데 외도라니! 아빠가 매일 무슨 생각으로 사는 줄 아니? 어떻게 하면 우리 가족을 행복하게 할 수 있을까, 너와 지우에게 좋은 아빠가 되고 엄마에게 좋은 남편이 될 수 있을까, 그 생각뿐이야. 예전에 잘못이 있어서 더 잘하려고 노력하고 있어. 엄마 마음 아프게 하지 않을 테니까 네 일에만 신경 써. 부끄러운 아빠가 되지 않으려고 최선을 다하는 중이니까. 진심이야. 아빠가 엄마를 얼마나 사랑하는지 너도 잘 알잖아! 아빠한텐 엄마뿐이야. 너도 엄마 말에 섭섭해 하면 안 돼! 엄마 말은 잔소리가 아니라 사랑이란 거 알지?"

의심이라곤 찾아볼 수 없는 말이었다. 제아무리 연기에 능숙한 배우라도 마음에 둔 여자가 있다면 흉내 낼 수 없는 것이었다. 선우 눈에는 그렇게 보였다. 그래서 아빠를 믿었다. 아빠의 외도로 두어 번 가정불화를 겪어왔지만 누구보다 자상하고 헌신적인, 친구 같은 아빠인 것은 주변에서도 알고 있었다. 선우는 진솔하게 말하는 아빠를 보며 엄마가 경제난을 겪으면서 예민해졌을 것으로 생각했다. 설령 여자가 있다손 치더라도 아들의 당부를 흘려보낼 아빠가 아니라고 믿었다.

선우의 눈빛은 경멸과 증오로 진을 쳤다. 천연덕스럽게 연기하는 아빠가 수치스럽고 미웠다. 형민은 선우 마음을 모르지 않았다. 많은 생각들이 머릿속을 휘젓고 다녔다. 아들의 불신을 털어내는 데 어떤 말이 좋을지 고민이 되었다. 세상에서 가장 좋은 아빠로 믿어온 아들에게 부끄러운 아빠는 되고 싶지 않았다. 의심을 털어내는 가장 좋은 방법은 강한 부정이라고 믿었다. 그는 더 진지한 표정으로 연기에 돌입했다. 터무니없는 의심에 복장 터져 죽겠다는 표정으로 삿대질을 하면서 소리를 질렀다.

"생사람 잡지 말라니까. 멀쩡한 사람을 그렇게 몰아붙이는 거 병이야 병. 그거 중병인 거 몰라?"

경아에게 고질적인 의부증이 있는 것처럼 들렸다. 그가 그렇게까지 큰소리를 친 것은 통신법을 철저하게 믿은 까닭이었다. 그는 말을 할 때마다 연기의 농도를 높여갔다. 잠시도 진솔한 표정을 놓치지 않고 큰소리를 이어갔다.

"멀쩡한 사람 잡는 거 정말 환장하겠어! 의심나면 전화해 봐. 전화해 보라니까."

경아 눈에는 코믹하기 그지없는 마당놀이 한 장면이었다. 그가 연기를 하면 할수록 경아는 가면을 벗기겠다는 마음이 강렬해졌다. 경아는 계속 여자에게 통화를 시도해 봤지만 받지 않았다. 곁에서 지켜보던 선우가 형민을 재촉했다.

"빨리 나가라고 했잖아요."

형민은 미간을 좁히고 선우를 쳐다봤다. '알지도 못하면서 엄마 말만 듣고 왜 그래?' 하는 눈빛이었다. 그는 여전히 얼굴을 찌푸리고 삿대질을 하면서 전화해 보라는 말을 되풀이했다. 명색이 남편인데 추악한 죄목으로 매도할 수 있냐는 표정이었다. 연기가 얼마나 진지하고 자연스러웠던지 50년 넘게 연기해온 신성일도 그렇게까지 성숙한 연기는 어려울 성싶었다. 경아가 가증스럽다는 듯이 말했다.

"네, 이미 확인했습니다. 문자 보면 몰라? 바보천치도 친구한테 보낸 문자 아닌 건 알겠다. 노는 년마다 어쩜 하나같이 돌대가리야! 무슨 돌대가리 종친회 하냐?"

선우는 다시 형민을 밀어붙이며 다그쳤다.

"빨리 나가라고요."

선우 목소리가 높아져 있었다.

"넌 가만히 있어. 엄마랑 얘기할 테니까."

"엄마도 들을 말 없으니까 빨리 나가라니까요!"

선우는 또 한 번 크게 윽박지르고 경아를 다독거렸다.

"엄마, 나 지금 나가야 되니까 무슨 일 있으면 연락하세요. 꼭 연락하셔야 돼요."

선우는 경아 등을 두드리고는 형민을 쏘아보고 나갔다. 선우가 나간 뒤에도 형민의 연기는 계속되었다. 전화해 보라는 말을 녹음기처럼 뱉어냈다.

"그 거짓말, 지긋지긋하니까 그만 좀 해!"

"당신은 왜 그렇게 내 마음을 모르는 거야? 내가 그 좋아하는 술까지 끊겠다고 했잖아. 잘살아보려고 노력하는데 왜 그렇게 몰아붙여?"

속을 뒤집어서라도 진심을 보여주고 싶은데 그럴 수 없어서 미치겠다는 표정이었다.

"거짓말 주머니 열지 말고 통화기록으로 증명해 봐."

경아는 작년 3월 폰섹스 문자를 주고받았다는 말까지는 하지 않았다. 형민은 경아를 설득하려 애를 썼지만 통하지 않았다. 그럴수록 더 무시하고 경멸하는 것이었다. 형민은 더 이상 버틸 수가 없었다. 그 자리만이라도 피해야 될 것 같았다. 그는 혼잣말처럼 중얼거렸다.

"나가겠어. 애들 볼 면목도 없고……."

형민은 말을 뱉고 후회했다. 아이들이 진실을 알게 되면 면목이 없겠다고 생각한 게 말로 튀어나온 것이었다. 지난번에 통화기록 건으로 다툴 때도 그랬는데 또 한 번 외도를 시인한 꼴이 되고 말았다. 그는 주워 담을 수 없는 말이란 것을 알고 옆방으로 건너가 옷가지를 챙기기 시작했다. 가슴이 아려왔다. 비록 외도는 했지만 차 한 잔 마시듯 재미 차원이었을 뿐 가정을 파괴할 생각은 없었는데 쫓겨날 처지가 되고 보니 처량하기 짝이 없었다. 눈물이 몰려왔다. 엄지와 장지손가락으로 눈물을 찍어내고 다시 옷을 챙겼다. 사계절 옷을 가져갈지, 일부만 가져갈지, 잠시 고심했다. 그러나 곧 들어올 것 같아서 우선 입을 옷만 가져가기로 마음먹었다. 경아가 받아주지 않더라도 물건을 가지러 오는 것은 문제가 없을 것이었다. 그런데 1분, 2분, 시간이 지나면서 영영 이별이 될 것 같았다. 즐거운 용도로 써온 여행 가방도 처량해 보였다. 가방을 싸고 옷을 입는 데 20분밖에 걸리지 않았다.

경아는 침대 풋보드에 몸을 기대고 멍하니 앉아 있었다. 가방 끄는 소리가 들리다가 멈추더니 방문이 열렸다.

"여보!"

말 한마디에 처절한 심경이 끈적끈적 붙어 있었다. 그러나 경아 귀에는 가식으로만 들렸다. 경아는 그를 한 번 노려보고 따발총처럼 쏘아붙였다.

"여~보~? 그거 유효기간 끝났으니까 더 이상 부르지 마! 매일 닭가슴살 처먹고 봉사한 년 두고 왜 나를 불러? 구박하면 구박한 대로 그 자리에 있는 게 여편넨 줄 알았지? 살아온 세월이 소중해서 참아왔지만 더는 안 참아. 아들 나이가 서른 넘은 거 몰랐어? 곧 시집갈 딸까지 두고 그딴 짓 한 게 말이나 돼? 그 나이에 여자 치마폭에 빠져서 일까지 망친 게 아빠 자격 있는 거냐고? 바람도 여편네 있을 때 바람이지 땟국물 질질 흘리고 다녀 봐라, 어떤 년이 좋아하나. 여편네 귀한 줄 모르고 미친 짓 하다가 늙어서 오갈 데 없는 놈들 많더라. 여자는 늙어도 자식들이 불러대지만 여편네 벗어나면 찬밥 되는 게 남자야. 황혼이혼이 남의 일인 줄 알았지? 같이 살 생각 없으니까 집은 경매로 넘기고 재산분할 소리 나오지 않게 내 지분 잘 챙겨줘. 위자료는 알아서 주는 게 신상에 좋을 거야."

"미안해, 여보! 마지막으로 당신 얼굴 한 번 더 보고 싶어."

형민이 울먹거리며 말했다. 눈에는 눈물이 그렁그렁 맺혀 있었다. 경아는 그의 말이 진심인지 연극인지 알 수가 없었다. 경아는 눈꼬리를 틀고 독살스럽게 노려봤다.

"미안해!"

형민이 눈물을 훔치면서 말하고 돌아섰다. 순간 경아는 심장을 쥐어짜는 연민을 느꼈다. 아직도 그를 사랑하고 있다는 것을 스스로 알 수 있었다. 이혼이란 말은 쉽게 했다지만 여자와 정리하기를 바랐을 뿐 가정을 깨트릴 생각은 없었다. 가방 끄는 소리와 함께 허탈감이 몰려왔다. 경아는 멀어져가는 그를 바라보며 꼼짝도 하지 못했다. 분노마저 빠져나간 듯 그가 사라진 뒤에도 고개를 돌리지 못했다. 그러나 분노는 다시 가슴 밑바닥으로부터 되살아났다. 경아는 은희에게 문자를 보내는 것으로 분노를 표출했다.

'내 가정 파괴한 대가가 어떤 것인지 알게 될 거요.'

형민은 착잡했다. 순수한 아들에게 상처를 준 것이 부끄러웠다. 10년 전, 똑같은 일로 가정불화가 생겼을 때 선우는 그에게 한마디 말도 하지 않았었다. 오히려 엄마에게 아빠를 용서하라고, 이혼을 하면 엄마를 용서할 수 없다고 했었다. 작년 봄, 경아가 미국에서 돌아왔을 때 독한 맘먹고 끊었어야 했는데, 또 한 번 외도를 하면 아빠로 인정하지 않겠다던 선우 말을 뼈저리게 새겼어야 했는데, 경아가 통화기록 빼오라는 말을 가볍게 넘기지 말았어야 했는데, 내가 미친놈이지, 하면서도 결단을 내리지 못한 자신이 미웠다.

그가 병적으로 여자에 집착한 것은 단순히 남자의 본성만은 아니었다. 욕망에 대한 분노가 더 크게 자리하고 있었다. 출세에 대한 욕망은 하늘을 찌르는데 욕망하는 것들이 아지랑이처럼 아른거리다 사라져 버리는 것에 대한 분노였다. 하나씩 둘씩 멀어지는 것들을 지켜보는 것도 쓰라렸고, 뭔가를 이뤄낼 것으로 믿고 바라보는 가족도 부담이었다. 한 번쯤 기회가 있을 거라는 아내의 격려도 채찍처럼 따가웠다. 나이는 숫자에 불과하다며 스스로 격려를 해봤지만 그를 대하는 세상은 달랐다. 하고 싶은 일은 많고 뭐든 할 수 있을 것 같은데 나이마저 장벽이 되어 있었다. 갈수록 심장을 옥죄는 초조함만 심화되고 무능한 가장이라는 자괴감이 끝도 없이 엄습해 왔다. 실패에 대한 아픔이 분노, 좌절, 실망으로 뒤엉켜 스스로 주눅이 들었다. 육신의 쾌락이라도 잡지 않으면 숨이 멎을 것 같았다.

그가 외로움에 떨고 있을 때 그를 잡아준 것은 여자들이었다. 가식을 부리고 허풍을 떨어도 탄성을 지르는 여자 앞에선 죽음 같은 압박에서 벗어날 수 있었다. 그들의 지식이 높지 않은 것도 키를 한층 키워주었다. 잘못된 정보를 말해도 눈을 반짝거리며 칭찬해 주었다. 가령 '칼슘이 나트륨을 몰아내기 때문에 짠 음식을 많이 먹는 사람들은 시금치처럼 엽록소가 많은 채소를 먹어야 된다.'고 말하면 경아는 칼슘이 아니라 칼륨이라고 말했지만 그들은 아는 것도 많다며 띄워주었다. 마늘에 캡사이신이 많다고 해도, 고추에 알리신이 많다고 해도, 아리스토텔레스가 아메리카 대륙을 발견했다 해도, 감탄을 하고 믿어주었다. 부양의 의무가 없는 여자는 부딪힐 일이 없고 편했다. 아이들 문제로 다툴 일도 없었고, 경제력을 탓하지도 않았다. 어떤 남자가 아내에게 물방울 다이아반지를 해줬다거나 골프 회원권을 사줬다는 말로 기죽이는 일도 없었다. 부모에 대한 불평도, 옷차림에 대한 간섭도, 나쁜 습성을 지적하는 일도 없었다. 그를 제왕처럼 받들고 그의 욕구에 충실하는 여자를 만나면 적어도 그 순간에는 위로가 되었다.

그는 아스라이 멀어지는 야망을 안타깝게 바라보며 여자로 한을 풀었다. 화려한 속옷 속에 위태롭게 드러난 여체를 보면 욕정이 춤을 추고 불을 뿜었다. 본능을 절제하며 젖무덤을 핥을 때의 짜릿함, 어미 소가 새끼를 핥듯 애무를 해올 때 전율이 미치도록 좋았다. 여자를 안으면 세상이 손안에 든 것 같았다. 삼천 궁녀를 거느린 의자왕도, 양귀비를 품은 당태종도 부럽지 않았다. 아무나 가질 수 없는 것을 가졌다는 최면이 그렇게 행복할 수가 없었다. 할 수만 있다면 더 많은 여자를 소유하고 싶었다. 월, 화, 수, 목, 금, 토, 일, 매일 다른 여자를 끌어안고 짐승의 포효를 내지르고 싶었다. 모든 것이 찰나의 행복에 불과하다는 것을 모르지 않았지만 궤도를 탈출한 열차처럼 휘청거리며 늪으로, 늪으로 빠져들었다. 들키지 않으면 도덕적 비난을 받을 일은 없을 것이고, 세상에 드러난 몇 번의 외도로 완벽한 노하우를 축적한 것으로 믿었다. 3년 동안 들키지 않은 것으로 노하우는 이미 증명된 것이라 믿었다. 들키지 않을 자신 있었고, 경아는 언제나 아내의 자리를 지켜줄 것으로 믿었다. 경아는 종종 경고 같은 암시를 보내왔지만 철벽같은 비밀의 성이 무너질 리 없다고 믿었다. 여자들만이라도 냉정했다면 이번 사태는 일어나지 않았을 것이었다. 시도 때도 없이 문자를 보내고 전화를 걸어오지 않았다면 일어나지 않았을 일이었다. 생각해 보니 하루 60번 넘는 문자를 주고받은 것은 스스로도 믿어지지 않았다.

왜 그렇게 빠져들었던 것일까! 영혼만은 빼앗기지 말자, 다짐했는데 왜 그렇게 흘러갔던 것일까! 여자를 보면 왜 그렇게 희열이 솟구쳐 올랐을까! 공허함의 산물이란 것을 잊지 않았는데 빼앗기지 말자던 영혼은 어느새 병이 들었고 여자들 소식이 조금 늦어지면 아주 멀어진 건 아닌지 불안하곤 했었다. 여자를 떠나보내면 유일한 재산을 잃을 것 같은 초조함이 섹스중독이라는 괴물을 생산한 것이었다.

형민은 깊은 생각에 잠겼다. 괜히 집을 나온 것 같았다. 끝까지 버텼어야 했는데, '아이들 볼 면목도 없고.' 했던 게 큰 실수였다. 생각해 보니 오늘 은희가 걸려든 것은 참으로 뜻밖의, 그녀에게는 억세게 재수 없는 일이었다. 그녀와는 지난 연말 서울에서 만나 열흘간 시간을 보냈고 목포에 내려간 지 열흘이 지나 있었다. 함께한 날들이 짜릿해서 문자와 전화로 아쉬움을 달랬을 뿐 최근에 만난 여자는 은희가 아니었다.

형민은 착잡했다. 아직 갈 곳을 정하지 못하고 터미널 한구석에 앉아 고민을 하고 있었다. 그때 전화가 걸려왔다.

"죄송해요. 저 때문에 일이 벌어져서……."

형민은 아무 말도 하고 싶지 않았다. 하필 그 시각에 문자를 보낸 그녀가 원망스러웠다. 집에 있을 땐 연락하지 않기로 했는데 슬금슬금 문자를 보내와 파문을 일으켰다는 생각이 들고 노여웠다. 그러나 혼자만의 잘못이 아니었기에 마음을 다독이며 그녀를 안심시켰다.

"확실한 근거를 잡은 건 아니니까 걱정 마세요. 통신법이 엄격해서 당신 신분은 알아내지 못할 거예요. 며칠 지나면 괜찮아지지 않겠어요? 우리 관계 시인하면 안 된다는 것만 명심하고 편히 계세요."

은희는 신분추적을 할 수 없다는 말에 안도했다. 그게 사실이라면 형민이 집을 나온 게 잘된 일인 것 같았다. 경아를 의식하지 않고 언제든 그를 만날 수 있다는 생각이 들었다. 은희는 전화를 끊고 야릇하게 웃으면서 경아를 비웃었다.

'흥분해 봤자. 너만 손해지! 넌 형민 씨와 법적으로 부부일 뿐 그 사람은 내가 전부야. 흥!'

뿌듯한 심경은 혼잣말로 흘러나왔다.

"풋! 괜히 걱정했잖아!"

은희는 한 시간 뒤, 경아에게 전화를 했다. 신호가 한 번 떨어지자 경아는 전화를 받았다. 은희는 목에 힘을 주고 따졌다.

"도대체 무슨 근거로 나를 불순한 여자 취급하는 거예요?"

은희는 표준말을 쓰려고 애를 썼지만 단어만 표준어일 뿐 드라마에서도 듣기 힘든 최남단 사투리 억양이었다. 게다가 소리 맵시까지 늙고 거북스러웠다.

'뭐야? 목소리에 별난 인간이 이건 뭐야?'

경아는 속으로 말했다. 무엇보다도 여자가 너무 침착한 것에 경아는 치를 떨며 말했다.

"뻔뻔하기는."

"친구한테 보낸 문자가 잘못 들어갔다고 했잖아요."

"그러세요? 작년 3월에 폰섹스 한 거 기억 안 나세요?"

"무슨 소리 하는 거예요?"

"됐고, 친구한테 꼬박꼬박 존댓말 써요?"

"나는 그렇게 해요."

"그러세요? 친구 전화번호가 몇 번인데?"

은희는 당황했다. 잠시 망설이다가 말했다.

"693국에⋯⋯."

경아는 은희가 말을 끝낼 새도 없이 말했다.

"허, 한 자리도 안 맞는데 문자가 들어와?"

"아참, 010 9703 39××다. 친구 이름이 성연인데 그 친구한 테 보낸 거예요."

여자가 말한 전화번호는 형민의 전화번호와 마지막 한 자리 숫자만 달랐다. 경아는 멸시하듯 말했다.

"수준이라곤. 그 거짓말은 니 남편한테 하고 만나서 얘기 해."

"당신이 누군 줄 알고 만나요. 우리 남편 여기 있으니까 바 꿔 줄게요."

은희는 뻔뻔하고 천연덕스럽게 말했다. 그녀가 남편이라고 말한 사람은 형민의 친구 경환이었다. 경아는 그녀 곁에 있는 남자가 경환이란 것은 몰랐지만 미안함이나 긴장감 없는 목소 리에서 여자가 어떤 부류인지는 알 수 있었다.

"바꿔줘 봐. 한마디만 해보면 니 남편 아닌 거 알 수 있으니 까. 집 전화번호가 몇 번인지 니 새끼들 생일이 언젠지."

사태가 불리해지자 은희는 전화를 끊어버렸다. 그러고는 잠시 뒤에 문자를 보내왔다.

〈참는 것도 한계가 있으니 그리 아시오, 아줌마! 무고죄로 고소할 것이오.〉

경아는 경멸이 담긴 문자에 울분을 터트렸다.

'그리 아시오, 아줌마? 고소?'

경아는 분노를 끌어안고 형민에게 음성녹음을 남겼다.

"당신이 그렇게 시켰어? 남자 하나 앉혀놓고 남편인 척하라고? 그게 더 확실한 증거가 된다는 거 알아둬. 두고 봐, 내가 어떻게 하는지."

소외감에 절고 악에 받친 목소리였다. 형민은 악에 받친 어떤 것보다 소외감에 절은 목소리가 더 두려웠다. 경아에게 무서운 면이 있다는 것을 그는 알고 있었다. 억울한 일을 당하면 견디지 못하는 성미였다. 형민은 괴로웠다. 집에 돌아가고 싶었지만 경아가 용납하지 않을 것 같았다. 상황이 절망으로 빠져드는 것 같았다. 다음 날, 경아에게 메일을 보냈다.

여보,

식사는 하셨소?

먼저 당신과 애들에게 미안함을 전하고 싶소

당신의 생활철학은 극히 정상이었지만 문제는 내게 있었습니다.

내 스스로 매우 특별한 사람인 줄 알았는데,

지난날을 돌아보니 정말 못난 놈이더군요

이제 어린시절의 꿈과 중년의 야망과

장년의 여유를 비우고 나니 홀가분한 기분입니다

앞으로 어떤 난관이 닥칠지 모르겠지만

당신도 모든 걸 내려놓고 차분하게 읽어주기 바라오

그동안 가장으로서 경제력 없는 내 모습이 초라했으며,

아무것도 할 수 없는 무능력자라는 혐오와 자책이

죽음까지 생각하는 못난 놈이 되어 버렸소

비록 갈 곳도 머무를 곳도 받아줄 사람도 없지만

다시 집으로 돌아가게 될 것 같지는 않습니다.

가족에게 의무를 다 하지 못한 부끄러운 가장으로서

나에게 주어진 어떠한 고통도 감내할 것입니다

그동안 저지른 모든 것을 용서받는다 해도

내 스스로가 견딜 수 없을 거 같아

가슴이 아프지만 결정을 해야 될 거 같소.

이 선택은 과거의 잘못과 현재의 못남에 대한 참회이며

남은 삶에 대한 자신감을 보장할 수 없기 때문이오

사람은 언젠가는 혼자가 되고,

그때에 대비해 마음의 준비를 해야 된다고 말해 왔는데

그게 생각보다 너무 일찍 찾아온 거 같네요

그런 것들이 예정된 것을 알기라도 한 것처럼

당신이 Shoe Gallery를 하게 된 것을 다행스럽게 생각하며

그런 변화가 당신에겐 경쟁력을 갖게 될 줄 믿습니다.

당신은 원래 삶의 의지가 강하고 똑똑한 사람이니

지금의 상처가 아물면 더 행복하게 살 수 있을 것입니다.

당신 주위에 홀로 된 어느 누구보다도

더 멋있는 제2의 인생을 살아가기를 바랄 뿐이오.

난 어떤 극단적인 선택은 하지 않을 것입니다

비록 한눈을 팔았지만 가장 소중한 것은 가족이었고

진정으로 사랑한 사람은 당신뿐이었습니다

경아를 진정으로 사랑한다는 말은 거짓이 아니었다. 여자를 탐한 건 스스로 통제되지 않는 질병이었을 뿐 사랑이 있어서는 아니었다. 풍요롭게 해주고 싶은 사람은 경아였고 좋은 것들을 보면 가장 먼저 경아가 생각나곤 했었다.

경아 눈에 눈물이 그렁거렸다. 마음을 진정하려 애를 썼지만 눈물이 벌써 볼을 타고 내려왔다. 경아는 눈물을 훔치며 욕실로 들어갔다. 대리석에 반사된 울음소리가 그녀를 더 애절하게 만들었다. 경아는 설움에 복받쳐 진저리를 치며 울었다. 욕실 바닥에 눈물이 툭툭 떨어졌다. 경아는 벽에 걸린 수건을 끌어당겨 얼굴을 묻고 울었다. 울음소리는 어느새 쉿소리로

변했다. 빚은 어떻게 감당하며 아이들 혼사는 어떻게 치를 것인지 두렵기만 했다. 남편의 짐을 덜어보겠다고 보따리장사까지 마다하지 않았는데 현실을 외면한 그가 미웠다. 경아는 서재로 돌아와 수건으로 눈물을 닦고 다시 글을 읽었다.

내게 주어진 업보를 참회하는 마음으로
홀로 외롭게 험난한 가시밭길을 걸을 것입니다
한 가지 청이 있는데 이렇게 하는 건 어떻겠습니까?
선우의 김포 아파트 판 걸로 우선 내 빚을 갚아주면
도곡동 집이 팔릴 때까지 막노동을 해서라도
대출 이자를 보내도록 최선을 다 하겠소
도곡동 집은 내가 지금 증여할 경우 세금을 내야 하니
팔린 다음에 최소한의 생활비로 2억만 더 줬으면 하오
그리고 도곡동 집 매매를 위한 위임장은
필요한 서류를 공증 받아 보낼 생각이오
도저히 당신을 쳐다보지 못할 것 같아서
이혼수속은 변호사에게 의뢰할 생각입니다
집이 팔리기 전이든 후든 당신이 결정하세요
아이들에게 존경받을 수 없는 아빠로서
더 이상 가족과 함께할 수 없다는 것에 처절함을 느낍니다
그러나 감당을 해야겠지요

추운 길에서 붕어빵 파는 젊은 아빠와

군밤 파는 할머니의 모습이

삶의 용기를 가르쳐 주는 듯하더군요

마음이 방황하듯 횡설수설했습니다.

이해해 주시고 못난 사람 용서 바라오

사랑해요 여보.

1월 18일

경아는 눈물을 줄줄 흘리면서 다시 메일을 읽었다. 잠시 뒤, 메일에서 특이한 점을 발견했다. 그의 글 대부분은 마침표가 없었다. 순간 경아는 그가 수년 동안 문자놀이를 하면서 굳은 습관이라는 것을 알고 얼굴이 경직되었다. 경아는 한동안 허탈하게 앉아 있다가 마음을 누그러뜨렸다. 그가 너무 미웠지만 사랑하는 아들에게 쫓겨났다는 것을 생각하면 마음이 아팠다. 가족에게 헌신적으로 살아온 그를 용서하자고 마음을 다독였다. 경아는 선우를 달랬다.

"선우야, 아빠 용서해 드리자. 나중에 아빠 불러들인 걸 후회하더라도 우리가 한 행동에 후회할 일이 생기면 안 되잖아."

그가 또 외도를 해서 그를 불러들인 걸 후회하더라도 그가 폐인이 되는 것은 막아야 된다는 말이었다. 선우는 고개를 흔들었다. 그리고 눈물을 흘리면서 말했다.

"저도 밤새 생각해 봤는데 용서가 안 돼요. 한두 번 아니잖아요. 2, 3년만 견디면 잘살 수 있는데 왜 평생 고생하시려고 그래요. 그 사람은 절대 못 고친단 말이야. 미워 죽겠어."

선우가 아빠를 그 사람이라고 하는 것에 경아는 놀랐다. 아빠를 아빠로 인정하고 싶지 않다는 말이었고, 그가 받은 충격이 심각하다는 것을 드러낸 말이었다. 경아는 마음을 가다듬고 말했다.

"그렇게까지 망신당했는데 사람인 이상 또 그러겠니? 앞으로는 안 그럴 거야. 자식보다 더 무서운 것은 없단다."

"엄마, 조금만 참아요. 그 사람 들어오면 나 유학 못 떠나요. 내가 없으면 엄마가 어떻게 감당하겠어요?"

선우의 마음을 경아가 모르는 것은 아니었다. 그러나 유학을 떠나기 전에 화해하기를 바라며 계속 설득했다.

"넌 외국생활을 주로 해서 한국 실정을 몰라. 부모가 이혼하면 자식들 결혼할 때 얼마나 불이익이 많은 줄 아니? 지우한테는 아빠가 필요해."

"그런 거 이해 못 하면 결혼 안 시켜야죠. 내가 아빠 역할 할 테니까 걱정하지 마세요."

"아빠의 역할과 존재는 달라. 암튼 빨리 치료를 받도록 하자. 지체하면 치유가 어려워."

선우는 말을 들으려 하지 않았다. 눈물을 진정하지 못하고 제 방으로 들어가 형민에게 메시지를 보냈다.

〈엄마랑 이혼하고 그 창녀랑 잘 사세요.〉

메시지를 받은 형민은 둔기로 얻어맞은 것 같았다. 한 번도 아빠를 거스른 적 없는 아들, 아빠를 가장 사랑하고 좋아했던 아들의 글이란 게 믿어지지 않았다. 형민은 사태가 심각하다는 것을 깨달았다. 맥이 풀리면서 전화기를 든 팔이 툭 떨어졌다.

그때 은희에게 전화가 왔다. 상황을 알지 못한 은희는 들뜬 목소리로 말했다.

"여보! 식사하셨어요?"

"아직이요."

"왜요? 잘 챙겨 드셔야죠. 난 당신이 나와 있으니까 너무 좋아요. 전화도 마음대로 할 수 있고. 아예 정리하고 그렇게 사는 건 어때요? 내게 여유가 있으니까 취업은 걱정하지 말아요. 당신만 있으면 다른 건 다 괜찮아."

"……."

"왜 대답이 없어요? 이참에 그렇게 해요."

"지금 일이 좀 있어서 다음에 통화하지요."

형민은 전화를 끊고 멍하니 천정을 바라보았다. 마약처럼 황홀했던 욕정의 날들이 가족을 떠나고 보니 하찮게 여겨졌다. 형민은 소주 한 병을 통째로 들이마셨다. 머릿속에는 선우의 메시지가 꽉 차 있었다. 언젠가는 아빠를 용서해 줄 것으로 믿었는데 가망이 없어 보였다. 눈물이 흘러나왔다. 그는 소리 내어 울다 잠이 들었다. 한기를 느끼고 깨어났을 땐 새벽이었다. 그는 눈을 말똥말똥 뜨고 선우의 문자를 곱씹었다. 외롭고 처량했다. 아들에게 당한 소외감은 어떤 것보다 시렸다. 실직을 했을 때도, 경쟁사의 협박을 당할 때도, 느껴보지 못한 것이었다. 시리고 아파서 누군가 의지하지 않으면 미칠 것 같았다. 잠시 뒤 은희의 전화를 받고 그는 다시 거꾸러지고 말았다. 외롭고 쓸쓸해서, 가슴이 저리고 아파서, 가족은 생각할 겨를이 없었다. 그는 곧바로 차를 몰아 광주로 향했다. 그리고 광주 근처 모텔에서 한나절을 보냈다. 경아가 선우를 설득하기 위해 눈물 흘리고 있다는 것을 그는 몰랐다.

하루가 또 지났지만 경아는 잠을 이루지 못했다. 누우면 앉고 싶고 앉으면 눕고 싶었다. 신들린 사람처럼 자리에서 일어나 방 안을 맴돌기도 했다. 그러나 배반감에 떨다가도 어느 땐 형민이 안쓰러웠다. 아들에 대한 아빠의 수고가 무너진 것 같아 허망했다. 경아는 그에게 위로가 필요하다는 생각으로 전화를 걸었다. 통화 중이었다. 잠시 기다리다가 다시 전화를 해봤지만 또 통화 중이었다. 통화시간이 30분을 넘어서면서 퍼뜩 스치는 게 있었다. 평소 형민의 통화개념은 간단명료였다. 경아는 뭔가 확인하려는 듯 은희 번호를 눌렀다. 그녀도 통화 중이었다. 경아는 금방 분노했다. 아니겠지, 아니겠지, 최면을 걸어도 안정이 되지 않았다.

경아는 넘치는 분을 휴대폰에 모으고 두 사람에게 수차례 전화를 해봤지만 통화는 끝날 기미를 보이지 않았다. 통화를 시도한 지 한 시간이 넘어갈 무렵 은희 전화에 발신음이 들렸다. 경아는 얼른 전화를 끊고 다시 형민의 번호를 눌렀다. 그 또한 금방 발신음이 떨어졌다. 경아는 나른해졌다. 스스로 하찮은 존재 같아서 아무런 말도 할 수 없었다.

다음 날 형민이 메일을 보내왔다.

여보,
식사는 잘하고 있는지요
수면 잘 취하고 식사 거르지 마세요
당신을 지켜줄 사람은 함께 살아온 저도 아니고
죽음 같은 진통을 겪으며 낳은 애들도 아닙니다
오직 당신 스스로 지켜가야 할 것이니
힘들겠지만 모든 짐을 내려놓고 평온을 찾으십시오
많은 책을 봤고 사색도 깊은 사람이니
금방 마음의 평온을 찾을 것으로 믿습니다
오늘이 있어 내일이 있고,
오늘의 마무리는 내일의 시작을 안겨주지 않겠어요?

(경아는 글을 읽다 말고 욕을 했다.

'그거 아는 놈이 그렇게 살았어?'

그리고 다시 글을 읽어 내려갔다.)

난 내게 주어진 업보를 안고 갈 것입니다

그 길이 세상에서 가장 험난한 가시밭길이면 좋겠어요

(경아는 또 욕을 했다.

'미친놈! 툭하면 가시밭길이야? 그게 그렇게 좋으면 걸어 봐.

꽃길은 맘대로 못 하지만 가시밭길은 맘대로 갈 수 있잖아.')

당신과 애들을 실망시킨 죗값은 톡톡히 받아야지요

선우가 내게 보낸 문자는 말하고 싶지 않습니다.

심지가 곧은 녀석이 그렇게 한 것은

아빠에 대한 사랑이 깊었다는 것이고

배신, 실망, 증오의 넓이가 크다는 것이겠지요.

차라리 나를 미워하고 아빠로 생각지도 말고

머리에서 온전히 지워버렸으면 좋겠네요.

여보!

혼란스러운 당신 마음을 잘 알고 있습니다

나에 대한 미움이 크시겠지만

미움을 키우지 마시고 친구라도 만나 미움을 토해내세요

그 자리에 희망과 열정이 채워지고 마음도 편해질 것입니다

큰 소리로 웃고 주먹을 불끈 쥐고 당당하게 나아 가세요

나는 당신과 헤어지더라도 당신을 위해 기도하고

가끔 당신이 좋아하는 것도 보내 드릴게요

나를 필요로 하는 일이 생기면 잠시 곁에 머물 수도 있고요

난 맹세컨데 어떤 여자하고도 재혼하지 않을 거예요

재혼할 능력도 없지만 여자 때문에 집을 떠난 것이 아니라

자신감 없이 추락하는 내가 원망스러워서 나왔으니까요.

마음의 치료가 필요한 것일까요?

미안해요 누구보다 힘든 사람은 당신인데…

힘들겠지만 식사 잘 챙겨 드시고 건강하세요

사랑해요 여보

1월 19일

마지막 기회

　경아는 형민이 보내온 모든 메일을 다시 읽어보면서 마음을 가라앉히려 애를 썼다. 휴대폰에 저장된, 행복했던 날들의 사진도 들여다보고 문자 메시지도 읽어 보았다. 눈물을 훌쩍거리며 문자를 읽다가 은희 문자도 읽게 되었다.

　〈참는 것도 한계가 있으니 그리 아시오 아줌마! 계속 괴롭히면 고소할 것이오.〉

　자신감 있는 협박조의 문자에 새삼 분노가 일었다. 경아는 콧소리를 내면서 창밖으로 고개를 돌렸다. 날씨가 음울했다. 마른 이파리가 드센 바람을 타고 날아와 유리창을 때렸다. 그렇잖아도 우울한 마음이 더 우울해지고, 화가 치밀어 올랐다. 경아는 마음을 사려잡고 은희에게 문자를 보냈다.

　'아직도 사과를 안 하네요. 사과 기다리며 마지막으로 문자

보냅니다.'

경아는 진지하게 문자를 보냈다. 그러나 은희가 보내온 답은 정도를 벗어나 있었다.

'정신병원에나 가보세요.'

경아는 인내의 필요성을 느끼지 않았다. 이를 악물고 문자를 보냈다.

'나를 정신병자 취급해? 내가 누군지 보여줄게.'

경아는 통화기록을 뽑는 데 도움이 될 만한 사람들에게 전화를 했다. 그러나 선뜻 도와줄 사람이 없었다. 그녀가 알고 있는 경찰도, 통신사 직원도 통신법 위반이라는 말만 되풀이했다. 경아는 빤한 사실을 증명해 낼 수 없는 것에 화를 끓이다가 심부름센터에 전화를 했다. 그리고 금방 풀이 죽었다. 여자의 소재지 파악에 30만 원, 통화기록 뽑는 건 300만 원이 든다는 것이었다. 경아는 마음을 누그러뜨리려 노력했다. 찬물도 한 컵 마시고, 좋아하는 그림도 들여다보고, 클래식 음악을 들어도 진정이 되지 않았다. 경아는 자리에서 일어나 한동안 거실을 돌아다니다 다시 심부름센터에 전화를 걸었다.

"좀 전에 전화한 사람인데요. 소재지 좀 확인해 주세요."

"전화번호는 알고 계신가요?"

"네."

"비용은 30만 원인데 현금으로 준비하셔야 됩니다."

"그다음은요?"

"사모님이 장소를 알려주시면 거기로 가겠습니다. 한두 시간 안에 확인할 수 있고요. 출발 전에 전화 드릴게요."

경아는 은희 전화번호를 알려주고 화장을 하기 시작했다. 가슴이 벌렁거리고 손이 바르르 떨렸다. 경아는 화를 다스리기 위해 입을 앙다물고, 한숨을 쉬고, 혼잣말을 하면서 대강 화장을 끝냈다. 그리고 거실 흔들의자에 앉았다. 유리창 너머 행인들은 다 활기차 보이고 오직 그녀만 불행해 보였다. 한 시간이 채 되기 전에 심부름센터에서 전화가 왔다.

"주소는 확인됐고요. 30분 뒤에 약속장소로 가겠습니다."

경아는 손가방을 들고 집을 나섰다. 슬그머니 아파트 현관을 빠져나가는데 경비 아저씨가 인사를 했다.

"어디 가시나 봐요. 요즘 통 안 보이시더니."

경아는 어색하게 웃어 보이고 총총 걸어갔다. 은행이 가까워질수록 갈등이 일었다. 어려운 형편에 30만 원은 너무 큰 액수라는 생각이 들고 걸음이 무거웠다. CD기 앞에서는 더 착잡했다. 그러나 일을 번복할 시간은 지나 있었다. 경아는 숨을 절제하며 카드를 넣었다. 잠시 뒤 현금을 꺼내들고 약속장소로 갔다. 심부름센터 남자는 검정색 비니 털모자를 쓰고 있었다. 남자가 메모지를 건네주며 말했다.

"내연관계인 거죠?"

"그래 보여요?"

"여성분이 의뢰한 건 빤해요. 현장 목격이 필요하면 비디오 촬영도 해드릴게요."

"다 드러났는데 또 그러겠어요?"

남자는 어림없다는 듯 헛웃음을 지어 보이고 말했다.

"제가 이 일을 오래 했는데 떼어 놓아도 90프로는 다시 붙어요."

경아는 그의 말을 흘려보내며 메모지를 들여다봤다. 여자의 이름은 경자, 주소는 목포로 되어 있었다. 서울에서 여자 만난 흔적이 많았던 걸 생각하며 믿기지 않다는 듯 경아는 고개를 갸웃했다.

'서울에 다른 여자가 있다는 거야?'

그러고는 세상이 매우 좁다고 생각했다. 메모지에 적힌 주소는 친구 소연이 살고 있는 아파트였다. 경아는 소연에게 전화를 걸었다.

"109동 903호, 경자라는 여자 좀 알아봐 줄래?"

"그 여자 나도 잘 아는데 왜? 그 집 딸하고 우리 애가 같은 반이었어."

"우리 남편하고 내연관계야."

"뭐라고? 기가 막혀라! 그 여자 서울—목포 왔다갔다하는데 주로 서울에 살아."

주로 서울에 산다는 말은 경아에게 그나마 위안이었다. 여자가 둘은 아니라는 안도였다.

　"온몸에 돈 처바르고 다닌 게 그거였구나. 무식하고 끼가 다분한 여자야. 명품이 품격인 양 착각하는 여자 있지? 브랜드 발음도 못 하는 주제에 돈지랄하고 다니는. 내세울 게 없으니까 그렇게라도 해야 업그레이드된다고 생각하겠지. 퇴물기생처럼 얼굴 단속하고 다니더니 남자 유혹하려고 그랬구나. 젊어 보이려고 발악하는 성형중독자야. 그래 봤자 뭐해, 머릿속에 든 게 없는 걸. 초등학교 졸업하고 1년 쉬었다가 중학교 들어가서 겨우 졸업은 했다는데 헤프기로 소문났어. 그래도 남편은 잘 만났지. 남편도 학벌은 별론데 지 주제에 그 정도면 시집 잘 간 거 아냐? 별 볼일 없는 게 명품 두르고 다니면서 귀족이나 된 것처럼 얼마나 교만한지 몰라. 돈 있는 사람만 상대하지, 없는 사람은 쳐다보지도 않는단다. 무슨 어린이집 일좀 도와준다는데 원장이나 되는 것처럼 떠들고 다니는 건 또 얼마나 가관이게. 오죽 내세울 거 없으면 그러겠니. 니 옆구리도 못 따라갈 여잔데 어디가 좋아서 그런 걸 달고 다녔을까?"

　"데리고 살 것도 아닌데 지식이 무슨 상관이니. 천박할수록 좋지 않겠어?"

　"호호호호, 맞다, 맞아! 갱년기 클리닉 다닌다더니 봉사하려고 그랬구나. 닦고 조이고 기름 친 거였어. 호호호."

"갱년기 클리닉에 다닐 정도면 나이도 많겠네?"

"58년 개띠니까 쉰네 살인데 나이보다 젊어 보여. 탱탱하게 보톡스 넣고 다니니까. 니 남편한테도 나이 속였을 거다. 이름도 본래 이름 안 썼을 걸. 꼴에 예명까지 쓴다더라."

"이뻐?"

"눈에 띨 정도는 아닌데 밉상은 아냐, 체구는 아담하고. 그 여자 동창 얘기 들어 보니까 시골 동창회 가면 남자들 가슴 만지면서 아양 떨고 혼을 쏙 뽑는다더라."

"남편은 뭐하는데?"

"M호텔 사장이야. 성깔 대단하다던데 그 사실 알면 니 남편 뼈도 못 추릴 거다."

"그렇게 무서우면 바람이 났겠어?"

"할라는 놈은 못해 본대잖아. 호텔 행사며 골프 모임이며 바쁘게 돌아다니는데 여자가 뭔 짓을 하는지 어떻게 알아. 애들 어릴 때부터 각방 썼다던데."

"부부 사이가 안 좋다는 얘기네?"

"좋으면 각방 쓸 리 없겠지. 어머! 그러고 보니까 니 남편이었나 보다. 경숙이가 그러던데 강진 영랑생가에서 니 남편 같은 사람이 여자랑 다니더래. 너는 안 보이고 남자 둘 여자 둘 다니니까 잘못 본 줄 알았대."

소연이 말한 네 명은 형민과 그의 친구 경석, 그리고 은희와 은희 친구 금숙이었다. 은희가 경석에게 금숙을 소개하려고 데려온 것이었다. 구체적인 사실은 소연과 통화를 마친 뒤 경석에게 들었다.

"하당에서 여자 둘을 태우더라고요. 얼굴은 다 뜯어고치고 화장도 낮도깨비같이 진한 게 꼭 나다니는 여자 같아서 멀쩡한 부인 두고 저런 여자를 만날까, 생각했어요. 같이 온 여자가 나한테 전화번호도 줬는데 '가정주부가 뭐하는 짓이냐고.' 야단을 쳤더니 질질 짜고 난리가 났어요."

경아는 109동 경비실 전화번호를 알아내 전화를 했다.

"죄송하지만 903호 최경자 씨 친군데요. 휴대폰이 안 돼서 그러는데 집 전화번호 좀 알려주시겠어요?"

"잠깐만 기다려보세요."

경비아저씨는 의심하지 않고 친절하게 전화번호를 알려주었다. 경아는 그것으로 만족하지 않았다. 은희 남편 호텔로 전화하여 변 사장 전화번호를 알아냈다. 그리고 그 번호로 전화를 걸었다. 발신음이 한 번 떨어지자 호텔 광고가 흘러나오고 생각보다 젊은 남성의 목소리가 들렸다. 경아는 전화 잘못 걸렸다는 말을 남기고 얼른 전화를 끊었다. 경아의 본심은 은희의 가정파탄까지는 바라지 않았다. 은희가 한 짓을 생각하면 가정파탄 이상의 것도 일으키고 싶었지만, 변 사장도 경아처럼 피해자라는 생각이 들어서 참았다.

경아는 한동안 창밖을 바라봤다. 우중충한 하늘에 마른 이 파리들이 횡~ 소리를 내며 날아다녔다. 온통 먼지로 뒤덮인 세상이 그녀의 심경 같았다.

'목포 들락거린 게 그런 이유였어? 집안 사정도 어려운데 그러고 싶었니?'

경아는 악을 가라앉히며 은희에게 문자를 보냈다.

〈최경자 님, S아파트 109동 903호에 살고 계시네요. 제가 찾아갈까요, 전화를 하겠습니까?〉

문자를 받은 은희는 소스라치게 놀랐다. 가슴이 내려앉고 몸이 바르르 떨렸다. 철저하다고 믿어온 통신법이 그 정도라는 것에 실망했다. 은희는 숨을 헐떡거리면서 형민에게 전화를 했다.

"여보, 큰일 났어요. 그 여자가 내 신분을 알아 버렸어요."

"그 여자라니?"

"누구긴요. 당신 마누란가 누군가 그 미친 여자죠."

형민도 난감했다. 통신법이 그렇게까지 허술한 것인 줄 그 또한 몰랐다. 그러나 어떻게든 경아를 설득할 수 있을 것으로 믿었다.

"걱정하지 말아요. 내가 달래 볼게요."

두 사람이 통화를 하고 있을 때 경아는 형민의 전화번호를 돌렸다. 그런데 통화 중이었다. 두어 차례 통화를 시도했으나 두 사람 다 통화 중이었다. 경아는 분노를 삭이지 못하고 전화기를 내려놓았다. 잠시 후 형민이 전화를 걸어왔다.

"전화했었네. 무슨 일이야?"

그의 음성은 부드러웠으나 긴장감이 묻어 있었다.

"경자가 누구야?"

"경자라니?"

"허, 그럼 은희는? 그 여자 보려고 툭하면 목포 가셨어?"

경아가 경자의 예명까지 알고 있는 것에 그는 놀랐다. 그러나 가슴을 진정시키고 그만의 독특한 장단으로 시치미를 뗐다.

"무슨 소리야! 나하고는 상관없는 여자야!"

그의 말은 불신감을 더 가중시켰다.

'증거를 대도 이러는데 그 안에는 얼마나 많은 것이 숨어 있을까?'

경아는 속으로 생각하며 목소리를 높였다.

"상관있는지 없는지 보여줘? 그 여자 남편이 M호텔 사장이라며? 그 여자도 전화 안 받던데 계속 그렇게 나오면 그 여자 남편 찾아갈 거야."

형민은 입이 떨어지지 않았다. 한동안 무슨 말을 할까 망설이다가 경아가 두 사람 사이를 의심하기 시작한 시기가 재작년 가을이란 것을 기억해냈다. 잠시 사귀다 만 것처럼 말하면 노여움이 덜할 것 같았다. 그는 깊은 생각 없이 말했다.

"재작년 가을에 이미 끝난 여자야."

그의 말이 끝나기도 전에 경아가 쏘아붙였다.

"뭐라고? 며칠 전 문자는 귀신이 보냈어? 그 여자 땜에 뒤집힌 거 잊었냐고! 그 여자 그 번호는 절대 아니요 했다가, 당신하고 상관없는 여자라고 했다가, 이젠 재작년 가을에 끝났다고? 석사라는 인간이 어쩜 그렇게 돌대가리니? 석사는 돌 '석'자 석사냐?"

"……."

"어떻게 만났는지 사실대로 말해봐."

"식당에서 만났는데 그 이상은 묻지 마."

"사실대로 말하라고 했잖아."

"혼자 식사하고 있으니까……."

형민은 말꼬리를 흐렸다. 그러나 경아는 경환을 끌어들이지 않으려는 그의 의도를 잘 알았다.

"혼자 밥 먹고 있으니까 여자가 제 발로 찾아왔다고? 경환이가 소개해 줬잖아!"

형민은 말문이 막혔다. 곧 불필요한 말을 했다고 자책하면서 말했다.

"맘대로 생각해!"

형민은 소리를 버럭 지르고 전화를 끊었다.

"한심한 것들!"

경아가 전화기를 내려다보며 혼잣말을 했다. 그러고는 은희에게 전화를 했다. 그러나 받지 않았다. 경아는 문자를 남겼다.

'전화 안 받으면 포기할 줄 알았어요? 남편이 M호텔 사장인 것까지 알고 있어.'

곧바로 은희에게 문자가 왔다.

〈그동안 마음고생하신 거 진심으로 죄송합니다. 재작년 시월 출장 오실 때 몇 번 뵌 것 뿐 서울에서 뵌 적 없습니다.〉

문자를 본 경아는 고개를 뒤로 젖히면서 "허!" 했다. 경아는 그녀에게 서울에서 만났네, 말았네, 말한 적이 없고 시월이란 말도 한 적이 없었다. 그녀의 문자만으로 두 사람이 말을 맞췄다는 것을 금방 알 수 있었다. 경아는 문자에 눈을 박고 크게 말했다.

"머리 나쁜 것도 두엣이야! 시킨 놈이나, 시킨 대로 하는 년 이나!"

들어줄 사람도 없는 방에 소리만 쩌렁쩌렁 울려 퍼졌다. 경아는 자리에서 일어나 저벅저벅 주방으로 건너갔다. 물이라도 마시고 싶은데 그마저도 체할 것 같았다. 한동안 냉장고에 고개를 꺾고 서 있다가 냉장고 문을 열었다. 그리고 물을 한 컵 마신 뒤 은희에게 전화를 했지만 받지 않았다. 분이 담긴 목소리는 녹음기로 넘어갔다.

"정중히 용서 빌지 않으면 지금 목포로 찾아갈 것이오."

은희는 벌벌 떨며 형민에게 전화를 했다. 그리고 경아가 남긴 메시지 내용을 전해 주었다.

"어떻게 하면 좋아요? 정말 찾아올 것 같아요."

"그럴 사람 아니에요. 그냥 겁주는 거니까 걱정 말아요."

그 시각 경아는 외출복으로 갈아입고 있었다. 바로 그때 그 사건으로부터 경아를 떼어놓으려고 애써온 친구가 전화를 했다. 신발 살 사람을 데려오겠다는 것이었다. 경아는 한 푼이라도 벌어야겠다는 생각으로 마음을 다스렸다. 목포는 언제든 갈 수 있는 것이기도 했다. 뒤이어 형민에게 전화가 걸려왔다.

"여보, 어디야~?"

그는 어린아이 어르듯 물었다. 지나칠 정도로 부드러운 말이었지만 오히려 경아를 자극하고 말았다. 어디냐는 말에서 은희와 무슨 말이 오갔는지 짐작할 수 있었다. 경아가 쏘아붙였다.

"그 머리로 여기까지 온 거 보면 기적이다. 그 여자가 목포 간다고 알려줬어?"

"무슨 소리야?"

"안 봐도 비디오네. 말 맞출수록 손해야."

경아는 협박조로 말하고 전화를 끊었지만 형민의 행동을 이해할 수 없었다. 그런 상황에서까지 말을 맞춘 게 두 사람의 사랑이 깊다는 것을 과시한 것 같아서 더 화가 나고 씁쓸했다.
경아는 허탈한 심정으로 침대에 걸터앉아 한숨을 푹 쉬었다.
형민이 다시 전화를 걸어왔다.

"당신 무서워서 못 살겠다. 이대로 끝내고 막 가자."

"그러세요. 끝내고 고귀하신 그분이랑 사세요."

경아는 전화를 끊고 두 사람을 어떻게 골탕 먹일까, 연구하고 있었다. 다급해진 형민이 금방 또 전화를 했다. 그는 목소리를 낮춰 나긋나긋 말했다.

"여보, 목포 가아?"

"곧 출발할 거야."

"당신 목포 가면 나 자살할 거야."

"지구가 맑아지겠다."

경아는 신발 박스에서 신발을 꺼내 작은방에 가지런히 놓았다. 여덟 켤레로 시작한 신발은 30켤레로 늘어나 있었다. 짧은 시간에 많은 성과를 거둔 것에 경아는 뿌듯했다. 벨 소리가 울리고 여자들이 거실에 들어섰다. 그들은 들어서자마자 수다를 떨었다.

"어머! 꼭 갤러리 같다. 미대 나오셨어요?"

"미대 근처에도 안 갔는데 이 정도란다. 못하는 게 없다고 했잖아. 이것 좀 봐라. 이렇게 고급스런 가구 봤니? 쟤가 직접

한 거야."

친구는 한지를 염색해 만든 신발장을 가리키며 말했다.

"이걸 직접 하셨다고요? 세상에! 이렇게 고급스런 걸 손수 하셨단 말예요? 인테리어 사업해도 되겠네요. 과하지도 부족하지도 않고 어쩜 이렇게 적재적소에 배치를 하셨을까! 소품 하나하나 너무 좋아요. 집집마다 다 거기서 거긴데 정말 독특하고 귀품 있어요.

"그러게. 제가 내년에 이사하는데 인테리어 좀 부탁해요. 농담 아니에요. 오늘 진짜 눈이 호강하네요."

사람들은 눈을 반짝거리며 말했다. 그들은 신발을 사는 데도 호의적이었다. 신발이 편하고 디자인까지 좋다며 좋아했다.

"기능성 신발은 촌스러운데 이건 예뻐서 좋다. 나이 드니까 편한 신발이 좋던데 이건 발도 편하고 모양까지 예쁘네."

"신발도 이 집에서는 인테리어 같다."

"정말 그러네."

"어머, 너무 편하다. 한 번 신으면 계속 찾을 것 같아요. 우리 남편 것도 사야겠다."

"이건 우리 딸한테 잘 맞겠다. 무지외반증이라 신발 사기 힘든데 잘됐네."

네 사람은 서너 켤레씩 신발을 샀다. 본인 것 두 켤레, 남편 것, 아들과 딸 몫까지 사는 이도 있었다. 신발 사이즈가 맞는 것은 직접 가져가고 사이즈가 없는 것은 주문을 받았는데 한꺼번에 열다섯 켤레가 팔렸다. 단가가 비싸다 보니 수익금도 상당한 액수였다. 경아는 모처럼 큰 현금을 손에 쥐고 대리점 점주가 된 것처럼 고무되었다. 매일 그렇게 팔 수 있다면 보란 듯이 이혼하고 싶었다. 목포에 갈 수 없게 된 경아는 은희에게 전화를 했다. 은희는 기선을 잡겠다는 생각으로 선수를 쳤다.

"내가 무슨 대역죄를 졌다고 나를 괴롭히는 거야? 당신은 클럽 같은 데서 남자랑 차 한 잔도 안 마셔?"

'오, 넌 남자 만나는 재미로 클럽 다니는구나.'

경아가 목소리를 가다듬고 말했다.

"클럽에서 차 마신 거하고 경우가 같아? 나는 워낙 못나서 누굴 만나든 남편에게 얘기하고 만났어. 넌 아무 남자나 사랑한다고 주접떠는 여자야?"

"내가 그렇게 막사는 여자로 보여? 사생활 침해로 고소할 테니까 그리 알아."

"망신당하고 싶으면 고소해. 너야말로 가정파괴범으로 고소해서 피해보상까지 받아낼 테니까."

"나도 당신 남편한테 피해보상 받아야겠네. 당신 남편 생매장 시키고 싶어?"

"무슨 피해 입었는데? 좋아서 몸 주고 피해보상? 생매장은 또 어떻게 시킬 건데? 다른 여자한테는 협박이 통했는지 모르겠지만 나는 달라."

며칠 후 형민에게서 경아에게 메일이 왔다.

여보!
당신에겐 할 말이 없소
내가 분별없이 저지른 행동으로
당신이 고통을 받고 있으니 난 천벌을 받을 것이오.
애들에게까지 고통을 준 아빠가 무슨 낯으로 살겠소
그러나 본심은 언제나 당신과 아이들이었습니다.
사랑하는 가족을 행복하게 해주고 싶었는데
마음과는 달리 뜻을 펼치지 못하고
어두운 거실 흔들의자에서 고뇌의 시간만 흘려보냈소.
애들만은 잘 키웠다는 생각을 하면서도
몇 번 좌절을 겪다 보니 두려움이 가중되어
스스로 무능하다는 패배의식이
온몸을 휘감고 목을 죄는 기분이었소
그래도 선하게 살아온 당신이 고마워서
더 잘 해야겠다는 생각을 하면서도
스스로 압박을 가하는 상황으로 변질되어
비이성적인 방법으로 돌파구를 찾아 왔으니

당신과 애들이 용서하고 격려해 준다 해도
떳떳이 고개를 들 수 없을 것이요.
현실 속 내가 자신감을 회복하지 못하니
당신이 말한 한 번의 기회도 오지 않을 거 같아
점점 더 큰 짐이 가슴을 짓누르는 것 같더군요

여보,
못난 남편 때문에 심신의 고통이 심하겠지만
그냥 운명인 양 지나칠 수는 없을까요?
흔히 말하는 운명 속 예정된 일로 생각하시고
훌훌 털어버리는 것이 당신에게 좋을 것 같습니다
요즘 내 생각을 지배하고 있는 것은
당신이 빨리 고통에서 벗어났으면 하는 것이고
대출 이자만이라도 벌어야 된다는 것인데
절벽 아래로 추락하는 패배감을 떨치기 어렵네요
D회사를 떠나 여기저기 기웃거리는 동안
가족에게 책임감을 다하지 못한 초조함이
벼랑으로까지 내몰지 않았나 생각합니다.
가장으로서 해서는 안 될 말이지만
죽고 싶은 생각도 많이 들었습니다.
그러나 사랑하는 가족을 생각하며 잘 이겨낼 것입니다.

여보,

실타래 같은 생각에서 벗어나기 어렵다는 거 잘 압니다

그러나 기쁨과 슬픔은 사람의 생각이 좌우하는 거 아닐까요?

제발 통 크게 사랑을 베풀어 용서해 주시고

다시 한 번 희망과 용기를 가지고 당당하게 살아가세요

1월 25일

　경아는 편지를 읽는 내내 가슴이 아렸다. 그 많은 세월을 함께해온 그가 없으면 살 수 없을 것 같았다. 그러나 경아가 눈물을 흘리며 그를 생각하는 순간에도 여자들은 그에게 전화를 걸어왔다. 형민은 유혹에 현혹되지 말자며 마음을 사려 먹다가도 전화벨이 울리면 반가웠다. 전화를 받고, 전화를 하고, 죄책감을 느끼고, 그런 날이 계속되었다. 그렇게 변화 없는 생활 속에서 선우에게 편지를 썼다.

　사랑하는 선우야,

너에게 메일을 보내는 게 적절한 것인지 모르겠다

아빠가 집을 나온 지 2주일이 되었지만

아빠에 대한 실망이 풀리지 않았을 것 같구나

아빠 품에 안고 애지중지 키워온 네가

의젓하게 성장하여 반듯한 길을 걷고 있는 것에

아빠는 늘 대견스럽고 자랑스러웠는데

이번 일로 관계가 소원해져서

안타까운 심정을 어떻게 말해야 할지 모르겠다.

지금 아빠의 고민은 네가 안고 있는 실망과 아픔을

어떻게 치유할까, 하는 생각뿐이란다

곧 대망을 품고 떠날 너의 순수한 마음에

못난 아빠가 흠을 낸 것이 정말 미안하구나

아빠를 용서해 주지 못하더라도

네 상처는 빨리 아물고 평온을 찾았으면 좋겠다.

그리고

아빠는 죄를 짓고 가족을 떠나 왔지만 엄마를 잘 위로해 드리렴

엄마는 세상을 순수하게 살아왔고 자기관리가 엄격한 사람이지

여느 누구보다 좋은 엄마이니 아빠 대신 잘 해드리길 바란다.

아빠도 언제가 될지 모르겠지만 다시 집으로 돌아가게 되면

예전의 아빠로 화목한 가정을 되찾고 싶은 간절한 마음이란다

아빠 메일로 인해 네 마음이 상하지 않았으면 좋겠다

주말 잘 보내고 마음 내킬 때 메일 주길 바란다.

부디 건강하길 빈다.

형민은 메일을 쓰는 내내 고통을 느꼈다. 10년 전, 두 번째
외도가 드러나 경아가 이혼을 요구했을 때 눈물로 경아를 말

렸던 아들, 가족 해체를 죄악으로 여겨온 아들이 얼마나 실망을 했으면 그랬을까! 아물지 않은 상처에 칼을 댄 것 같았다. 경아가 마음을 돌리고 가정을 지켜온 것이 아들의 공로임을 잊지 않았는데 똑같은 죄를 저지르고 아직도 정리를 하지 못한 것에 살점이 뜯기는 통증은 느꼈다. 좋은 아빠에 대한 환상이 허망하게 무너진 것도 가슴 아팠다. 다시 가정으로 돌아간다면 절대 여자를 만나지 않을 것이라 다짐했다. 또 다른 여자가 있다는 것을 가족들이 알지 못한 것은 그나마 다행이었다. 형민은 경아에게 애원했다. 선우가 어릴 때 아빠가 베푼 사랑을 상기시켜 마음을 녹여 주라고. 경아는 아빠의 사랑을 상기시켜 주라는 말에 동정이 일었다. 그를 나쁜 아빠로 만들고 싶지 않았다. 그가 신변정리만 하면 용서 못 할 일도 아니었다. 그가 정리를 하게 하려면 여자의 접근을 막아야 된다고 생각했다. 경아는 여자를 소개한 경환에게 전화했다.

"경환 씨가 애들 아빠에게 여자 소개해준 거 맞죠?"

느닷없이 걸려온 전화에 경환은 기겁을 했다. 그는 숨이 막힐 것 같은 심정을 억누르려 애를 썼지만 말이 제대로 나오지 않았다. 그는 더듬거렸다.

"아. 아. 니요."

"더는 묻지 않을 테니까 그 여자에게 사과하라고 전해 주세요. 그게 내 자존심이니까. 분명히 말씀드리는데 반성 없는 용서는 없어요. 반성을 하고 관계를 끊으라는 말이에요."

경아가 바라는 것은 말 그대로였다. 경환에게 경각심을 주고 은희에게도 반성의 기회를 주자는 것이었다. 그런데 세 사람은 다음에 일어날 파장을 알지 못하고 은희 전화번호를 바꾸기로 의견을 모았다. 그들의 계략을 알지 못한 경아는 형민에게 전화하여 당부했다.

"그 여자 전화번호 바꾼 거 알고 있어요?"

"전혀!"

형민은 경쾌하게 말했다.

"행동으로 보여주세요. 내 자존심은 지켜주라는 말이에요. 여자에게 전화를 하면 아직도 그 여자를 사랑한다는 것이 되고, 설령 당신은 그렇지 않더라도 여자는 사랑으로 받아들일 수 있으니까, 여자에게 전화하지 말고 당신도 번호 바꿨으면 해요."

"그렇게 해서 당신이 편해진다면 그렇게 할게. 일이 이렇게 된 데는 밑에 여자 책임이 크기 때문에 그런 여자 만나고 싶지 않아. 지금 부산이니까 이따 바꿀게. 사랑해."

형민은 짜릿한 쾌감을 느끼며 전화를 끊었다. 그러나 경아는 〈밑에 여자〉라는 말에 묘한 느낌을 받았다. 잠시 뒤, 형민에게 문자가 들어왔다.

〈당신에게 더 이상의 고통은 안 줄 겁니다 전화번호가 바뀐

것도 몰랐고 이젠 완전히 끝났습니다 당신 마음이 안정돼야
내가 들어갈 수 있지 않겠소 난 지금 가족들과 행복하게 살 생
각을 하고 있었소 제발 크게 보고 마음이 안정되었으면 합니
다. 사랑해 여보〉

그날 오후 형민은 전화번호를 바꿨다. 그러나 성중독증에
빠진 그는 은희를 보낼 준비가 되어 있지 않았다. 그리고 경아
가 가정을 해체하거나 은희 남편에게 알릴 생각이 없다는 것
을 믿었다. 그는 곧바로 은희에게 문자를 보냈다.

'전화번호 바꿨어요. 이제 마음 놓아도 돼요. 지금 당신 만
나러 가고 있습니다. 러뷰'

별거가 길어지면서 경아는 불안했다. 그러다가 영영 남이
될 것 같았다. 믿든 곱든 부딪히면서 해결하고 싶었다. 경아는
선우를 설득했다. 그러나 선우는 아빠 말만 나오면 밥을 먹다
가도 숟가락을 놓았다. 그러나 하루하루 피폐해 가는 그를 방
치할 수 없었다. 그는 술에 취해 전화를 하면 횡설수설하고 울
기도 했다. 경아는 그를 불러들이기로 마음먹었다. 마침 김포
에 있는 선우 아파트가 비어 있었다. 선우는 두 달 뒤에 유학
을 떠나게 되어 있어서 선우 마음이 풀리지 않으면 김포 아파
트에 살다가, 선우가 떠난 뒤에 들어오면 되는 일이었다.

형민은 김포 아파트로 들어가라는 말에 아주 좋아했다. 그

의 연극에 경아가 속아 준 것에 안도했다. 그는 은희에게 전화하여 집에 들어간다는 소식을 전하고 먼저 연락하지 말라고 단속했다. 은희는 그가 돌아간다는 말에 잘됐다고 말은 했지만 속으로는 섭섭했다. 마치 남편이 다른 여자 집에 들어간 것 같은 질투가 일었다.

형민이 돌아오던 날, 경아는 측은지심을 느끼며 점심을 준비했다. 그러나 그를 본 순간 오싹 소름이 끼쳤다. 그의 얼굴은 간밤에 마신 술기운으로 부석했고 음산한 기운이 흘러내렸다. 머리카락 한 줌이 부자연스럽게 올라가 있는 것도 거슬렸다. 일부러 했다기엔 유치해 보였고, 바람에 날렸다고 보기엔 인공적이었다. 그런데 그의 작품이란 것은 헤어 젤 흔적이 말해주었다.

'그 상황에서 헤어스타일까지 연구했니?'

경아가 어이 없어 하는 눈초리로 그를 바라봤다. 형민은 그런 낌새를 알지 못하고 감격에 절은 듯 경아를 불렀다.

"여보!"

집에 돌아온 감격이 컸다지만 그가 가미한 연기는 어색한 꼴이 되어 버렸다. 그렇더라도 진실이 어느 정도 전달될 줄 알았는데 경아에게는 연기력만 도드라져 보였다. 그의 손이 경아 손을 잡으려는 순간 매서운 소리가 들려왔다.

"잡지 마!"

형민은 실망한 눈초리로 그녀를 쳐다봤다. 쏘아보는 눈초리가 매서웠다. 그는 눈치를 살피며 주방으로 들어가 아일랜드에 곶감 상자를 두고 욕실로 들어갔다. 경아는 욕실에서 물소리가 나기를 기다렸다가 그의 휴대폰을 열었다. 메시지와 통화기록이 말끔히 지워져 있었다. 경아 눈에 허탈감과 실망감이 뒤덮였다.

'들키고 싶지 않다는 거잖아. 도대체 끝이 어디야?'

소리 없는 탄식이 가슴에서 흩어졌다.

두 사람은 식사를 하면서도 말이 없었다. 형민은 경아가 어떤 생각을 하고 있는지 몰랐다. 설령 휴대폰을 열어 봤더라도 드러날 것은 없다고 여겼기에 경아 마음이 아직 풀리지 않았으려니 생각했다. 그렇더라도 혼자만 꾸역꾸역 밥을 먹을 수가 없었다. 배가 차기 전에 숟가락을 놓은 적 없는 그였지만 경아 눈치를 살피며 숟가락을 놓았다.

김포로 가는 길, 올림픽도로에 들어섰을 때 경아가 말했다.

"당신에게 한 번만 더 기회를 주고 싶어. 이 시간 이후, 일분 일초 전의 일까지도 다 용서할 테니까 통화기록 가져와서 진심으로 사과하세요. 설령 여자가 둘이라도 더 이상은 묻지 않을 거예요. 다만 진심이 필요해."

형민의 얼굴이 경직되었다. 불과 몇 시간 전까지 두 여자와 내통한 사실이 드러나면 사람 취급조차 받을 수 없을 것 같았다. 여자가 둘이라도 묻지 않겠다는 말 또한 예사롭게 들리지 않았다. 말이 떨어지지 않았다. 잠시 말이 없던 그가 침묵을 깨고 입을 열었다.

"내가 집을 나간 건 단순히 이번 일 때문은 아니었어."

아들에게 쫓겨난 사람이 할 말은 아니었지만 10년 전 악몽을 재현하고 싶지 않아서 핑계를 댔다. 당시 그는 경아의 경고를 무시하고 내연녀와 관계를 유지하고 있었는데, 그걸 알게 된 경아가 통화기록을 요구했었다. 어쩔 수 없는 상황에 다다르자 그는 통신사 친구를 통해 통화기록을 축소해 가져왔었다. 그런데 통화 시작 시각과 끝나는 시각이 바뀐 게 하나 있었다. 쉽게 찾을 수 있는 것이 아니었지만 경아는 그걸 발견해냈고 자칫 가정파탄으로 이어질 뻔했었다. 그런데 그때와는 비교할 수 없는 짓을 해왔으니 경아 요구에 응할 수가 없었다.

형민은 속으로 말했다.

'통화내역 드러나면 모든 게 끝장이야. 문자도 문자지만 여자가 둘인 것을 알면 짐승 취급도 안 하겠지. 안 돼, 그건 절대로……'

형민은 긴장을 늦추지 않고 말했다.

"내 입장정리해서 메일로 보낼게."

"맘만 먹으면 나도 할 수 있어. 그렇게 되면 300만 원이나 되는 돈을 들여야 되고 당신은 당신대로 신용을 잃게 되니까 알아서 해."

경아는 담담하게 말했지만 형민은 간이 떨렸다. 어떻게든 경아를 무력화시킬 생각으로 지난 세월을 뒤집어보았다. 외도의 원인이 경아에게 있다는 누명이라도 씌워야 했다. 그는 스스로 비겁하다는 생각을 하면서 메일을 썼다. 경아가 10년 동안 시가에 가지 않고 아이들도 보내지 않은 불충을 범했으며, 지난날 그의 외도를 소설로 발간해 가슴을 갈기갈기 찢었다는 것이었다. 모르는 사람 눈에는 그럴 만한 이유가 될 법했다. 그러나 경아가 시가에 가지 않은 것은 그녀의 투정이나 고집이 아니었다. 시가에서 발길을 막았었다. 아이들을 일부러 안 보낸 것도 아니었다. 시가와 마찰이 있을 때 아이들은 이미 성년이었다. 그런 아이들이 엄마를 내친 본가를 좋아할 리 없었다. 그렇다고 그가 아이들에게 본가에 가자는 말을 한 적도 없었다. 경아가 소설을 발표할 때도 그에게 허락을 받았었다. 바탕은 실화라지만 허구를 곁들인 소설에 불과했다. 그리고 출판사와 조율을 할 때도 그의 의견을 물었었다.

"자전적인 것들이 많은데, 식구들이 문제 삼으면 어떻게 해?"

"내가 괜찮다는데 누가 시비하겠어? 당신 마음만 치유되면 괜찮아."

형민은 습작을 프린트 해주기도 하고, 오탈자를 지적해 주기
도 하고, 책 표지에 실린 카피도 제공해줬었다. 출판 기념회에
참석하여 회식비를 내주었고, 책 이름을 딴 카페도 만들어 응
원해 줬었다. 사람들 앞에서 경아를 작가라고 치켜세우는 것도
민망할 정도였었다. 사람들은 그를 멋진 남자로 띄워 올렸고,
그는 경아를 사랑하기 때문이라고 말했었다. 그런 그가 그동안
의 결혼생활이 무늬만 행복했다며 또 다른 말을 더했다.

　노무현이 왜 자살을 했는지 알 것 같소
　진실은 이렇게 무서운 폭발력을 갖는 것이요
　내가 고백을 하든, 통화기록을 빼오든,
　당신이 300만 원을 들여 통화기록을 빼든, 진실은 하나요
　이제 당신의 생각과 의구심을 접고 빨리 마무리하길 바라오

〈자살〉이란 단어는 경아에게 너무 큰 충격이었다. 형민이
집으로 돌아오는 걸 선우는 싫어했지만 환자가 된 그를 방치
할 수가 없었다. 경아는 이틀 동안 고민하다가 전날 귀국한 지
우와 형민을 찾아갔다. 경아의 출현은 그의 눈에 과거를 묻지
않겠다는 각오로 보였다. 형민은 그의 계획대로 돌아가는 것
에 희열을 느꼈지만 속마음은 드러내지 않았다. 경아가 어떤

말을 해올지 기다렸다.

"집으로 돌아가요. 선우도 곧 출국하는데 화목한 마음으로 보내야지요."

"이미 죄인으로 낙인 찍혔는데 어떻게 들어가. 난 아빠도 남편도 다 포기한 사람이야."

형민은 완강한 척했다.

"내가 원한 건 가정파탄이 아니라 여자를 끊으라는 거였잖아."

형민은 못 이기는 척 경아 말을 따랐다. 그는 운전을 하면서도 신이 나 있었다. 뒷자리에는 지우가 앉아 있었는데 지우는 졸업을 앞두고 취업준비를 하다가 경아를 위로하려고 급히 귀국했었다. 형민이 경아 손을 잡으면서 말했다.

"미국에 들어가면 잡일이라도 해서 자리 잡고 당신 초청할 생각이었어."

경아는 그의 말을 믿었다. 궁지에 몰려 억지를 부렸을 뿐 진심은 가족일 거라고 믿었다. 집에 돌아온 형민은 행복해 보였다. 불안정한 구석은 있었지만 지우에게 농담도 건네고 선우 와이셔츠를 다려주고, 그동안의 공백을 메우려 애를 썼다. 그런 모습이 고맙기도 하고 안쓰럽기도 해서 경아가 측은한 마음으로 물었다.

"집에 오니까 그렇게 좋아요?"

"가족하고 있으니까 당연히 좋지."

그의 말은 진심이었다. 외도는 스스로 조절할 수 없는 정신적 결함일 뿐 가족보다 여자가 좋아서는 아니었다. 그가 청소기를 돌리고 있는데 주머니에서 전화벨이 울렸다. 그는 은희 전화란 걸 알고 깜짝 놀랐다. 갑자기 경아 손에 이끌려 집에 돌아오느라 상황을 알려주지 못한 탓이었다. 그는 조급해졌다. 그녀가 또 전화하면 곤란할 것 같았다. 그는 주방을 힐끔 쳐다보고 휴대폰을 꺼내 벨 소리를 죽였다. 그러고는 얼른 패밀리 룸으로 들어가 문자를 보냈다.

〈집에 들어왔어요 제가 연락하기 전에 연락하지 마세요〉

그는 감쪽같이 처리했다고 생각했지만 경아는 직각적으로 알아차렸다. 전화벨 소리와 함께 청소기 소리가 멈추고, 발자국 소리가 난 것으로 짐작을 했던 것이다. 경아는 '설마?' 하면서 거실로 나와 봤다. 거실 한가운데 청소기만 벌렁 누워 있었다.

형민은 점심을 먹은 뒤 헬스클럽에서 운동을 하고 경아에게 문자를 보냈다.

〈당신은 모든 면에서 나보다 훌륭하군요 운동 끝나고 외교안보 연구원에 가는 중임다 당신과 애들에게 잘할 게 사랑해〉

한동안 외교관 생활을 했던 그는 평소 외교안보연구원 자료실을 도서관처럼 이용하고 있었다. 외교안보연구원에 도착한 그는 은희에게 전화하여 그동안의 일들을 설명해 줬다.

형민은 집에 들어오면 선우 눈치를 살폈다. 메시지가 발각된 날 천연덕스럽게 연기했던 것이 부끄러워서 말을 붙이지 못했다. 선우도 그와 마주치려 하지 않았다. 식탁에서도 말 한 마디 하지 않고 식사를 마치면 곧장 제 방으로 들어갔다. 경아는 가족의 도움이 없이는 형민이 안정을 찾을 수 없다는 것을 알고 선우에게 메일을 썼다.

사랑하는 내 아들 선우에게

어떤 말로 위로를 해야 할까

그러나 조금만 크게 생각해 보자

흠이 많은 아빠지만 가족이니까 용서해야 되지 않겠니?

엄마도 너희들 아빠라서 용서하려고 하는 거란다.

지금은 어색할 수밖에 없겠지만

네게는 좋은 추억이 많은 아빠니까

시간이 지나면 예전처럼은 아니더라도 많이 좋아질 거야

자신에게는 쓰는 것은 아까워하면서도

성인이 된 네가 친구 만나러 갈 때 용돈을 쥐여 주고

네게 필요한 것은 꼭 해줘야 된다고 믿는 아빠였잖아

지금도 엄마는 아빠의 행동이 이해가 되지 않지만

어려웠던 성장과정에 대한 콤플렉스가

뭔가를 과시하고 싶은 욕망으로 발전하게 되고

그 욕망이 나쁜 결과를 낳지 않았을까 싶어

네 말대로 일종의 병이란 것은 엄마도 알고 있어

병이니까 가족인 우리가 치유해 드려야 하지 않겠니?

생각해 보면 엄마도 잘못된 행동에 대한 질책만 했을 뿐

아빠가 처한 환경을 이해하거나 아우르지는 못했어.

아빠를 옹호하자는 건 아니야

가족이니까 마땅히 용서하자는 거야

지금 아빠는 많이 안정되어 가고 있구나.

밖에 있을 땐 가족에게 버림받았다는

피해의식이 워낙 심했었던 것 같아

누구든 처음에는 자신의 잘못을 인정하지만

몰리게 되면 자기방어를 하게 되는 거란다.

그러다 걷잡을 수 없는 정신질환이 생기는 거고.

사랑하는 아들아!

나중 일은 나중에 생각하고 좋았던 것들만 생각하자

미워도 부딪히면서 치료하는 게 낫다고 하더구나

엄마도 잘 모르겠지만 많은 분들이 그렇게 말하더라

아빠는 너의 가장 가까운 핏줄이니

시간이 지나면 닫힌 네 마음도 회복되지 않겠니?

하루빨리 예전으로 돌아와 네 가족이 오순도순 살고 싶구나

사랑하는 내 아들아!

이제 가슴으로 품자

너처럼 바른 자식이 있어서 엄마도 마음을 열 수 있는 거란다.

이제 한국에서 보낼 시간이 얼마 남지 않았는데

이번 일에서 벗어나 친구들과 즐거운 시간 보냈으면 좋겠다.

사랑한다, 아들아.

선우에게 메일을 보낸 경아는 침대에 걸터앉아 그동안의 일들을 돌아보았다. 수십 년 세월을 한꺼번에 감당한 것 같았다. 축 늘어져 잠이라도 자고 싶었지만 저녁식사 준비를 하려고 자리에서 일어났다. 하루 종일 입었던 잠옷을 벗고 면바지를 꺼내 입었다. 바지의 허리선이 엉덩이까지 내려왔다. 다른 옷으로 갈아입을까, 잠깐 망설이다가 밑단을 걷어 올리고 주방으로 향했다. 몇 발자국 옮겨가자 걷어 올린 바지가 스르르 내려왔다. 발자국을 옮길 때마다 바짓단이 질질 끌렸지만 의식하지 못하고 유령처럼 주방으로 들어갔다. 그리고 양파를 까기 시작했다. 그러나 양파를 까는 것인지 생각을 까는 것인지 잡생각만 끊임없이 밀려왔다. 경아는 고개를 젖히고 심호흡을 한 뒤 다시 양파를 까기 시작했다. 곧 도마소리가 들려왔지만 예전처럼 경쾌하지 않았고, 그녀의 뒷모습도 쓸쓸했다.

돌아올 수 없는 강

　형민은 집에 들어온 지 일주일이 지났지만 혼이 나간 사람 같았다. 눈빛은 불안해 보였고, 일에 집중도 못 하고, 밖에 나갈 궁리만 했다.

　어느 날 지우가 말했다.

　"엄마! 지금도 그 여자랑 연락하나 봐. 엄마 시장 갔을 때 아빠가 서재에서 전화를 하는데 소곤소곤하더라고. 원래 아빠 전화 목소리 엄청 크잖아. 설마 그럴까 하면서도 자꾸 의심이 가. 그 여자 말고 또 있을까?"

　"그 여잔지, 다른 여잔지 모르겠지만 아직 정리를 못 한 거야. 그걸 참고 견뎌야 하는 것인지 자꾸 갈등이 생긴다."

　지우가 다른 여자를 언급한 것은 일반론적인 것이었다. 경아가 은희를 알게 된 이상 그녀와 연락을 할 수 있을까, 하는 생각이었다. 더군다나 경아는 은희 남편 전화번호까지 알고 있었다. 지우 말에 경아는 더 심란해졌다. 그렇잖아도 그의 전화 기록이 늘 지워져 있는 것으로 여자관계를 끊지 못했다는 것을 짐작하고 있었다.

'그렇게 홍역을 치르고도 못 끊다니! 정리를 안 하는 건 그 여자가 더 좋다는 거잖아. 속이 뭉그러져도 참기만 해야 돼? 무엇 때문에? 아이들? 체면?'

경아는 혼란을 재우지 못하고 꼬박 밤을 새웠다. 경아가 축 늘어진 몸으로 침대에 누워 있는데 외출복을 입은 형민이 드레스 룸에서 나왔다.

"이거 주민등록증하고 인감도장인데 나 없을 때 집 계약할 일 있으면 사용해."

형민이 문갑 위에 두 가지를 올려놓으면서 말했다.

'인감도장과 주민등록증? 이렇게 적절한 때 이걸 맡겨? 멀리 가는 것도 아닌데 왜 나한테?'

상황이 너무 절묘하여 경아는 생각해 본 적 없는 운명론을 생각했다. 경아는 반사적으로 몸을 일으켜 문갑 위에 올려놓은 것을 움켜쥐었다. 그러고는 너무 노골적으로 속마음을 드러낸 것 같아서 슬그머니 제자리에 놓았다. 그러나 가슴이 조마조마했다.

'계약하겠다는 사람 있으면 연락 줘. 내가 곧장 달려올게.'

그가 꼭 그렇게 말할 것 같았다. 경아가 눈치를 살피는 것과 달리 그는 무심했다. 조금만 신중했으면 그런 실수는 하지 않았을 것이었다. 그는 전화기와 몇 가지 서류만 갖추면 통화열람이 가능하다는 것을 몰랐고, 지우가 엄마의 억울함을 풀어주려고 노력하는 것도 몰랐다. 지우가 엄마 편에 선 것은 엄마아빠의 이혼을 바라서는 아니었다. 사실이 드러나면 아빠가 여자의 남편을 의식해서라도 여자를 정리할 것으로 믿었다. 인감도장과 주민등록증을 쥔 경아 눈빛이 결연해 보였다.

형민은 의심 없이 현관을 향해 걸어갔다. 경아는 그가 현관문을 빠져 나가자 급히 통신사에 전화를 했다. 그리고 통화기록 조회에 필요한 절차를 물었다. 가슴이 두근거리고 목소리도 떨렸다. 통신사 직원은 친절하게 말해 주었다.

"신분증, 인감증명서, 위임장만 가져오시면 저희가 휴대폰 소유자께 인증번호를 보내드리고요. 소유자가 그 인증번호만 불러주시면 됩니다."

경아는 떨리는 손으로 남자 말을 받아 적었다. 전화를 끊은 뒤에도 가슴이 두근거렸지만 긴장을 누그러뜨릴 새도 없이 서둘렀다. 인감도장이 있으니 위임증 대필과 인감증명서 발급은 어렵지 않은 일이었고, 휴대폰은 지우 도움을 받을 생각이었다. 입국한 지 3일밖에 안 된 지우가 휴대폰을 빌려달라면 거절할 그가 아니었다. 경아는 얼른 위임장을 썼다. 통화기록 조회에 관한 전반적인 것을 경아에게 위임한다는 내용이었다. 곧이어 위임자 도장을 찍고, 동사무소에서 인감증명서를 발급 받았다.

다음 날, 예상대로 그는 의심 없이 지우에게 휴대폰을 내주었다. 여자들에겐 먼저 연락하지 말라는 당부를 해두었고, 필요에 따라 외교안보 연구원 전화를 이용할 수 있었다. 그가 집을 빠져나가자 경아는 준비한 서류를 들고 지우랑 통신사로 향했다. 사문서위조나 통신법 위반에 대한 죄의식은 느끼지 않았다. 통화기록을 떼는 데 문제가 발생하면 어떡하나, 하는 걱정뿐이었다. 통신사가 가까워지자 경아 몸이 후들거렸다. 곁에 있는 지우 눈에 띌 정도였다. 심경을 읽은 지우가 말했다.

"엄마, 잘해!"

"너도! 아빠 대신할 사람 만나면 전화할게."

"오케이!"

지우가 눈을 찡긋하고는 통신사 건물로 걸어갔다. 곧 몇 걸음 걷다 말고 뒤돌아서서 서류봉투를 흔들어 보였다. 경아는 빨리 들어가라는 신호로 지우 쪽으로 손등이 보이게 팔을 펴서 손을 몇 번 밀었다. 지우가 웃으면서 손을 크게 흔들어 보이고 건물로 들어갔다. 경아는 잠시 건물을 바라보다 지나가는 남자에게 말했다.

"죄송하지만 부탁이 좀 있는데요."

남자가 위아래를 훑어봤다.

"억울한 일이 좀 있어서요. 그걸 증명하려면 통화기록이 필요한데 애들 아빠 역할 좀 해주세요."

경아 목소리가 떨렸다. 남자는 안타깝다는 표정을 하며 흔쾌히 허락했다. 경아는 예상 질문(주민등록번호, 전화번호, 주소)에 대비한 메모지를 건네며 말했다.

"혹시 신분을 확인할 수도 있으니까 이거 참고하세요."

말을 마친 경아가 지우에게 전화했다.

"접수해도 돼."

"알았어. 엄만 괜찮은 거지?"

3분쯤 지나 형민의 휴대폰에 인증번호가 뜨고 지우가 전화를 걸어왔다. 경아가 긴장된 표정으로 남자를 바라보았다. 남자는 걱정하지 말라는 표정을 지어 보였다. 전화기 속에서 지우가 낭랑하게 말했다.

"아빠, 휴대폰에 찍힌 인증번호 좀 불러주세요."

남자는 침착하게 인증번호를 불러주었고, 지우는 그가 불러준 대로 통신사 직원에게 알려주었다. 잠시 뒤 통화기록을 받아든 지우는 눈을 의심했다. 아빠라지만 따귀라도 올리고 싶었다. 아빠에 대한 실망은 전화 목소리에도 실려 나왔다. 지우는 떨리는 목소리를 자제하며 말했다.

"엄마, 010-6388-50×× 되게 많아. 집 나서면 문자부터 했나 봐."

"얼마나 많은데?"

"셀 수가 없어. 엄마가 직접 봐."

경아는 속으로 숫자를 생각해 봤다. 하루에 열 번? 보이지 않는 기록을 가슴이 먼저 알고 심장이 다급하게 뛰었다. 그러나 정도의 심각성은 알지 못했다. 통신사에서 나온 지우가 측은하게 경아를 쳐다보며 통화기록을 내밀었다. 경아는 떨리는 손을 내밀었다. 곧 서류를 받아든 경아는 현기증을 느꼈다. A4 용지에 빼곡한 기록을 도무지 믿을 수가 없었다. 어처구니가 없고 기가 막혔다. 경아는 금방이라도 주저앉을 것처럼 휘청했다. 순간 지우가 재빨리 부축했다.

"엄마, 진정해. 이제는 안 그럴 거야. 이렇게 증거가 있는데 또 그러겠어?"

지우는 경아를 부축한 채 택시를 세웠다. 택시가 멈추자 한 손으로 경아를 부축하고 한 손으로 자동차 문을 열었다. 경아는 쓰러지듯 뒷좌석에 몸을 맡겼다. 지우가 걱정스럽게 물었다.

"엄마, 괜찮아?"

경아는 고개를 끄덕해 보이고 한숨을 푹 쉬었다. 한숨을 자제하려 했지만 연거푸 한숨이 새어 나왔다. 스스로 부끄러운 일을 한 것처럼 부끄러워서 고개를 들기도 어려웠다. 줄곧 한

숨을 쉬던 경아가 고개를 절레절레 흔들며 눈을 질근 감았다. 머릿속은 온통 은희 전화번호로 도배하고 있었다.

"엄마, 다 왔어요."

경아는 멀거니 지우를 쳐다보고 천천히 차에서 내렸다. 그리고 천천히 걸어갔다. 1분 거리에 불과한 집이 아득하게 느껴졌다. 걸음을 옮길 때마다 생각의 깊이도 깊어졌다. 천리길을 걸어온 것처럼 몸이 축 늘어졌다. 현관에는 형민의 구두가 조금 흐트러진 채 놓여 있었다. 경아 눈에 섬광이 일었다. 경아는 억한 감정을 발에 담아 신발을 걷어찼다. 신발이 공중으로 올라가다가 카펫 위에 툭 떨어졌다. 지우가 이해한다는 듯 경아를 쳐다보고 신발을 집어 들었다. 경아는 지우를 뒤로하고 지우 방으로 들어갔다. 그러고는 침대에 몸을 기대고 A4 용지에 시선을 모았다. 한 장 두 장 넘길 때마다 심장이 발광했다. 그런 중에도 숫자를 세어나갔다.

'한 번, 두 번, 세 번~~'

경아는 숫자를 세다 말고 허물어지는 소리로 지우를 불렀다.

"지우야, 이것 좀 봐. 한 시간에 스물네 번, 이해가 되니?"

거의 매일 30번 이상의 기록도 기함할 노릇이었다. 카톡이 보편화되지 않은 시점에서 문자 메시지 요금은 만만한 것이 아니었다. 법정 스님의 말씀을 인용하여 말로가 아름다워야 된다고 떠들어댄 그가 그런 짓을 하고 있었다는 것이 믿어지지 않았다. 경아는 잠시 기록을 덮고 자리에 누웠다.

그날 저녁, 그동안 식사에 소홀한 경아를 위해 언니가 찾아왔다. 경아는 언니 성화에 못 이겨 레스토랑에 들어섰지만 음식을 먹을 수가 없었다. 그러나 형민은 아무 일도 없었던 것처럼 태연하게 잘 먹었다. 그런 상황에서 꾸역꾸역 먹어대는 그가 미워서 경아는 식탁을 엎고 싶었다. 그가 경아 접시에 고기와 야채를 놓아주며 말했다.

"마음고생 많았지? 많이 먹고 힘내!"

경아는 그와 한자리에 있는 것도 역겨워서 고기만 두 점 먹고 집으로 돌아왔다. 경아가 자리를 뜬 뒤 경아 언니가 말했다.

"동생이 통화기록 빼봤나 봐요. 제부한테는 내색을 안 할 것 같으니까 통화기록 빼오라고 하면 모르는 척 갖다 줘버리세요."

형민은 놀랐다. 그가 수습할 만한 상황은 멀어진 것 같았다. 허탈하고 화가 났다. 큰돈을 들여서 내역서를 빼낸 경아가 외도를 한 자신보다 더 어리석어 보였다. 그는 집에 돌아오면서 지우에게 말했다.

"미쳤지, 미쳤어. 300만 원이나 들여서 그딴 짓을 한 게 정상이니?"

"아빠가 정리를 했으면 안 그랬겠죠. 아빠 행동을 먼저 생각해 보세요."

"통화기록을 안 빼온 것은 엄마 말을 시인한다는 거였어."

"그건 아빠만의 언어에 불과한 거죠. 다 알고 있는데 거짓말을 하니까 그런 거잖아요."

형민은 지우가 공범이란 것을 몰랐다. 그는 표독스런 얼굴을 하고 안방으로 들어갔다. 경아는 방바닥에 널브러져 있었다.

"당신, 지금 왜 그러는데?"

그가 무슨 말을 들었다는 것을 경아는 알 수 있었다. 그가 너무 당당한 것에 경아는 너무 화가 났다. 경아는 가라앉는 몸을 벌떡 일으키고 말했다.

"당신, 그렇게까지 형편없는 사람이야? 다른 건 몰라도 일 욕심은 많은 줄 알았는데 이해가 안 돼. 그 여자는 뗄 수 없는 사이란 거 알았으니까 같이 살아. 죽고 못 사는 사이면 같이 살아야 되지 않겠어?"

"통화기록 뽑은 거야?"

경아는 대꾸 대신 그를 노려봤다.

"이럴라고 들어오게 했어? 나하고 살 생각을 했으면 그런 짓은 안 했어야지. 조금만 현명했다면 그런 짓은 안 했을 거야. 지나간 일 뒤적거려서 뭐하겠다는 건데? 쥐도 코너에 몰리면 고양이 문다는 거 몰라? 내가 집을 나간 건 단순히 이번 일 때문이 아니라고 했잖아!"

너무 당당하고 뻔뻔스런 말이었다. 귀한 몸 모셔 와서 겨우 요 따위로 대접하냐는 말 같았다. 경아는 억울하고 분해서 조선 팔도 모든 사람들 앞에서 재판이라도 받고 싶었다. 그의 외도도 치욕이었지만 반성은커녕 다그치는 것이 더 치가 떨렸다. 경아는 있는 힘을 다해 말했다.

"그런 말할 자격 있어요? 어쩜 그렇게 낯이 두꺼워? 진솔하게 사과하고 끝냈으면 용서하겠다고 했는데 번번이 거짓말하고 속이니까 화가 나서 뽑았어. 훤히 보이는데 거짓말해서 바보 만드는 데 가만히 있으라고? 그런 상황에서 나처럼 하고 싶지 않은 여자 있을 것 같아? 무릎 꿇고 빌어도 시원찮은 판에 어쩜 그렇게 당당해? 현명했다면 이런 일 안 했을 거라고? 현명? 당신은 현명해서 간통했어? 일은 안 하고 남의 여자랑 놀아난 게 현명한 짓이었냐고? 그 시간에 뭔가를 했어야지. 자격증 하나라도 따든가, 하다못해 문화센터 강의라도 들으라고 하지 않았어? 그렇게 허송세월하면서 일이 잘되기를 바랐어? 할 일이 없어도 그렇지, 어떻게 하루 종일 문자질하고 전화하는 것으로 시간을 낭비해? 과거 뒤적거리지 말라고? 개같이 산 주제에 과거 뒤적거리지 말라고? 지저분한 당신한테 왜 내가 훈계를 들어야 돼? 무슨 장한 일 했다고 훈계를 하냐고? 집 나간 게 이번 일 때문이 아냐? 음주운전 걸려서 이혼하자고 했을 때 뭐라고 했어? 이혼하자니까 힘이 쭉 빠진다고 하지 않았어? 그건 그렇고 선우한테 쫓겨났을 땐 왜 그렇게 들어오고 싶어 했어? 한 번만 용서해 주면 잘살아보겠다고,

선우 설득해 달라고 애원 안 했어? 가족하고 있으니까 좋다고 하지 않았냐고? 이틀 전에 한 말을 잊을 만큼 바보야? 미국에 들어가서 돈 벌면 날 부를 생각이었단 말도 지우랑 같이 들었어. 그러고도 이번 일 때문에 나간 거 아니라고? 당신이 나간 게 아니라 아들한테 쫓겨난 주제에 말이 돼? 부끄럽고 미안해서 고개를 못 들겠다고 메일 보낸 그날도 수없이 통화하고 문자 보낸 게 사람 허물을 쓰고 할 수 있는 일이야? 어쩜 그렇게 가면을 쓰고 살아? 당신 이중성은 알고 있었지만 그 정도까지는 상상도 못 했어. 세상 물정 알 만큼 아는 사람이, 사회 지도층이라는 사람이, 정신병자가 아니고서야 어떻게 그럴 수 있어? 그러고도 큰소리쳐? 짐승의 탈을 쓰지 않고서야 어떻게 그래? 외도 자체만도 화가 나고 힘들지만 뻔뻔한 그 행동은 더 화가 나. 그런 당신을 믿고 35년을 살아온 세월이 억울해서 견딜 수가 없다고."

형민이 주먹을 불끈 쥐며 말을 막았지만 경아는 쉬지 않고 줄줄 뱉어냈다. 형민이 큰 소리로 대꾸했다.

"지난번 메일에 당신 생각과 의구심을 접고 마무리하자는 말은 그 여자와 관계를 시인한다는 거였어. 그런데 미치지 않고서야 300만 원이나 들여서 그런 짓을 할 수가 있어?"

"미친 건 내가 아니고 당신이야. 여자한테 쓴 게 300만 원만 돼? 돌부처한테 물어봐. 새벽 다섯 시, 집만 나서면 여자한테 문자 보내고 새벽부터 자정 넘도록 문자 하고 전화질한 인간이 미친 건지, 남편 외도 캐려고 통화기록 뺀 게 미친 짓인지. 사춘기도 아니고 환갑 다 된 인간이 전화기 붙잡고 산 게 미친 거 아냐? 나는 생활비 한 푼 줄이겠다고 수돗물 한 방울까지 아껴 왔는데 지저분한 것들이랑 호텔 들락거리고 가산탕진 한 게 잘한 짓이야? 그런 당신 살려 보겠다고 보따리장사까지 한 거 몰랐어? 웃으면서 말할 때 들었어야지 지금까지 끌고 와? 넘겨짚은 줄 알았어? 연애질하는 거 광고하고 다니는데 어떤 병신이 몰라? 내가 뒤척거려서 잠을 못 자니까 방을 따로 쓰자고? 자리에 누우면 10초도 안 돼서 코 골고 잘만 자면서 잠을 못 자? 나는 당신 예뻐서 붙어 있는 줄 알아? 코 골아 대고, 냄새나고, 잠 한 번 온전하게 못 잤지만 그 잘난 인연 지켜주고 싶었어. 떨어져 자면 영원히 남 될 것 같아서 버텨온 거라고. 나이가 몇인데 입을 맞추냐고? 아침저녁 입 맞추고 살아온 게 하루 이틀이야? 3년 전부터 왜 갑자기 변했는데? 고년은 평생 좋을 것 같지? 남편 두고 서방질한 년이 당신만 쳐다보고 살 것 같아? 그래 한 번 살아 봐. 사랑, 사랑, 노래 부른 년이랑 살아보라고."

"그런 여자한테 사랑한다고 말한 게 진심인 줄 알아?"

'그런 여자'라는 말은 여자의 품행을 알고 있다는 말이었다. 가정을 가진 여자가 예사롭지 않게 불륜을 저지른 것은 그의 시각으로도 온당하게 보인 것은 아니었다.

"그 난리 속에서 전화하고 문자 보낸 게 사랑 아니고 뭔데? 당신 스스로 생각해 봐. 땡전 한 푼 못 벌고 빚만 진 주제에 그런 여자한테 돈 쓴 게 잘한 일인지."

"선물 사준 적 없어."

"선물 얘기가 아니잖아. 숙박료는 누가 냈는데?"

"……."

"아무리 뻔뻔한 년도 숙박업소에서 얼굴 들고 돈 내지는 않았을 거 아냐. 그건 그렇다 치자, 내 자존심을 생각해서라도 더는 연락하지 말라고 했는데 좀 전까지 내통한 게 말이나 돼? 내일도 모레도 계속하겠다는 거 아냐!"

"당신 같으면 하루아침에 무 자르듯이 할 수 있겠어?"

"맘만 먹으면 철판인들 못 잘라? 차라리 그렇게 말하지 그랬어. 무 자르듯 자를 수 없으니까 시간을 달라고. 그런데 뭐라고 했어? 부끄러워서, 스스로 용서가 안 돼서, 집에 들어올 수 없다고 하지 않았어? 험난한 가시밭길을 걸으면서 참회할 거라고 하지 않았냐고? 당신 같은 다중인격자는 세상에 둘도 없을 거야."

경아는 그를 한 번 노려보고 더 이상 말도 하기 싫다는 듯 방을 나왔다. 그리고 지우 방으로 건너가 통화 내역서를 집어 들었다. 암만 봐도 어이가 없었다. A4 용지 두 장이 은희 것으로만 채워져 있기도 하고, 오후부터 다음 날 오전까지 오직 그녀와 메시지를 주고받은 것도 있었다. 여자가 남편과 방을 따로 쓰고 있어서 언제든 연락이 가능했다는 말이었다. 문자만이 아니었다. 한 번에 한 시간이 넘는 통화를 했는가 하면, 두 번에 걸쳐 백 분 간 통화를 하기도 하고, 끊고 또 하고 끊고 또 하고 한 시간에 여섯 번 통화한 기록도 있었다. 경아는 처절하다 못해 몸이 흐물흐물 녹아내릴 것 같았다. 단돈 1원도 함부로 쓰지 않는 그가 얼마나 좋았기에 그 많은 통화료와 시간을 아끼지 않았다는 것인지! 문자 하나에 200원이면 하루 문자 사용료가 6천 원이란 말이었다. 휴일에만 아침저녁 통화를 한 것도 암시가 담겨 있었다. 평일에는 회사 전화를 사용했다는 것을 의미했다.

일찍 들어오면 8시 뉴스 보면서 잠이 들고 새벽에 헬스장으로 달려갔던 그, 선우가 유학 갈 때까지 아침밥만은 같이 먹자는 것마저 묵살하다가 겨우 며칠 전부터 아들과 눈을 맞췄던 그가 여자에게는 그렇게도 충성스러웠다니! 눈만 뜨면 여자에게 안부를 묻기 위해 새벽처럼 집을 나섰다는 얘기였다. 문자 기록 30번뿐 아니라 회사 전화로 통화한 것까지 합하면 얼마나 많은 시간을 여자에게 쏟았다는 것인가! 경아는 허탈한 심정으로 내뱉었다.

"귀신 붙지 않고서야!"

다음 장을 넘긴 순간 경아는 기함을 하고 말았다. 또 다른 여자의 번호를 발견한 것이었다. 거친 숨소리가 방 안을 메웠다. 경아는 두 여자 전화번호에 형광펜으로 줄을 그어 나갔다. A4 용지가 노랗게 물결치고 경아 숨결도 풍랑처럼 거칠어졌다.

　'아무리 좋아도 그렇지. 아무리 할 일이 없어도 그렇지. 그년들도 한심한 년들이지. 온종일 문자질 하는 놈이면 별 볼일 없다는 것인데 그렇게도 좋았을까! 저질들!'

　경아는 뜬눈으로 밤을 새웠다. 그러나 형민은 아무 일도 없었던 것처럼 잘 자고 일어났다. 그리고 예전처럼 헬스클럽에 간다며 집을 나갔다. 그런데 경아 눈에 비친 그는 보통 때와 달랐다. 불길했다. 외도가 커피 한잔 마시듯 보편적인 것이라 하더라도, 스스로 죄악으로 여기지 않는다하더라도, 극단적인 선택을 할 가능성은 있었다. 통화기록이 상식을 벗어난 데다, 동시에 두 여자와 놀아난 것도 치명적인 부담이 될 수 있었다. 누구라도 그의 행위를 알게 되면 손가락질할 수밖에 없다는 것을 그 자신이 모를 리가 없었다. 경아는 물도 넘기지 못한 채 가슴을 조이고 있었다. 세 시간이 지나 메일이 들어왔다.

　집을 나올 때 짐작을 못했다면 당신이 아니겠지요
　이제 더 이상 버틸 체력도 정신력도 다 소진된 거 같소
　애들에게 용서받을 수 없는 수치스러움을 통감하면서

당신을 포함한 우리 가족의 새로운 출발을 위해,

암 덩어리인 내가 떠나야겠다는 생각을 하게 되었소

앞으로 나를 증오하며 망각하는 게 좋을 것이요

애들에겐 적당한 시기에 메일 보낼 생각입니다

당신에게 마지막 한 번의 메일을 보내고 나면

당신과도 영영 이별이 될 거 같습니다

되도록 빨리, 그리고 철저하게 나를 잊는 것이

당신과 애들에겐 행복을 찾는 길일 것이오

영주권 취소 문제와 주민등록증 회복 절차는

나중에 지우에게 메일로 알려 줄게요

당신과 지우 여권은 내 책상 서랍에 있고요

해결을 못 하고 떠나게 되어 미안하오

이제는 구차한 얘기도 하지 않을 것입니다

서로가 또 상처를 입고 힘들어지니까요

행복했던 추억들도 회상하지 않을 것입니다.

가족 모두 건강하고 잘 되었으면 좋겠습니다.

2월 9일

그의 글은 최악의 선택을 하겠다는 각오로 보였다. 경아는 무서웠다. 너무 무서워서 그동안 연락도 하지 않았던 형민의 동생 영호에게 전화를 했다. 그리고 그동안의 일들을 설명하고 부탁했다.

"형님은 지금 치료가 필요해요. 겉으로는 말짱해 보이지만 오랫동안 여자를 만나면서 중독이 된 것 같아요. 도움이 없이는 일어서기 힘들 만큼 심각하니까 도와주세요. 방치하면 어떤 일이 벌어질지 몰라요."

영호는 몇 마디 들어주는 척하다가 바쁘다며 전화를 끊었다. 10년을 단절해온 형수가 아쉬운 일로 전화한 게 얄미웠고, 남자라면 있을 수 있는 단순한 외도를 확대해석한 것도 화가 났다.

경아는 경환에게도 전화를 했다. 그도 겉으로만 친절하게 대했을 뿐 속으로는 욕을 했다. 쓸데없는 일을 까발려서 분란을 일으켰다는 것이었다. 평소 그의 외도에 대한 철학은 매우 퇴폐적이고 속물적이었다. 건장한 남자라면 갖춰야 할 자격으로 여겼고, 여자가 많은 남자를 능력자로 여겼다. 더군다나 그는 형민에게 여자를 소개한 장본인이었다. 그렇더라도 경아에게 나쁜 사람으로 보이고 싶지는 않았다.

"마음고생이 심하시네요. 제가 잘 이야기해 보겠습니다. 몸 상하면 안 되니까 몸관리나 잘하세요."

경아는 분을 떨치지 못했다. 모든 일들이 은희 때문이라는 생각에 미치자 분노는 더 강렬해졌다. 경아는 분노를 곱씹으며 문자를 보냈다.

〈통화 내역을 보니 하루에 30번 넘게 문자를 보냈더군요. 우리 이혼하기로 했으니까 당신도 이혼을 해야겠지요? 한 시간 내로 전화하지 않으면 목포에 내려갈 것이오.〉

은희는 몹시 놀랐다. 몸을 바르르 떨면서 경아에게 전화를 했다.

"믿어주세요. 목포에서 몇 번 만난 것뿐이에요. 나는 문자 한 번 보낸 적 없어요."

"그럼 작년 3월에 나랑 주고받은 문자는 뭐고, 지난달에 사랑한다는 문자는 누가 보낸 건데? 왜 이런 사단이 났는지 몰라? 그 사람 혼자 하루에 30번 넘게 문자를 보냈다고? 그 사람이 정신병자라서 혼자만 문자를 보내고 전화를 한 거야?"

"형민 씨가 술 드시면 전화하셨지 내가 한 적은 없어요."

"안 가르쳐 줬는데 9176 68××으로 바뀐 것은 어떻게 알고 전화했을까?"

"……밖에 나와 계신 것 같아서 집에 들어가시라고 한 번 전화한 것뿐이에요."

"기어이 니 남편 만나서 얘기해야겠어? 내 가정이 절단 났는데 참으라고? 당장 내려갈 테니까 그리 알아."

"언니, 제발 그러지 마세요. 언니하고 형민 씨가 행복하게 살아야 제가 기분이 좋잖아요."

"그동안 나를 조롱할 대로 조롱해 놓고 우리 부부가 행복하

게 살아야 기분 좋다고? 네 마음이 진심이라면 내가 알게 된
즉시 관계를 끊었어야지 생매장 시키겠다고 협박하고 전화번
호까지 바꿔가며 놀아난 게 날 위해서였어? 네 남편이 무섭
고, 너 망신당하는 게 두려운 거지 내가 행복하길 바란 건 아
니잖아. 그래, 어쩌다 외도를 했다 치자. 죽도록 사랑했다 치
자고. 정말로 사랑을 했으면 일은 할 수 있게 해줘야 하는 거
아니야? 하루에 30번 넘게 문자질하고, 전화 한번 시작하면
한 시간도 넘게 해대는데 무슨 일을 하겠어? 일손 놓고 너만
사랑해 주면 되는 거야? 아무리 막 돼먹은 년이라도 상대 배
우자에게 지킬 예의는 지켜야지. 집에 들어온 거 알면서 전화
하고 문자질한 이유가 뭐였어? 의도적으로 그런 거야?"

"……."

"내 말 안 들려? 집에 있는 거 알면서 문자 보내고 전화한 의
도가 뭐냐고? 내가 흥부네 절구통이라도 되는 줄 알았니? 너처
럼 천박한 물건이 무시해도 될 만큼 바보 천치인 줄 알았어?"

목소리는 경아가 낼 수 있는 한계를 넘어섰다. 은희는 어떤
말을 둘러댈까 망설이다가 말했다.

"……방을 따로 쓰신다고 들었어요."

"그건 니 얘기잖아? 단 하루도 따로 잔 적 없지만 각방 쓰는
남자는 간통해도 된다는 거니? 나, 이 시간부로 그 사람 버릴
거니까 너도 남편 버리고 그놈하고 살아 봐. 그만한 각오 없이

3년이나 끌고 오지는 않았겠지? 참, 나를 정신병자 취급했지? 참는 것도 한계가 있으니 그리 아시오, 아줌마? 사생활 침해로 고소를 해? 죽어도 통화기록 못 뺄 줄 알았지? 돈만 있으면 뭐든 하는 세상이야. 너 그렇게 우기는 거 언제까지 할 수 있나 보자. 니 남편도 가만있진 않을 테니까."

"죄송해요. 죽을죄를 졌으니까 용서해 주세요."

"이제 와서 죽을죄? 죽도록 사랑한 남자니까 대가는 치러야 되지 않겠어? 너 그렇게 거짓말하면 니 새끼들한테까지 알릴 거니까 그리 알아. 내 자식이 당한 고통 니 새끼들도 똑같이 당하게 해줄 테니까. 처음부터 유부남인 거 알고 있었잖아."

옆에서 듣고 있던 지우가 전화기를 가로챘다.

두 사람의 통화는 고스란히 녹음되고 있었다.

"아빠가 나한테까지 고백하셨는데 계속 거짓말하실 거예요?"

여자는 조금 망설이다가 말을 하기 시작했다. 그녀의 말에는 당황스러움이 담겨 있었다. 그녀는 문장도 성립되지 않는 말을 토해내고 있었다.

"형민 씨가 얘기를… 이렇게 좀 너무 그. 이렇게 좀. 굉장히 그. 좋은 말씀을 잘해 주시니까 내가 굉장히 고통스러워 하고 있을 때, 해주시니까… 그렇게 좀 연락 좀 하고 그런 것이지… 내가 그런 것으로 인해서 이렇게… 그… 언니네. 이렇게. 가정에 이렇게 피해를 준 것은 너무나 깊이… 깊이… 사죄하고…

다시는 이런 일이 없을 테니까, 없을 테니까……."

"저한테 왜 그런 말씀을 하셔요? 엄마한테 말씀하셔야죠."

"엄마에게 계속 말씀을 드려도 자꾸 화를 내잖아요."

"엄마한테 문자도 안 보냈다고 하셨잖아요. 그쪽 사정은 잘 모르겠지만 불편한 일이 있더라도 유부남하고 그래서는 안 되잖아요. 남편 있는 분이 말이 돼요?"

"그러니까."

"친구도 없어요?"

"그러니까. 아가씨, 아가씨, 미안하고. 내가 죽을죄를 지었으니까 미안하다고 하잖아요."

"여태까지 잡아떼다가 왜 저한테 그러시냐고요. 아빠가 저한테 시인했다니까 무서워서 그러는 거잖아요."

"……."

은희는 더 이상 변명거리가 없었다. 그녀는 잠시 침묵하다가 전화를 끊어버렸다.

경아는 다짐했다. 숨기는 데까지 숨겨보자는 두 사람을 용서하지 않을 거라고. 그녀는 이혼을 다짐하고 형민에게 메일을 보냈다.

이혼을 결정하니 오히려 편안하네요.

이혼서류 보내주면 필요한 시기에 처리할게요.

아무래도 집이 매매된 뒤에 하는 게 좋겠어요.

집 매매는 백방으로 알아보고 있는데

정 안 되면 동생에게 공시가에 넘기려고 해요.

집을 매매하려면 인감증명서가 필요하니까

서류는 떼어놓으세요.

당신과는 인연이 아니었다, 생각할 테니

애들에게는 부끄러운 아빠는 되지 마세요.

2월 10일

경아는 초점 잃은 눈망울로 창밖을 바라봤다. 몇몇 인파 속에 한 쌍의 남녀가 팔짱을 낀 채 횡단보도를 건너고 있었다. 중간쯤 길을 건너던 그들이 갑자기 멈칫하더니 발길을 뒤로 돌렸다. 순간 경아는 여자의 얼굴을 보고 깜짝 놀랐다. 여자는 형민의 사촌 여동생 순이의 젊은 날 모습과 너무 흡사했다. 경아는 헉, 소리를 내면서 손으로 입을 가렸다.

결혼 전, 형민은 순이가 그녀의 이상형 남자가 형민이라는 말을 자주 한다는 것이었다. 경아는 그의 말을 순수하게 받아들였다. 그러나 그들 사이가 은밀하다는 것은 약혼 뒤 전방 근무 중인 그를 찾아간 날 알게 되었다. 밤늦은 시각, 순이가 그의 숙소에 들이닥쳤다. 순이는 경아를 발견하고 주춤하더니 가져온 물건만 성급하게 내려놓고 뛰어나갔다. 경아 가슴이 철렁 내려앉았다. 순이가 자고 갈 생각으로 그 시각에 왔다는 것을 알게 되었고, 그녀의 눈빛에서 경아에 대한 질시를 느끼게 되었고, 뛰쳐나가는 모습에서 두 사람 사이에 비밀스런 것이 있다는 것을 알게 되었다. 순이가 방을 나간 뒤 경아가 물었다.

"아가씨가 여기서 자고 간 적 있어요?"

"그게 말이나 돼?"

그는 강하게 부정했지만 순이가 자주 자고 갔다는 것은 다음 날 알게 되었다. 경아가 묻기도 전에 주인아주머니가 입을 열었다. 아주머니는 경아를 새댁으로 불렀다.

"그 색시는 안 자고 갔어? 새댁이 있으니까 그냥 갔나 봐. 그이는 대체 누구야? 새댁 오기 전까지 그이가 약혼녀로 소문났었어."

그날 밤, 경아는 두 사람이 동침했다는 자백을 형민에게 들었다. 그러나 다음은 묻지 않았다. 옆방에는 부부 사이가 좋지 않은 아저씨가 혼자 기거하고 있었으므로 두 사람이 연인관계가 아니었다면 굳이 1인용 군인 매트리스에서 같이 잘 이유가 없었다.

'애초에 잘못된 결혼이었어. 그때 그만뒀으면 이런 일은 없었을 텐데.'

경아는 한없이 자책했다. 그러나 당시 시대상은 여자에게 매우 불리했었다. 약혼식을 치른 남녀는 양가에서 부부로 인정해 줬고, 파혼을 한 여자는 전과자 같은 딱지가 평생 따라다녔다. 당연히 남자의 결혼 전 여자관계는 눈감아 주는 것을 도리로 여겼다. 무엇보다 경아 스스로 그를 너무 사랑했기에 포기할 수가 없었다.

메일을 받은 형민은 고개를 쳐들고 한숨을 푹 쉬었다. 말할 수 없이 공허했다. 그러나 곧 냉정해졌다. 다시 가정으로 돌아갈 수 없다면 실속이라도 챙겨야 했다. 그는 눈물을 훔쳐내고 메일을 쓰기 시작했다.

마음을 내려놓으니 좀 평온해 지셨나요?
우리가 돈에 대해서는 서로 욕심이 없다고 하지만
생활을 하는 데 중요하고 필요한 것이니
집 매매와 재산 배분은 정확히 해야 될 거 같습니다.
대부분 부부가 헤어질 때 원수가 되지 말자면서도
결국 돈 때문에 다투게 되니까요
집 매매는 부동산 중개업소에 수고비를 많이 주고
급매물로 내놓으면 빨리 나갈 텐데
동생에게 왜 싸게 팔려고 하는지.
처남에게 부담을 주고 싸게 파는 거보다

5억 정도 더 받는 게 좋지 않겠소?

(경아는 속으로 욕했다.

'개새끼야, 니가 팔아라! 급매물로 내놓은 게 하루이틀이야?')

최악의 경우 1년 지나도 안 팔리면

그때 가서 처남에게 도움을 청하든지요.

집이 잘 꾸며져 있으니 금방 나갈 것도 같은데.

당신 소관에 맡기겠소.

어쨌거나 내겐

김포 아파트 중도금에서 3천만 원 줬으니까

잔금 받으면 5천만 원 추가로 넣어주시고

카드빚과 마이너스 통장, 성우와 용희 채무는

당신이 변제해 주시고

도곡동 아파트가 매도되면 3억만 배분하시오.

당신을 배려해서 최대한 합리적으로 제의했는데

서로 기준이 다르니 어떻게 생각할지 모르겠군요

위에 제시한 것에 동의하면 메일로 약속해 주시고,

다른 의견이 있다면 말씀하세요.

나에 대한 배분은 최소한의 수준이라고 생각합니다

당신이 동의하면, 서로를 위한 합의이혼이 되겠지요

이견차이로 변호사 고용하는 일은 없었으면 합니다

미리 합의를 해 놓는 게 서로 불편하지 않을 거 같아서

심각하게 생각하고 보낸 것이니 오해는 말아주세요

식사 잘 하시고 건강하세요

2월 11일

경아는 가까스로 메일을 읽었다. 평소 그는 귀책사유가 있는 사람이 이혼 과정에서 재산을 요구하면 욕을 했고, 자신의 귀책사유로 이혼을 하게 되면 빈손으로 나갈 거라 했었다. 그런 그가 불과 며칠 만에 너무 큰 돈을 요구한 것이었다. 선우가 월급을 모으고 융자를 받아 분양받은 선우 아파트 수익금 8천만 원과 마이너스 통장, 카드빚, 경아가 몰랐던 다른 사채 1억을 포함해 그가 요구한 금액은 5억 원에 육박했다. 가장 큰 부담은 담보대출 4억2천만 원에 대한 이자였다. 3개월마다 변동금리를 적용한 이자만도 매달 220만 원이 넘었다. 이자를 갚지 못하면 집은 경매로 넘어갈 수밖에 없는데 선우 아파트 수익금은 그가 챙기고 대출 이자를 경아에게 떠넘긴 것이었다. 현재 아파트가 매매되더라도 빚을 청산하면 전세 한 칸 얻을 형편도 안 되는데 나중에 팔아서 차익을 몇 억 더 남기라는 말에 경아는 통분했다. 맘먹은 날 마음대로 팔 수 있다면 피 같은 이자를 날리며 살아왔단 말인가! 경아는 융자금 이자와 그의 부채 부담이 커서 집 팔린 뒤에 2억 만 주겠다는 답을 보냈다. 메일을 읽은 그는 분노를 담아 메일을 보냈다.

겨우 2억이요?

역시 당신의 영리한 플레이가 보이는군요

외부적으로는 여기저기(영호를 포함해서) 전화해서

이혼의 타당성을 내 잘못에 따른 것으로 알리고

내부적으로는 이렇게 고사시키려고요?

역시 이혼 시점에서는 당신도 예외가 아니군요.

이런 식으로 나오면 변호인을 고용할 수밖에 없소

나를 마지막까지 망가지게 하시겠습니까?

과거의 추억에 붙잡혀 있을 때가 아니라

당신의 영리한 이혼전략에 대응할 방법을

심각하게 고민해야 될 시간이 된 것 같군요.

분명하게 말하지만 양보는 없소

당장 직업이 없고 미래가 불투명하니

최소한 그 정도는 있어야 생활하지 않겠소

회사 채무 건은 내가 알아서 하겠지만

내가 개인적으로 빌렸다기보다는

공사금액의 20%를 받기로 한 것이었으니

쉽게 민.형사로 발전하지는 않을 것이오.

내 명의의 유일한 재산인 집이 팔리고 나면

회사에서 당신을 찾아갈 이유도 없고요

(당장 집이 팔릴 것처럼 얘기하는 것에 경아는 화가 났다.

그리고 같이 사는 동안 발생한 채무에 대해서는

이혼을 해도 공동책임인 것을 모른 척하는 것도 화가 났다.)

화를 당하고 싶지 않으면 현명하게 판단하시오

2월 13일

형민은 점점 이성을 잃어갔다. 평생 가족에게 헌신했는데 쓸모가 없어지자 버림받았다는 소외감이 몰려왔다. 구제금융 혹한 속에서도 자식들 유학을 포기하지 않았고, 아이들이 그를 사랑하고 좋아하는 것을 보상이라 여기며 살아왔는데 그 공을 깡그리 무시한 것 같아서 분노가 일었다. 그는 술에 잔뜩 취한 상태에서 경아를 몰아세웠다.

"세 사람이 검사가 돼서 나를 피의자로 몰고 있는데, 지금은 애들이 당신 편인 것 같지만 결국은 떠나게 돼 있어."

"철면피 같으니라고! 다른 건 몰라도 자식들 창피한 줄은 알아야지!"

경아가 핏대를 올리고 말했다.

"자식은 무슨 자식. 내 덕에 등 따뜻하고 배부르게 살아서 뭘 모르는 모양인데 어떻게 사는지 두고 볼 거야."

"내가 능력 없어서 당신 밥 먹고 살았어? 결혼 전에 내 봉급이 당신 것보다 많았던 거 기억 못 해? 지금 교사 봉급이 얼만지 알지? 퇴직금, 연금은 또 어떻고. 움직이는 중소기업이란 말이 그냥 나온 줄 알아? 그 좋은 직장 버리고 뒷바라지한 이유가 뭐였을까? 남편 잘되는 거 보겠다고 내 몸이 뭉그러져도 당신 입에 좋은 것 넣어 주고 쌔빠지게 일만 했어. 그건 관두고 가정부 한 달 수입이 얼만지 알 거 아냐! 나도 할 말 많으니까 입 그만 놀리고 전화 끊어. 참, 지금까지 왜 살아 있어? 자살할 것처럼 말한 건 동정심 유발하려고 그랬던 거야? 그 잘난 목숨이 아까웠구나!"

경아는 전화기를 놓고 철퍼덕 주저앉았다. 자식만큼은 끔찍하게 여겼던 그가 자식까지 비방할 만큼 비열해진 것에 혐오감이 몰려왔다.

마침표를 찍다

구정을 앞두고 거리는 분주했다. 택배차가 쉴 없이 왔다갔다하는 것으로 명절 분위기를 느낄 수 있었지만 경아는 꼼짝 없이 누워있었다. 형민이 손수 작성한 이혼 합의 각서를 들고 경아를 찾아왔다.

이혼 합의 각서

A : 김형민
B : 이경아

상기 A와 B는, 합의이혼 함에 있어서 아래와 같이 합의하고 그 내용을 공증한다.

1. 현재 A와 B의 공동소유 아파트(서울시 강남구 도곡동 ○○○번지)에 대한 매각은 B에게 전권을 위임한다.(관련 서류와 인감도장은 B에게 기 전달함)

2. 아파트 매매가 성사될 경우 다음과 같이 분배한다.

  B는 A에게 3억 원을 지급한다.(매각 잔금 수령 후 2일 이내)

3. A가 JK테크 영업 활동비로 사용한 금액은 A가 변제 책임을 진다.

4. 위 내용과는 별도로 2010년 2월 3일 B는 A에게 3천만 원(매도가 진행 중인 김선우 명의의 아파트 계약금에서)을 지급하였으며, 추가 5천만 원은 2010년 3월 5일 지급할 것이며, 카드빚과 마이너스 통장, 사채, 총 1억 원의 채무는 B가 변제한다.

5. 이혼 수속이 끝날 때까지 각자의 사생활을 침해하지 않는다.

상기 내용을 합의합니다.

2010년 2월 16일

경아는 합의서를 들고온 형민에게 통화기록표를 건네주면서 말했다.

"이거 다 당신이 한 짓이니까 자세히 들여다봐. 지금 생각이 온전하다면 스스로도 믿어지지 않을 거야."

공증사무실에 갈 때 경아는 지우를 대동했다. 형민이 자식 앞에서까지 딴소리를 하거나 격한 감정을 드러내지 않기를 바라는 마음이었다. 형민은 공증 비용이 100만 원이라는 말에 불만을 토했다.

"뭐가 그렇게 비싸요?"

"지난주만 해도 20억 기준 200만 원이었는데 많이 내린 거예요."

"그럼 다음 주에는 50만 원이겠네."

형민은 다시 경아를 쳐다보며 말했다.

"이것도 반반씩 내야 되는 거 아냐?"

경아는 쳐다보지도 않았지만 그는 마치 유머라는 듯 말했다.

"당신 돈 벌었네. 타이거 우즈도 재산의 절반을 줬나?"

경아는 그의 말을 무시하고 가증스럽다는 표정으로 지우를 쳐다봤다. 지우도 경아와 눈을 한 번 맞추고는 고개를 돌리는 것으로 불편한 심기를 대신했다.

집에 돌아온 경아는 은희에게 문자를 보냈다. 공증을 받기까지 형민의 심경을 건드리지 않으려고 참아왔지만 더 이상 손해 볼 게 없다는 생각이었다.

〈우리 이혼 합의각서 공증 받았으니까 다른 가정 파괴하는 일이 없게 하기 위해서라도 당신 남편을 만날 것이오.〉

〈서울에 또 다른 여자가 있다면서요. 서울과 여기 거리가 어딘데 만나면 몇 번이나 만났겠습니까. 서울 여자와 자주 만났겠지요.〉

경아는 또 문자를 보냈다.

〈서울에서 만난 적 없다는 그것 때문에도 용서할 수가 없

어. 반성 없이 거짓으로 일관하는 널 용서하지 않겠소.〉

은희는 곧바로 전화를 걸어왔다. 그리고 또 우겼다.

"저는 정말 서울에서 안 만났어요."

"상종하고 싶지 않으니까 들어가. 네 남편하고 얘기할 거야."

상황이 어렵게 돌아간 것을 알게 된 은희는 돌변했다.

"내가 좋아할 정도로 그 사람이 대단해요?"

경아는 풋, 소리를 토해내며 비웃었다.

"오! 대단한 사람이 좋아할 정도로 니가 대단해? 너, 아무 놈이나 추파 던지는 헤픈 여자란 거 목포 바닥에 소문난 거 몰랐니?"

은희는 순간 침묵을 지키더니 작심한 듯 다시 입을 열었다.

"단순히 이번 일로 이혼을 결심한 게 아니던데요, 책을 보니까."

은희는 이번 일 때문에 집을 나온 게 아니라는 형민의 말을 그대로 할 수 없어서 책을 통해 안 것처럼 말했지만 경아는 두 사람 사이에 어떤 말이 오고갔는지 알 수 있었다.

'나쁜 놈! 아무리 개차판도 조강지처 체면은 지켜준다는데 첩한테 여편네 몰아세웠어? 자식 낳고 살아온 게 근 30년인데 저런 창녀랑 놀아난 3년이 더 소중했니?'

경아는 끓어오르는 감정을 그대로 드러냈다.

"오, 그래? 대가리가 파충류만도 못한 년! 니 말 한마디만

들어도 지금까지 내통하고 있다는 게 보여. 너 때문에 집 나온 게 아니라고 그놈이 위로해 주던? 집에 들어오고 싶어서 아들에게 사정사정 한 주제에 그렇게 말했냐고? 더러운 죄 회피하고 싶어서 덮어씌우겠지만 난 너처럼 멍청하지 않아. 내가 죽는 한이 있어도 니 남편 만나고 말 테니까 그리 알아."

형민의 마음이 오리무중이라는 것에 경아는 화가 끓어올랐다. 아무리 이성을 잃었다 해도 내연녀와 약속이라도 한 듯 자신을 몰아붙이는 것을 이해할 수 없었다.

다음 날, 경아는 변 사장에게 전화를 했다. 호텔 광고 멘트가 흘러나오고 남자 목소리가 흘러나왔다. 은희 나이를 모른다면 40대로 착각할 만큼 맑은 목소리였다.

경아가 바짝 긴장하고 말했다.

"경자 씨 남편 되시죠?"

"네."

경아는 두근거리는 가슴을 억누르며 천천히 말을 이었다.

"말씀드리기 좀 어려운 일인데 주변에 다른 분도 계신가요?"

변 사장은 침착하게 말했다.

"듣기만 하면 되니까 말씀하세요."

전화기를 쥔 경아 손에 땀이 배었다.

"너무 떨려서 말씀 드리기가 어렵네요."

"무슨 말씀인지 모르겠지만 걱정 마세요."

상대방 목소리는 아직도 차분했지만 경아는 스스로 외도를 하다 발각된 것처럼 떨렸다.

"……사실은 제 남편하고 내연관계인데 그동안 낌새는 없었나요?"

"……전혀 몰랐는데요."

"변 사장님께는 말씀드리지 않으려고 했지만 그냥 넘어가면 또 그런 일을 저지를 것 같아서 말씀을 드립니다. 3년 정도 된 거 같은데 두 사람은 반성도 하지 않고 지금도 연락하고 있거든요."

변 사장은 피가 역류한다는 의미를 알 것 같았다. 눈앞의 소나무가 부들부들 떨고 있는 것처럼 사지가 떨렸다. 그런 중에도 아내와 정을 통한 남자의 신분이 궁금했다. 남자의 사회적 지위가 자신보다 우월한 위치에 있다면 더 자존심 상할 것 같았다.

"남편은 뭐하는 사람인데요?"

"작은 회사 다녀요."

"지금 제주도에서 공치고 있는데 일행이 오고 있네요. 이따 끝나고 전화 드릴게요."

변 사장은 급하게 전화를 끊었다. 그리고 몇 시간 뒤 경아에게 전화를 걸어왔다.

"골프도 제대로 못 하셨겠네요."

변 사장의 목소리가 다소 흥분돼 있었다.

"제가 웬만해선 흥분하지 않는데 공을 제대로 못 쳤습니다. 믿어지지가 않네요."

"우리 딸하고 은희 씨 통화내용을 녹음해 둔 게 있는데 들려드릴게요."

음성 녹음을 들은 변 사장이 조금 떨리는 목소리로 말했다.

"집사람 목소리 맞네요."

"통화기록으로 보면 두 사람의 정이 얼마나 깊은지 알 수 있을 거예요. 인위적으로 끊을 수 없을 거라는 생각이 들더라고요. 그 정도면 같이 살아야 되지 않겠어요?"

"살아야 될 것 같으면 살게 해줘야죠. 죄송하지만 통화기록을 팩스로 좀 보내 주세요."

"부인에게 빼오라고 하세요. 기록이 너무 많아서 팩스로 보낼 수도 없으려니와 제 남편이 가만있지 않을 것 같아서요."

"확실한 근거도 없이 그렇게 할 수 없잖아요."

"제 남편이 하루에 30번 넘게 문자를 보낸 것만으로도 알 수 있잖아요."

"그럼 몇 장만이라도 보내 줄 수 없나요?"

"저도 그러고 싶지만 남편이 어떤 태도를 보일지 몰라서 그래요. 차라리 제가 목포에 가서 직접 보여 드릴게요.

"그러시죠. 내려오시기 전에 전화 주시고요."

그날 밤 변 사장은 저녁도 먹지 않고 침대에 누워 이런저런 생각에 잠겼다. 얼마 전, 은희가 했던 말이 생각났다.

"어떤 여자가 외도를 했는데 남편이 알게 돼서 한바탕 난리가 났대요. 당신이 그 여자 남편이라면 어떻게 하겠어?"

"당연히 이혼이지."

변 사장은 은희가 왜 그런 질문을 했는지 이제야 깨달았다. 그녀가 툭하면 애들 보러 간다고 서울에 올라간 것도 알 것 같았다. 그러나 병원에 들락거리며 얼굴 단속을 하는 것은 감쪽같이 몰랐다. 설령 알았다 하더라도 여자의 본능쯤으로 생각했을 것이었다.

전화를 끊은 변 사장은 속으로 뇌까렸다.

'바보!'

3년이 흐르도록 아내의 외도를 몰랐던 자신이 바보 같았다. 그러나 방을 따로 쓰는 그녀가 밤새 내연남과 웃고 떠들며 통화를 한들 알 턱이 없었다.

경아는 그의 또 다른 여자 유경에게도 전화를 했다. 그러나 그 번호는 결번이었다. 경아는 포기하지 않았다. 그녀의 옛 전화번호를 심부름센터에 의뢰하여 집 주소를 알아내 그녀를 찾아갔다. 마침 유경은 혼자 집에 있었다. 경아는 발을 먼저 현관에 딛고 말했다.

"김형민 씨 잘 아시죠?"

유경은 너무 놀랐다. 그러나 그런 여자들이 으레 그렇듯이 태연하게 말했다.

"모르는데요."

"며칠 전까지도 통화한 걸로 알고 있는데 모르세요?"

"무슨 말씀인지 모르겠네. 저 지금 바쁘니까 나가 주세요."

그녀는 문을 닫으려고 손잡이를 잡았다. 경아가 그녀를 노려보며 손을 잡아챘다. 그리고는 통화기록을 내밀었다. 여자는 형광펜이 그어진 전화번호를 확인하고 하얗게 질렸다. 그녀는 노려보는 경아 눈초리에 질려 낮은 목소리로 말했다.

"죄송합니다. 다시는 전화하거나 만나지 않겠습니다."

"그럴 사람이면 전화번호까지 바꿔가며 연락하지 않았겠죠. 간통죄로 고소해서 가정파탄에 대한 책임을 물을 테니까 그렇게 아세요."

"선생님! 제발 용서해 주세요. 절대로 그런 일 없을 거예요. 제가 무릎 꿇고 빌게요."

유경은 경아 손을 잡고 덥석 무릎을 꿇었다. 순간 그녀에 대한 분노가 경아에게서 사그라졌다.

3월 초, 경아는 지우와 함께 목포로 향했다. 그곳에는 동백과 매화가 활짝 피어 있었다. 예전 같으면 꽃을 보고 감탄을 쏟아냈을 그녀였지만 꽃이 피었구나, 여겼을 뿐 아무런 감정을 느끼지 못했다. 호텔은 바닷가에 자리하고 있었다. 경아는 프런트 데스크로 걸어가 호텔 직원에게 말했다.

"변 사장님 뵈러 왔는데요."

"실례지만 누구시라고 전할까요."

"서울에서 왔다면 아실 거예요."

잠시 뒤, 뚜벅뚜벅 걸어오는 남자가 변 사장이란 것에 경아는 놀랐다. 그는 환갑이 훨씬 넘어 보였고 옷차림도 초라해 보였다. 후줄근한 회색 양복과 검정에 가까운 두터운 겨울 와이셔츠, 마대처럼 올이 굵은 검정색 천에 흰 꽃무늬가 그려진 넥타이, 모든 것이 상상을 벗어나 있었다. 그러나 그 모든 것들이 고가품이란 것을 경아는 몰랐다. 다만 그가 그녀와 동갑이란 것을 알고 있었음인지 변 사장의 행색을 보고 은희를 욕했다.

'나쁜년! 넌 꽃단장하고 다니면서 남자 유혹하고 남편은 노인처럼 해놨니?'

그때 변 사장이 점잖게 말했다.

"오시느라 수고 많으셨습니다."

그들은 인사를 마치고 한식 레스토랑으로 자리를 옮겼다. 은희가 먼저 입을 열었다.

"좋은 일도 아닌데 시간을 빼앗아서 죄송합니다. 은희 씨껜 어느 정도 말씀하셨나요?"

"제가 좀 침착한 편이에요. 살짝 운만 떼고 말았어요. 집사람이 자기 말을 믿을 거냐, 병원에 다니는 여자의 소설을 믿을 거냐고 하길래 30년 같이 산 당신 말을 믿지 다른 여자 말을 믿겠냐고 했어요. 그때까지 확실한 증거를 댈 수 없었으니까요."

경아가 피식 웃으면서 지우에게 물었다.

"엄마가 정신병원에 다닌 적 있니?"

지우가 고개를 흔들며 웃어 보였다.

"나를 정신병자로 몰아붙이면 실명으로 소설을 쓸 겁니다. 10년 전에도 남편에게 벌어진 일을 각색해서 소설을 썼는데 지금 상황이 그때하고 똑같이 벌어지고 있네요. 그때 그 여자들도 나를 농락하다가 당한 겁니다. 부인께 제 소설까지 보내 줬어요. 내가 어떤 여잔지 알고 있으라고요. 그런데 결국 여기까지 왔네요."

변 사장은 조금 당황스러웠다. 실명으로 소설을 쓰면 그가 가장 크게 피해를 입을 것이었다. 그는 애써 웃음을 지어 보이며 말했다.

"아뇨, 그냥 병원에 다니는 여자라고 했어요. 저도 처음 뵐 때 깜짝 놀랐어요. 집사람한테 들은 것과는 너무 달라서요. 집사람이 소설을 믿느냐고 하길래 무슨 말인가 했는데 소설가시군요."

"여기 통화기록 있으니까 한 번 보세요. 직접 보시면 제 심정을 아실 겁니다."

경아는 통화기록표를 변 사장에게 내밀었다. 노랗게 형광펜이 그어진 아내의 전화번호를 본 순간 그의 손이 떨리고 A4 용지도 파르르 떨렸다. 한동안 들여다보던 변 사장이 말했다.

"정신병자네요. 일은 안 하고 이런 짓만 했나 보죠?"

"남자들은 여자를 알아도 일이 우선인 줄 알았는데 아닌가 봐요. 이 기록은 어느 정도 진정이 된 요즘 것에 불과해요. 6개월 이상은 해줄 수가 없다고 해서 그것만 뺀 건데 재작년 가을, 불이 붙었을 땐 어땠을까요?"

"언제부터 알았다는 건가요? 3년 전이라고 했나요?"

"그렇게 알고 있어요. 부인께서 서울에서 많이 지낸다면서요?"

"한 달에 일주일 정도는 서울에서 살아요."

변 사장은 그렇게 말했지만 은희가 서울에 머무는 시간을 정확히는 알지 못했다. 바삐 생활하다 보니 20일 만에 가는지 한 달 만에 가는지 염두에 두지 않았다. 아이들이 보고 싶다거나, 음식을 해줘야 된다거나 하면 그런가 보다 했을 뿐이었다. 다만 갈 때마다 일주일 정도 머물렀기 때문에 한 달에 일주일 정도로 생각하고 있었다.

"집이 어디에 있는데요?"

"화곡동이요."

"애들 아빠 사무실이 목동 근처라 만나기 쉬웠겠네요. 저는 속도 모르고 회사 동료랑 사귄 줄 알았어요. 휴일에는 친구들과 등산 간다고 나갔는데 어느 때는 여자를 만나는 것 같더라고요."

"휴일에 전화해 보면 관악산에 갔다고 할 때가 있었어요. 그 사람 여기서도 산에 자주 다녔어요. 절에 간다고……."

경아는 속으로 생각했다.

'절에서 무슨 기도를 했을까? 천년만년 그 사람 곁에 있게 해달라고 빌었을까, 내연남의 아내인 내가 사라져달라고 기도했을까?'

경아는 자신이 싸준 도시락을 은희가 먹었을 것을 생각하니 자존심이 상했다. 음식을 먹으면서 스스로 아랫것이 차려준 음식을 먹는 양 우쭐해 했을 것 같았고, 남편 바람난 것도 모른 등신이라고 비웃었을 것 같았다. 언젠가 전등사에 갔을 때 형민이 바득바득 우겼던 일도 생각났다. 경아에게는 초행이었는데 형민이 같이 온 적이 있다는 것이었다.

"아무려면 그걸 기억 못 하겠어요? 다른 사람하고 왔겠지."

"처마 형태가 다른 절하고 다르다고 했잖아."

"처마건 불상이건 느낌이 달랐다면 지금도 그런 느낌이 있어야 되는데 전혀 느낌이 없는 걸. 내 기억력은 당신이 알잖아요."

"아! 직원들하고 마이산 왔다가 들렀었구나!"

형민은 은희하고 왔다는 것을 기억해 내고 말을 돌렸다. 경아는 전등사에서의 일을 생각하며 다시 입을 열었다.

"어느 땐 1박 2일 정도 통화기록이 없는 날도 있던데 같이 여행을 간 것도 같아요. 애들에게는 아빠한테 말하지 말라고 당부했을 것도 같은데……."

"우리 애들은 거짓말 안 해요."

"애들은 그런 걸 거짓말로 생각 안 해요. 아빠가 엄마 나다 닌 거 싫어하는데 일일이 말하겠어요?"

"어이가 없어서 말이 안 나오네요. 남자들 사이에서 한 여자하고 세 번 이상 섹스 안 하는 걸 원칙으로 하는데……."

"애들 아빠도 길어야 서너 달이면 끝났는데 그렇게 오랫동안 지속된 거 보면 색다른 매력이 있나 봐요."

"애교도 없고 섹스도 안 좋아해요."

경아가 듣기로는 애초부터 그들 부부 사이가 좋지 않았다는 말로 들렸다.

'다른 남자랑 욕정을 채웠던 게지. 등잔 밑이 어둡다더니…….'

"뭐하는 것 보면 집착이 심하다는 생각은 했는데 남자한테도 그랬나 봐요."

변 사장은 애써 태연한 척하고 있었지만 속이 부글부글 끓었다. 그가 잠시 허공을 쳐다보고 있는데 경아가 말했다.

"미인인가 봐요."

"미인은 무슨 미인이요. 키도 작고 그냥 평범해요. 아주머님이 훨씬 미인이시네요, 지적이시고……. 아까 깜짝 놀랐다고 했잖아요."

'쩝, 아주머니라니. 서비스업에 종사하는 사람이…….'

경아는 그녀가 얼굴 단속에 목숨 건다는 친구 말을 생각하며 물었다.

"다른 사람 눈에는 달라 보일 수 있죠."

"아니라니까요. 여기 사진 있으니까 보여드릴게요."

그가 휴대폰에 저장된 여자 사진을 내밀었다. 웨이브를 넣은 긴 헤어스타일의 여자는 검정 재킷 속에 흰 블라우스를 입고 있었다. 나이 쉰셋에 치렁치렁한 머리를 하고 있는 게 젊어 보이려는 욕망이 큰 것 같았고, 얼굴이 지나치게 탱탱한 것도 소문대로 보톡스 중독자라는 것을 알 수 있었다. 한마디로 성깔깨나 보이는 앙팡진 얼굴에, 밉상 아닌 여자가 학부형 회의 때 차려입은 모습이었다. 지우도 호기심을 갖고 사진을 들여다봤다. 그러고는 경아를 쳐다보며 입을 삐죽하는 찰나 변 사장이 입을 열었다.

"집안 단속 못 하고 피해를 드려서 죄송합니다. 따님 앞에서 이런 얘기도 미안하고요."

"그게 인력으로 되는 건가요. ……참 고등학교는 어디 나오셨어요?"

경아는 왠지 그가 형민의 후배일 것 같은 생각이 들어서 물었다.

"M고 나왔어요."

경아는 자신의 예감이 적중한 것에 놀랐다.

"아, 그래요? 애들 아빠하고 동문이시네요. 애들 아빠가 2년 선배일 거 같은데 혹시 모르세요? 김형민. 수석을 한 번도 놓치지 않은 모범생으로 소문났던데……."

변 사장은 그를 안다는 말 대신 웃는 것으로 대신했다.

"참, 부인께서 애들 아빠한테 링스 골프 웨어도 선물한 게 있던데……."

"그건 중저간데……. 집사람한테 얘기하면 언제 중저가 산 거 봤냐고 할 거예요."

경아는 의아하다는 듯 그를 쳐다봤다. 그의 차림이 고가품으로 보이지 않은 까닭이었다. 그러나 눈에 들어온 그의 허리 밸트가 페라가모라는 것에 그의 말을 실감했다.

서울로 올라가는 버스에서 경아는 분노의 문자를 보냈다.

〈여자가 없어서 후배 부인까지 갖고 놀았어?〉

곧바로 답장이 날아들었다.

〈통신법 위반으로 고소하고 재산도 원칙대로 분배할 것이요〉

〈통신법 위반 안 무서워. 약식기소로 끝나니까. 원칙분배는 무슨 수로? 공증은 괜히 받았나? 난 영리한 여자야. ㅎㅎ〉

경아는 조금 통쾌했다.

꽃샘추위가 앙탈을 부리는 중에도 개나리는 담장을 밝게 물들였다. 연한 싹을 틔운 나뭇가지들도 낭창낭창 흔들거렸다. 그러나 경아는 시리고 아팠다. 남편의 외도는 감기처럼 겪어 온 것이었지만 안정되게 살아야 할 나이에 맞은 늦바람의 충격은 여느 때보다 힘들었다. 경아가 이런저런 생각에 잠겨 있는데 그런 사정을 알고 있는 혜선이 전화를 했다.

"우리 남편이 지우 아빠랑 네 사람 앉아서 얘기 좀 하고 싶대요."

"자기 좋아서 나온 줄 알게요?"

"무슨 자존심이 필요해. 애들을 생각해야지. 지금은 무조건 붙잡아. 그래야 선우 아빠 체면도 설 거 아냐. 자기 발로 들어오기는 면목 없을 거니까, 죽었다 셈 치고 우선 체면 좀 세워주고 언니가 잘되고 나서 멋지게 차버려."

"자존심이 아니라 그냥 보고 싶지 않아요."

"그러지 말아요. 일단은 체면 세워주면서 들어오게 해야 돼. 선우든 지우든 아빠를 모셔오는 게 좋을 것 같아."

"애들이 더 싫어해요."

"그래도 아빠잖아. 지금까지 교육시키고 키워줬는데 그러면 안 되지."

"가르치기만 하면 뭐 해요. 죄질이 나쁜 걸."

"내가 지우한테 전화해서 얘기할 테니까 그렇게 아세요."

전화를 끝낸 경아는 점심 준비를 서둘렀다. 조금 뒤, 지우가 말했다.

"엄마 미안! 갑자기 점심 약속이 생겼어. 엄마 혼자 밥 먹겠네."

"지금 약속을 잡으면 어떻게 해. 너 구절판 먹고 싶대서 죽어라고 서둘렀구만."

"미안, 미안, 중요한 약속이라 그래. 저녁에 먹으면 되잖아."

"시간 지나면 맛이 떨어지니까 그렇지."

지우가 만나기로 한 사람은 형민이었다. 혜선의 전화를 받고 마음을 다잡은 것이었다.

아빠를 만난 지우는 짐짓 애교스럽게 말했다.

"아빠, 그만 고집부리고 들어오세요. 아빠가 없으니까 집이 너무 쓸쓸해."

형민은 완강한 척했다.

"절대 안 가. 이번 일 때문에 집 나온 거 아냐. 엄마는 10년 동안 할머니 집에도 안 가고 니들도 안 보냈잖아. 내 부모 싫으면 나하고도 안 살아야지"

지우는 자신을 가장 사랑한다고 믿어온 아빠가 이유 같지 않은 이유를 대는 것에 배반감을 느꼈다. 지우가 알고 있는 한 형민은 누구보다 다정하고 헌신적인 아빠였었다. 이번 사건이 터지기 전까지 아빠와 함께한 시간이 늘 행복했는데 아빠는 실망스러운 말만 하고 있었다. 지우가 격앙된 목소리로 말했다.

"엄마가 할머니 집에 안 간 것은 가족들이 못 오게 한 건데 가족들 탓은 안 하고 왜 엄마한테 그래요? 엄마가 우리를 못 가게 한 것도 아니었고요. 그렇다고 할머니가 한 번이라도 우리 안부 물어 본 적 있어요?"

형민은 염치가 없었다. 그의 어머니에 대해서는 그가 잘 알았다. 아들을 돈 버는 기계쯤으로 여기는 부모였고, 경아를 며느리가 아닌 여자로 여기고 질투하는 어머니에게 그는 자격지심이 많았다. 자식인 그에게 부모이기를 강요하는 존재였기에 그 스스로 존경할 수 없는 부모, 돈에 환장한 부모라고 했었다. 그가 아이들에게 유난했던 것도 부모 같은 사람이 되지 않겠다는 보상심리였었다. 생각하고 싶지 않은 부모지만 지우 말을 시인할 수는 없었다. 시인을 하면 이번 사건은 오롯이 자신의 잘못이 될 것 같았다. 부모에 대한 자격지심은 고스란히 그의 목소리에 실려 있었다.

"아무리 그래도 며느리 도리는 해야지. 그리고 너도 알잖니,

엄마가 우리 집 무시하는 거. 집에 손님이 오면 소파는 동생이 사줬네, 커튼은 언니가 해줬네, 하면서 친정 생색내고."

환갑 다 된 사람의 말이라고 하기엔 너무 유치했다. 지우는 헛웃음이 나오는 걸 억지로 참고 말했다.

"아빠 집에서 해준 게 없으니까 말을 안 한 거죠. 그렇다고 안 해줬다고 흉본 것은 아니잖아요. 아빠 나이가 몇인데 애들처럼 그래요?"

"그것만이 아니야. 결혼은 서로 가정환경이 비슷해야 된다느니, 생활비도 못 벌어오는 주제에 어떻다느니⋯⋯."

"가정환경이 비슷해야 된다는 건 일반적인 이론이고, 이유 없이 생활비 말한 건 아니잖아요. 아빠가 과하게 술 마시고, 음전운전 하고, 여자랑 돈 쓰고 다니니까 그런 거죠."

형민은 눈물까지 글썽거리며 목소리를 높였다.

"어쨌거나 더 이상 구속받고 싶지 않아. 이제 자유롭게 살 거야!"

"자유롭게 살고 싶으면 결혼도 하지 말았어야지. 가족들 버리고 자유롭게 살고 싶어요? 내가 가장 필요할 때 떠나는 게 말이 되냐고요. 이제는 들어오라고 안 할 테니까 후회하지 마세요."

지우는 혜선의 말대로 아빠 체면을 지켜주려고 결혼이란 과제를 들먹였지만, 부모 이혼이 결혼에 영향을 미친다고는 생

각하지 않았다. 엄마에게 남편의 존재가 필요하다는 생각에서
아빠를 설득했을 뿐이었다. 지우는 이미 서양문화에 익숙해
있었다. 형민이 퉁명하게 내뱉었다 .

"난 이미 마음 굳혔어."

형민의 표정은 굳어 있었다.

"그럼 재산권도 포기하세요."

"니가 내 재산권까지 참견할 권리는 없어."

"잘못은 아빠가 하고 왜 우리가 피해를 봐야 해? 빚 정리하
면 전셋집 얻을 것도 안 되는데 그걸 가져가고 싶어요?"

"왜 꼭 서울에서 살아야 돼? 지방으로 가면 되잖아."

지우는 아빠 말을 믿을 수가 없었다. 서울에서 취업 준비하
는 딸에게 그렇게 말하는 아빠를 이해할 수 없었다. 아빠가 떠
나면 엄마에게 의지할 사람은 지우뿐이란 걸 모르지 않을 아
빠가 그런 말을 하는 게 너무 화가 났다. 지우는 더 큰 소리로
말했다.

"아빠가 그런 사람이었어요? 지금 아빠 모습 너무 낯설어
요. 엄마를 배반한 것으로 부족해서 자식까지 버릴 거예요?
그 여자 어디가 그렇게 좋았어요? 사진 보니까 촌티가 질질
흐르드만."

"……."

형민은 입을 다물었다. 은희를 처음 봤을 때 천박하고 목소

리까지 품위가 없어서 하필 저런 여자야, 했던 생각이 났다. 그는 지우 말에 함구하고 속으로 말했다.

'남자는 인물 보고 여자 만나는 거 아냐. 남자에게는 그 어떤 것보다 중요한 게 있어.'

형민은 곰곰 생각해 봤다. 지우 말을 분석해 보니 경아가 그를 기다리고 있는 것 같았다. 그렇다면 이번 기회에 기선을 잡고 싶었다. 그는 지우와 헤어진 뒤 한동안 생각을 하다가 경아에게 전화를 걸었다.

"지우 말 듣고 생각해 봤는데 당신이 엄마한테 무릎 꿇고 빌면 집에 들어가고, 그렇지 않으면 안 갈 거야."

말이 떨어지기도 전에 경아가 경멸하듯 말했다.

"허! 그 말 나올 줄 알았다. 간통이 무슨 벼슬이라고 옵션이야. 며느리 못 몰아내서 안달하신 그분께 무릎 꿇고 빌라고? 내가 잘못한 거 있으면 말해 봐. 아버님 삼우제 날, 나한테 제사 지내라 해서 '우선 어머님이 지내시고 나중에 제가 할게요.' 한 것뿐이었어. 그런데 당신까지 합세해서 날 몰아세우지 않았어? 한참 손아래 시누이가 나한테 한 거 기억 못 해? 자기 식구 아니었으면 좋겠다고 절대 오지 말랬잖아. 내가 가면 지가 안 오겠다고 협박까지 했는데 가라고?"

"해마다 전화해서 못 오게 했어?"

"그럼 해마다 전화해서 오라고 했어? 지우 가졌을 땐 왜 바람났는데? 정상적인 사람도 임신 후반기엔 멀리 안 가는 거 상식이야. 자궁문 열려서 하혈하고, 허리디스크까지 있는 임산부가 어떻게 열 시간 넘게 대중교통으로 움직여? 생명이 위험하다고 의사가 말렸는데 당신 엄마는 꾀병으로 몰아붙였어. 며느리 죽기를 바라지 않았다면 어떻게 그래? 그건 그렇다 치자. 결혼 전에 이 여자 저 여자 건드린 건 뭐고? 부(富)에 대한 복수였다고 말하지 않았어? 사촌 동생까지 건드린 건 또 뭐라고 할 건데?"

경아는 강진댁만 생각하면 가슴이 후들거렸다. 강진댁은 이중인격자라는 말로는 부족한 다중인격자였다. 결코 포악해 보이지 않으면서 거짓말을 일삼고, 자식에게도 장사꾼 같은 엄마였다. 그러다 보니 딸들은 사위 대접 잘해줄 것을 뒷거래를 통해 주문할 정도였다.

옛말에 곳간에서 인심 난다는 말이 있는데 강진댁과는 거리가 멀었다. 놀부 같은 빗장으로 곳간을 잠그고 형민의 곳간만 넘겨보는 엄마였다. 흥부네 박에서 금은보화 쏟아지듯 알토란 같은 돈 벌어주던 형민을 장가보낼 때 심정은 돈 생산하는 씨불알까지 도둑맞은 기분이었다.

결혼 전, 경아가 처음 그의 집에 갔을 때도 강진댁은 세상에 없는 코미디를 하고 있었다. 한 냥이나 되는 금덩어리로 몸치장을 한 그녀가 초등학생인 막내아들 교과서를 못 사줬다며 돈타령을 하는 것이었다. 곧 금덩어리가 의식되었던지 또 다른 코미디를 해댔다.

"지가리(계) 가면 놈들은 다 있는디 나만 없을께 했다. 이것은 다 돈이어야!"

경아는 다른 행성이 들어온 것 같았다. 보통 부모와는 너무 달라서 '나도 신수가 훤하구나!' 했었다. 그런 부모이기에 자식들도 하나같이 강진댁에게 불만이 많았다. 큰딸은 엄마를 혐오하며 집을 나갔고, 막내아들도 가출을 일삼다 목숨을 끊었다. 형민이 보낸 돈으로 철 따라 옷을 해 입고 비밀 댄스홀을 들락거렸던 엄마! 형민 스스로 존경할 수 없는 부모, 돈에 환장한 부모라고 했지 않았던가! 돈 사랑하기를 기둥서방 불알 만지듯 하는 그녀였으니 며느리에겐 오죽했으랴!

강진댁의 못된 습성은 형민이 잘못 길들인 결과일 수도 있었다. 그는 고등학교 때부터 엄마 손에 돈을 쥐여 주었고, 군대에서 받은 월급의 90퍼센트를 줬으며, 일 년에 네 번 나온 보너스는 동생들 학비를 댔었다. 결혼을 하여 5만 원짜리 월세방에 살면서도 동생들 책값과 용돈을 감당했었다. 그때 그의 봉급이 17만 원이었다. 그의 아버지는 형민이 사준 개인차 사업이 번성하여 형민의 서너 배 수입을 올리는데도 강진댁의 돈타령은 멈추지 않았다. 아들이 결혼 전에 월급의 90퍼센트 준 것을 고마워하기보다 결혼하고 월세방에 살면서 10퍼센트

준 것만 못마땅해 했다. 요물 같은 며느리 치마폭에 빠져서 효자 아들이 변했다는 것이었다. 그녀는 아들의 마음이 경아에게 멀어져 하루빨리 그녀에게 돌아오기를 기다리는 것처럼 보였다.

형민의 불륜이 드러났을 때도 바람 못 핀 놈이 병신이라며 더 하라고 부추겼던 부모였다. 외도의 이유가 고부갈등이었다면 그들 부부를 갈라놓은 건 강진댁인 셈이었다. 경아는 입에 거품을 물고 강진댁에 대한 원성을 늘어놓았다.

한동안 소식이 없었던 형민이 메일을 보내왔다. 경아의 친정 동생에게 쓴 메일을 같이 보낸 것이었다.

처남,
잘 계시는가?
무슨 얘기부터 해야될지 모르겠네
직접 만나서 얘기하고 싶었네만
면목이 없어서 메일로 보내니 이해 바라네
누나한테 이미 들었겠지만
어리석은 일로 실망을 시켜서 정말 미안하네
가정을 떠난다는 게 일생일대의 가장 어려운 일이어서
진중하게 생각하고 많은 고민을 했다네

누나와 함께한 35년을 기억해 보니

누나의 헌신과 사랑이 너무 고마워서 눈물이 나고

지금도 찢어지는 가슴의 고통을 느끼지만

많은 것들을 고려해 떠나기로 했네

잡다한 얘기는 부질없는 거 같아 미안하단 말로 대신하겠네.

그냥 이루지 못한 사나이의 꿈을 찾아

나비처럼 날아갔다고만 생각해 주시게

그동안 처남이 우리 가족에게 각별히 잘해 준 것에

늘 고마움을 간직하고 있었지만 표현은 못 했는데

이 기회에 고맙다는 말 전하고 싶네

부족하고 못난 성격 탓에

그동안 처남에게 잘 해주지 못해 미안하네만

처남을 가장 아끼고 사랑하는 누나니까

옆에서 많은 위로와 격려 부탁드리네

무슨 긴 얘기를 할 자격이 있겠는가!

장모님 / 처남 / 처형 가족 / 모두 행복하시고

자네 사업 번창하고 앞날에 축복이 넘치길 빌겠네

건강히 잘 계시게!

이 메일을 누나에게도 함께 보냄을 이해하시게.

경아는 걷잡을 수 없는 감정의 늪에 빠져들었다. 경제적인 무거운 짐을 그녀에게 다 떠넘기고 떠나간다니! 경아는 작년 이맘때를 생각했다. 그때도 어려움이 많았었지만 별것 아니었던 것처럼 지금 순간이 힘들고 괴로웠다. 그의 외도가 이렇게까지 발전할 줄 몰랐고 경제적 어려움도 잘 해결된 것으로 믿었었다. 넉넉하지 않았지만 그는 다달이 생활비를 넣어주었고 생활비를 쪼개 간간이 여행도 했었다. 고스란히 빚으로 돌아온다는 사실을 모른 채 미래에 대한 기대를 갖고 살았었다. 지난 4월, 그녀가 미국에서 귀국했을 때 손을 꼭 잡으며 했던 말이 생생했다.

"당신에게 미안한 일이 있어. 대출 이자랑 지우 학비 처리하고 당신 통장에 우선 100만 원 넣었어. 나머지는 나중에 넣을게."

눈물을 흘리며 미안해하던 그가 왜 그렇게 어리석은 짓을 했을까. 두 사람이 힘을 합해도 모자랄 때 꼭 외도를 해야만 했을까! 처음 그의 외도를 알았을 때 이혼을 했으면 지금처럼 초라하지 않았을 것 같았다. 사람들은 남편의 외도가 사랑이 아닌 지나가는 바람일 뿐이라고 위로했지만 경아는 믿어지지 않았다. 외도는 잘못된 사랑, 해서는 안 될 사랑일 뿐, 사랑이 아니라는 생각은 들지 않았다. 먼 훗날, 지나가는 바람으로 기억될지라도 거센 태풍의 눈 속에서 빙글빙글 돌고 있는 자신이 비참하게 느껴졌다. 갖은 이물질이 밀려와 숨도 쉬기 어려웠다.

'당신을 일으키려고 얼마나 발버둥쳤는데 그런 나를 어떻게 배반할 수가 있어?'

외도가 자신의 영역을 유지하는 수단이라 할지라도 경아에게는 너무 큰 배반이었다. 배반감이 너무 커서 훗날 형민의 존재가 떠오른다하더라도 한낱 세월 속에 묻은 흔적일 뿐 그를 기릴 일은 없을 것 같았다. 마침내 경아는 통곡을 하고 말았다.

4월 초순, 선우가 유학을 떠나는 날이었다. 새벽 다섯 시, 선우가 운전을 하고, 지우는 보조석에, 경아는 뒷자리에 앉았다. 눈물은 왜 그렇게 주책이 없는 것인지 한없이 눈물이 흘러내렸다. 삼키려던 소리가 흐느낌으로 흘러나왔다. 웃는 낯으로 선우를 배웅하려 했는데 이런저런 감정이 가슴을 발겼다. 지우가 뒤돌아보며 말했다.

"엄마, 울어? 바보!"

"내 새끼, 편하게 보내지 못한 게 마음 아파서 그래. 아들아, 엄만 잘살 수 있으니까 엄마 걱정 말고 잘 지내고 와. 되도록 여행도 많이 하고."

"제 걱정 마시고 엄마만 생각하세요. 잘 키워주신 아들과 딸이 있잖아요. 엄마가 힘들어하시면 지우도 힘들어지니까 조금만 참고 극복해 나가세요. 쉽지 않다는 건 잘 알아요."

경아는 눈물을 주르륵 흘리며 속으로 말했다.

'자식 잘되기를 그렇게 바란 사람이 어떻게 그런 짓을 할 수가 있니. 아이들 생각해서라도 반성을 했어야지. 가족 위해 뼈가 닳도록 고생하고 스스로 무덤을 파다니…….'

선우가 UN평화대학원에 들어가기까지는 형민의 노력이 컸었다. 학교정보를 알아낸 것도 그랬고, 멘토의 추천서를 제출하라는 학교 측에 아들의 진정한 멘토는 그를 키워온 아빠가 아니겠냐며 직접 추천서를 보내기도 했었다.

공항은 오가는 사람들로 넘쳐났다. 여행을 떠나는 사람들의 발걸음은 경쾌했고 여행 가방도 신이 나 보였다. 선우가 수속을 하고 있는 동안 경아는 안쓰러운 표정으로 뒷모습을 바라보았다. 바르게 자라준 선우가 고맙고 든든했지만 마음 한구석이 짠했다. 선우가 수속을 마치고 경아에게 다가와 볼에 입을 맞추고 말했다.

"엄마! 건강관리 잘하셔야 돼요. 집에만 계시지 말고 친구들도 만나시고요."

"그래, 너도 재밌게 잘 지내고 와."

선우는 경아를 다독거리고 출국장으로 들어갔다. 경아는 선우의 뒷모습을 바라보다가 손등으로 눈물을 훔치며 공항을 빠져나왔다.

며칠 뒤 형민이 불쑥 경아를 찾아왔다. 경아는 만사 귀찮은 듯 맨바닥에 널브러져 있었다. 몸도 눈에 띄게 야위었고 몰골도 말이 아니었다. 형민이 방문을 열자 경아는 반대쪽으로 고개를 돌렸다.

"선우가 가기 전에 메일 보내왔어."

선우라는 말에 경아는 순간적으로 고개를 돌렸다.

"엄마한테는 말 안 했다면서 아직 용서할 수는 없지만 원하면 집에 들어오래."

경아는 선우 소식이 아니라는 것에 실망하고 고개를 돌렸다. 형민이 잠시 고개를 떨구고 있다가 물었다.

"내일 점심때 시간 나?"

경아는 아무 말도 하지 않았다. 아무 말도 아무 생각도 하고 싶지 않았다. 그냥 세상이 그대로 끝나기만 바랐다. 형민은 한동안 경아를 내려다보고 서 있었다. 측은하고 안타까웠다. 경아가 잘살아야 죄책감이 덜 할 텐데 그대로 주저앉을 것 같은 걱정이 앞섰다. 그는 기어져 나오는 눈물을 들키지 않으려고 손을 넓게 펴서 엄지와 장지로 얼른 닦았다. 스스로 눈물이 없다고 생각했는데 왜 자꾸 눈물이 나오는지 알 수가 없었다. 그는 수없이 눈물을 훔쳤다. 뭐라고 한마디 하고 싶었지만 마땅한 말이 떠오르지 않아서 입을 다물고 창밖만 바라보았다. 세상은 그들과는 상관없이 활기차게 움직이고 있었다. 그는 한동안 서 있다가 경아를 내려다보면서 말했다.

"갈게. 잘 있어!"

목소리에 힘이 없었다. 그는 열흘 뒤 떠난다는 말은 차마 하지 못한 채 발길을 돌렸다. 숙소로 돌아가는 내내 마지막으로 본 경아 모습이 밟혔다. 낙심으로 뒤덮여 널브러져 있는 모습이 쓰리고 아팠다. 숙소에 돌아온 그는 경아가 하루빨리 털고 일어나기를 바라며 진심을 담아 메일을 썼다.

여보,

오늘은 왜 이렇게 눈물이 흐르는지 모르겠소

당신이 남은 생을 잘살아갈 것인지 걱정되고

당신 가슴에 깊은 상처를 남기고 떠나는 내가 너무 밉네요

당신을 두고 떠나면 후회와 죄악감에 어떻게 살 수 있을까?

그냥 돈 벌러 간다고 위로를 해도 맘이 찢어지는 거 같군요

아이들은 걱정이 안 되는데 당신만 생각하면 맘이 미어지는 게

부부의 정이 혈육의 정보다 더 깊은 것인가 봐요

당신이 건강하게 잘 사는 것이

나를 위로할 수 있는 유일한 길이 될 테니

누구보다 멋지고 당당하고 떳떳하게 살아가세요

훌훌 털어버리고 오뚝이처럼 일어나 행복하게 살아주세요

이번 일로 아이들이 더 성숙해지는 계기가 되면 좋겠고

당신도 나하고 살 때보다 더 나은 삶이 펼쳐졌으면 좋겠네요.

이젠 흐르던 눈물도 멈추고 운명이라 생각하며 마른 눈물을 훔칩니다

카렌더에 오늘 모임 있는 거 같던데 즐거운 하루 되세요.

제발, 제발 식사 잘하시고 건강하셔야 합니다!

예전에는 당신을 내 경아라고 불렀는데……

4월 6일

형민의 마음이 사랑인지, 동정인지 경아는 알 수 없었다. 경아는 그가 보낸 메일을 친구에게 보냈다. 종잡을 수 없는 그의 마음을 타인은 어떻게 생각하는지 알고 싶었다.

"정리를 한 듯 보이지만 붙잡아주기를 바라는 거 아니겠니? 나중에 후회하지 말고 한번 만나서 진솔하게 얘기해 봐."

그러나 경아는 만나지 않았다.

이틀이 지나 경아는 선우의 메일을 받았다.

며칠 동안 정신없이 보냈네요.

오자마자 집을 찾느라 고생했는데

선배들 도움으로 좋은 집을 찾았어요.

룸메이트는 네팔에서 온 친구들이고요.

또 네팔이랑 이렇게 인연을 맺게 되네요.

전 벌써 이곳 생활에 잘 적응하고 있어요.

한국 친구들이 부러워하더라고요.

사람들이랑 잘 어울리고

환경에도 잘 적응하는 거 같다고 ㅋㅋ

그러니 제 걱정은 마시고 힘내세요.

지우가 요즘 많이 힘들 텐데

엄마가 어려운 모습 보이면 안 되겠죠?

어린 딸이니까 엄마 도움이 많이 필요할 테니

혹 마음에 들지 않는 행동을 하더라도 화내지 마세요.

여긴 날씨가 30도가 넘어요.

덥긴 한데 추운 거보단 훨씬 좋네요.

벌써 숙제도 많이 주어졌고 조금 바빠질 듯해요.

암튼 어머니도 건강하게 잘 지내세요.

또 연락드리겠습니다.^^

어머니를 가장 사랑하는 아들이

4월 8일

　선우가 잘 적응하고 있다는 편지는 경아에게 한 가닥 위안
이었다.

햇살이 보석처럼 맑고 청명한 날이었다. 세상이 온통 꽃으로 뒤덮인 봄날, 형민은 LA행 비행기에 올랐다. 그는 멍하니 창밖을 바라봤다. 방탕하게 살다가 가족에게 상처를 남기고 외톨이가 되어 떠나는 것이 서글펐다. 비행기가 이륙한 지 한참이 지나도록 그는 끄덕도 하지 않았다. 음료수 서비스하는 소리가 들려왔지만 여전히 아래만 내려다보고 있었다. 눈물이 볼을 타고 흘러내렸다.

그 시각, 비행기에 올랐을 그를 생각하며 경아도 울었다. 그에 대한 미련은 아니었다. 배반의 골이 깊어서 울었다. 생애 하나뿐인 남자로 믿고 35년을 의지해온 그, 죽음이 아니면 가를 수 없다고 믿었던 가장의 자리가 실종된 게 저려서 울었다. 옅게 드리운 그림자 뒤에 음산한 기운이 도사리고 있다는 건 모르지 않았으나 언젠가는 제자리로 돌아올 것을 믿고, 희망의 끈을 놓지 않으며 살아왔는데 남남으로 돌아선 것에 참혹함을 느꼈다. 남편이란 존재는 작은 바람 앞에 깜박거리다 꺼지는 등불이 아니라, 먼저 뜨고 늦게 지는 샛별 같은 거대한 것으로 여겼기에 그 스스로 힘이 들지라도 흐릿한 빛이나마 그녀를 비춰줄 것으로 믿었었다. 그마저 어려우면 그녀의 작은 빛으로 그를 비춰 주리라 다짐했었다. 오직 그만 믿고 의지해 왔는데 남남으로 돌아서다니! 그러나 떠난 사람은 잊게 된다는 것을 경아는 믿었다. 시간이 흘러 그에 대한 추억이 하나

둘 퇴색되면 오래된 상처처럼 희미한 흔적만 남게 된다는 것을……

경아는 눈물을 훔치며 베란다로 나왔다. 바깥세상은 푸르름이 가득했지만 그곳은 죽음 같은 적막이 흘러내렸다. 윤기가 흐르던 화초는 말라붙었고, 푸른 잎을 무성하게 달았어야 할 나무는 바스스한 이파리를 힘겹게 달고 있었다. 스스로 물 한 모금 마시기도 버거워서 생명체를 돌볼 의지조차 없었던 그녀의 영혼을 닮아 있었다. 눈물은 그칠 줄을 몰랐다. 그 많은 빚을 어떻게 감당할 것인지 그게 가장 두려웠다. 빚만 없으면 입에 풀칠 정도야 할 수 있겠지만 당장 이자를 내지 못하면 집은 넘어갈 것이고, 그렇게 되면 빚마저 갚을 수 없는 상황이 닥칠 수도 있었다. 빈털터리가 되는 것은 두렵지 않았다. 그러나 빚을 갚지 못하면 자식들 몫이 될 수밖에 없다는 것이 두려웠다. 파산선고를 할 생각도 없었고, 자식들에게 재산포기각서를 써서 부모 빚을 면하게 할 생각도 없었다. 남의 것 떼어먹은 놈 자식으로 만들고 싶지는 않았다.

형민이 떠난 지 2주일 뒤 경아는 남도 여행을 떠났다. 실의에 빠진 경아를 위로해 주려고 친구가 데려간 것이었다. 그러나 가는 곳마다 형민과 함께했던 추억이 따라다녔다. 백 가지중 두어 가지만 습성이 같았던 그들 부부, 그중 하나가 여행이었다. 그는 운전을 하면서도 경아 손을 잡았고, 사랑의 말도 아끼지 않았었다. 경아 머릿속에 수많은 추억이 떠올랐다. 그런 추억이 지금은 아팠다. 땅끝 마을 가는 길은 유독 가슴 아팠다. 수년 전 언니들과 그곳을 다녀온 적이 있었다. 나무와 바위가 병풍처럼 어우러진 산과, 수많은 섬이 둥둥 떠 있는 바다가 너무 좋아서 그날 집에 돌아와 형민에게 말했었다.

"땅끝마을이 그렇게 좋은 줄 몰랐어. 사람들이 해남 좋다 하면 내가 해남 사람이라 그런 줄 알았는데 정말 좋더라고. 굳이 한국의 나폴리를 찾는다면 해남 땅끝인 것 같아. 올해가 가기 전에 당신이랑 꼭 가보고 싶어."

형민은 일정이 바쁘다며 얼버무렸는데 은희와 이미 다녀왔다는 것은 나중에 알았다. 경아는 한없는 환상에 시달렸다. 어디를 가도 그와 여자의 환상이 따라다녔다. 두 사람이 팔짱을 끼고 해변을 거니는 것 같았고, 창문 가득 바다가 담긴 한적한 곳에서 나뒹구는 나신이 보이는 것도 같았다. 사이좋게 걸어가는 부부만 봐도 그와 그 여자가 생각나고 발길 닿는 곳마다 그와 그 여자가 따라다녔다. 눈부신 햇살 아래 화사한 모란꽃도 아픔이었다. 그토록 좋아했던 싱그러운 봄! 그렇게 아름다운 봄날이 뼈가 시린 아픔이 되어 가슴에 알알이 박혔다. 경아가 여행을 마치고 돌아와 보니 형민의 메일이 와 있었다.

별일 없지요?

선우, 지우 소식이 궁금하네요

이곳에서 일자리를 찾고 있는데

몇 군데서 관심을 보이기는 하지만

체류 신분 때문에 일자리 구하기가 쉽지 않군요

이곳 변호사와 협의해 봤더니

변칙적이긴 하지만 한 가지 방법이 있더군요

서류상으로 이곳 시민권자와 혼인신고를 하면

노동허가를 받을 수 있다는 것이었어요

물론 실제로 같이 사는 것은 아니고요

그렇게라도 일자리를 빨리 구하는 게 나을 거 같군요

한국호적이 독신이라야 여기서 혼인신고를 할 수 있다니

당신이 협조해 주시면 고맙겠습니다

내가 이혼 서류를 당신에게 보내고

당신이 작성 / 서명하여 내게 보내주시면 됩니다

그 서류를 제가 영사관에 제출하게 되면

그 서류를 한국 법원에 보내고

법원에서 당신을 불러 직접 확인한다고 하네요

절차가 비교적 간단하니 빨리 해줬으면 해요

당신의 회신을 기다립니다

5월 2일

경아는 격분했다.

'나하고는 인연이 끝났더라도 아빠의 도리는 지킬 줄 알아야지. 무슨 낯으로 아이들을 대하려는 것일까! 오래전에 선우에게 쓴 편지는 거짓이었어?'

경아는 눈물을 글썽이며 블로그에 들어가 얼마 전에 검색을 막은 포스트를 열었다. 유치원생인 선우와 그가 손을 잡고 햇살 같은 웃음을 쏟으며 걷는 모습이 부자간의 두터운 정을 말해주고 있었다. 두 돌이 안 된 선우와 방바닥에 누워서 마주보며 해맑게 웃는 모습도 눈이 부셨다. 경아는 눈물을 뚝뚝 흘리며 그가 선우에게 쓴 글을 읽었다. 그는 이 세상에 태어난 자체가 축복이고 행복이라고 말했다. '태어남' 그 자체는 모두에게 동일하게 주어진 선물이지만 그 선물을 어떻게 가꾸느냐에 따라 삶의 질이 달라진다며 꿈이 있는 미래, 긍정적인 생각, 떳떳한 행동 등 조목조목 본이 되는 말도 담겨 있었다.

결혼관에 대해서는 세상을 밝게 보는 적극적이고 개성 있는 여자를 만나면 후회가 없을 거라고 했다. 그가 동기들보다 앞서간 것은 경아처럼 지혜로운 사람을 만난 덕분이라며 경아에 대한 칭찬을 늘어놓았고 어떤 여자를 만나든 동등한 인격체로 진심으로 존중하고 이해해 줘야 된다는 내용도 있었다. 너무나 교훈적이고 아름다운 글이었기에 많은 블로거들이 그런 아빠를 둔 선우를 부러워했었다. 어떤 블로거는 자신이 아들을 위해 무엇을 했는지 반성했다는 글도 달았고 하나같이 좋은 아빠, 멋진 아빠라고 치켜세웠었다.

'여자를 동등한 인격체로 존중하고 이해한다는 게 고작 그 거였니? 그 글을 쓴 지 고작 몇 개월 만에 약혼자 있는 여자와 놀아나지 않았니? 위선자!'

경아는 그를 증오했다. 그가 여자와 살림을 차릴 거란 것은 예상해 왔지만 가자마자 이혼을 강요할 거라곤 생각하지 못했었다. 약속대로 집이 팔리기 전까지 하지 말았어야 할 말이었다. 경아가 이혼을 요구하기 전까지, 아이들 혼사가 이뤄지기 전까지, 절대로 말았어야 할 말이었다. 가족에게 수치심을 안겨준 것만도 평생을 사죄하며 살아야 마땅한 일이었다. 불법 체류자로 거리를 떠도는 노숙자가 될지라도 이혼을 요구해서는 안 되는 일이었다.

그곳 시민권자와 결혼하면 영주권 획득이 가능하다는 것을 오래 전에 알았고, 한국에서부터 계획한 것이 분명할 텐데 어쩔 수 없는 일인 양 연극을 하는 것에 경아는 치를 떨었다.

'미친놈, 차라리 공문서위조를 하지 왜 나한테 요구해? 사람의 허물을 쓰고 그럴 수 있어? 흥, 회삿돈 떼어먹고 뒤로 챙기시겠다? 네 몸으로 지은 죄는 갚을 길이 없지만 금전적인 빚은 갚을 생각이었어. 집 팔리면 회사에 연락해서 갚아 줄 생각이었다고. 너한테 호락호락 넘겨줄 줄 알았니?'

경아는 끓어오르는 분노를 그대로 담아 영사관에 고발하겠다는 내용의 글을 보냈다.

형민은 속마음을 들켜버린 것에 섬뜩했다. 그러나 경아가 생각하는 것이 전부는 아니었다. 비록 가족을 배신하고 떠나왔지만 그의 마음은 언제나 가족이었다. 어떻게든 성공하여 가족에게 진 빚을 갚고 싶었다. 그러기 위해서는 취업을 해야 했고 취업을 하려면 영주권이 필요했다. 위장 결혼을 해서라도 영주권을 얻고, 재정적으로 안정이 되면 가족을 돕고 싶은 게 그의 솔직한 심정이었다.

변 사장은 은희를 생각하면 화가 나고 괴로웠다. 경아가 들려준 아내의 떨리는 목소리와 수백 장의 A4 용지를 가득 채운 아내의 전화번호는 시간이 흘러도 그를 괴롭혔다. 여자의 외도가 드러나면 남편이 되레 병신 되는 세상에서 사람들 입에 오르내리는 소문이 두려웠다. 공적 활동을 해보려고 나름 공을 들여왔는데 빈 수레 행진만 한 것 같았다. 집안 단속도 못한 놈이 무슨 일을 하겠냐는 비웃음이 들려오는 것도 같았다.

그는 은희의 친구나 형민의 친구 중에 연락책이 있을 것 같아서 휴대폰 번호도 바꾸게 하고 매순간 유선전화로 그녀의 위치를 확인했다. 불가피하게 외출을 하게 되면 화상전화를 요구했다. 그 스스로 해외에도 나가지 않았고, 은희가 시장 가는 것까지 감시를 했다. 그런 시간이 지속되면서 은희는 우울증이 깊어졌고 급기야 한 달간 입원까지 하게 되었다.

어느 틈에 목포는 끓는 냄비가 되어 있었다. 은희가 외도를 했다는 말은 바람처럼 퍼져 나갔다. M호텔 사장 부인 바람났다네~ 여기저기 사람이 모이면 쑥덕거렸다. 삼삼오오 모여서 욕하는 소리가 목포를 뒤흔들었다.

"수경 엄마는 아예 볼 수가 없네. 핸드폰도 불통이고, 집 전화도 안 받고."

"그 여자, 바람피우다 들켜서 꼼짝도 못 한대요. 언제 적 얘긴데 몰랐어요?"

옆에 있는 다른 여자가 끼어들었다.

"M호텔 사장 부인 얘기하는 거야? 나이도 만만치 않던데 무슨 정력으로 그랬을까!"

"늦바람이 무섭다잖아. 늙어가는 마당에 여자로 봐 주니 얼마나 신났겠어?"

"그게 첫 남자겠어? 그렇게 살아왔겠지."

"남편이 돈도 잘 버는데 무슨 걱정이 있어서 바람을 피운데?"

"돈 많으니까 그렇지, 먹고살기 힘들면 생각이나 하겠어?"

"남편하고 사이가 안 좋다는 말은 오래전에 들었는데."

"각방 쓴 지 20년 됐대."

"남편한테 대접 못 받다가 겉으로 잘해주니까 홀딱 빠졌겠지."

"그렇다고 다 그러겠어, 우리 애가 그 집 딸하고 같은 반이었는데 그때도 무식하고 헤프다고 소문났었어."

"뭐하는 남자래?"

"돈도 안 쓰는 놈이래. 지 돈 써가면서 몸까지 바쳤나 보더라."

"미친년, 그런 놈이 뭐가 좋다고 따라다닌 거야?"

"남자가 바람둥이로 소문났던데 혀에 살같이 얼마나 잘해줬겠어. 더군다나 여자가 돈까지 써줬으니. 남편이 돈 잘 버는 것도 문제야."

"남자가 무슨 사랑으로 외도하나. 어떻게 만난 남자야?"

"골프 하다 만났다는 말도 있는데 친구 소개로 만난 거래. 변 사장이 그 남자 후배라지 뭐야. 그거 알면서 그랬나 봐."

"끼리끼리 몰려다니면서 서로 주거니 받거니 하는 것들인가 봐. 골프하다가 만난 남자가 또 있나 보다. 그 남자 이전에 말이야."

"내 생각도 그래. 그 재미로 골프 하겠지. 골프장에서도 헤픈 여자로 소문났다드면."

"남편이 이혼은 안 해주나 보네."

"좋아서 살겠어? 자식들 혼사도 있고 체면 땜에 이혼 안 하는 거래. 그 여자, 이혼한 것보다 더 힘들 거야. 창살 없는 감옥 아니겠어?"

"이혼 안 한단 보장도 없어. 그러다가 이혼하는 일도 많더라. 여자 바람피운 거 용서하는 남자가 몇 명이나 되겠어?"

"기둥서방한테 가면 되지 무슨 걱정이야."

"그 남자 미국으로 도망갔다던데……."

"맘먹으면 미국인들 못 가? 비행기가 실어다 주는걸."

"몰래 만날 때나 짜릿하지 이혼하고 살림 차리면 석 달도 못 가. 불륜끼리 결혼해봤자 금방 깨지더라고. 생각해 봐요. '저년이 어떤 놈을 만나나, 저놈이 어떤 년을 만나나,' 의심스러운데 어떻게 살겠어. 그 여자 하루에 30번도 넘게 문자 보내고 난리를 쳤다던데 남자가 화장실만 가도 쫓아다닐 거 아냐."

"말 되네. 그놈의 사랑인지 뭔지 신세 곤하게 생겼네."

"사랑은 무슨 얼어 빠진 사랑, 그냥 발정 난 거지."

"그것도 능력이래. 그나저나 두 남자 모시느라 힘들었겠다야."

"아무나 그런 짓 못 한다. 타고났으니까 그러지."

"맞아. 바람도 팔자에 있어야 하지 아무나 못 해. 여자가 예뻐요?"

"워낙 얼굴에 투자를 많이 해서 봐줄 만했는데, 남편이 수시로 감시하니까 보톡스도 맘대로 못 맞을 거야."

"내 친구가 서울 남자 부인하고 잘 아는 사인데 그 여자가 실명으로 소설을 쓴대."

"명예훼손으로 고소하면 어쩌려고……."

"그거 무서우면 소설 쓰겠어? 여자가 한이 맺히면 오뉴월에도 서릿발 내린다잖아. 얼마나 독이 올랐으면 그러겠어. 남의 눈에 눈물 빼면 제 눈에는 피눈물 뺀다는 거 그냥 나온 말 아냐. 남자 혼자 좋아서 벌어진 일은 아니잖아. 여자가 중심이 있으면 그런 일은 있을 수가 없어. 처녀, 총각도 아닌데 만나잖다고 다 만나겠어? 창부 기질이 있으니까 그렇지. 얼굴 온통 뜯어고치고 툭하면 시술하러 다니더니 서방질하느라고 그랬구만."

"그 소설 나오면 꼭 사 봐야지."

이렇듯 은희의 불륜 사실은 바람에 실려 서울에 있는 경아에게까지 들려왔다.

형민이 떠난 지 두 달 뒤, 경아가 살고 있는 집에 가압류가 들어왔다. 형민의 지분은 고스란히 회사로 넘어가야 할 상황이었다. 경아는 속으로 말했다.

'네 새끼 엄마인 거 알면서 내게 그렇게까지 했는데 네 돈이 될 줄 알았니? 자식 돈까지 빼앗아 간 게 사람이냐고.'

경아는 담담하게 채권자인 회사 사장에게 전화를 했다. 그리고 설득력 있게 말했다.

"사장님! 죄송하지만 집을 급매로 내놓았으니까 팔리는 대로 해결해 드릴 테니 일단 압류를 풀어주셨으면 합니다.”

“무슨 말씀이에요? 그것도 원래 3억이 넘는 금액에서 1억을 탕감해준 준 거예요.”

“압류가 되어 있으면 은행융자를 받을 수가 없잖아요. 융자를 받아야 빚을 갚을 수 있는 거고요.”

“일부라도 변제를 하고 그런 말씀을 하셔야지. 나는 땅 파서 돈 번 줄 아십니까?”

“어쨌거나 애들 아빠가 진 빚이니 최선을 다하겠습니다. 조금만 여유를 주십시오.”

경아는 암담했다. 형민이 받은 담보대출만 해도 4억2천인데 당장 2억2천을 변제할 방법이 없었다. 경아의 수입으로는 이자 감당도 어려운데 관리비와 세금도 엄청났다. 생각을 거듭해 봐도 빚을 감당할 수가 없었다. 가슴을 옥죄는 번뇌만 압박할 뿐이었다. 근심은 육신으로 침투해왔다. 밤낮으로 머리가 아팠다. 그러나 단순한 두통일 것으로 믿었다. 경아는 진통제를 입술에 물고 미간을 찌푸리며 주방으로 들어갔다. 그리고 컵에 물을 따라 마시려는데 몸이 앞으로 기울었다. 경아는 얼른 아일랜드를 붙잡고 그 위에 엎드렸다. 순간 물컵이 바닥으로 떨어지고 경아는 의식을 잃었다. 의식은 금방 돌아왔으나 색다른 두려움이 엄습했다. 집 문제를 해결하지 못하고 눕게 되거나 세상을 떠나면 아이들에게 너무 큰 짐이 될 것 같았다. 정신이 번쩍 들었다. 경아는 깨진 컵과 쏟아진 물로 난장판이 된 주방을 뒤로하고 가까운 병원으로 향했다. 걸어가는 5분 동안 갖은 생각이 다 들었다.

MRI(Magnetic Resonance Imagem_자기공명영상)를 찍어보자는 의사 말에 경아는 시무룩해졌다. 어려운 처지에 큰돈을 쓰는 것도 아까웠고 뇌에 이상이 생긴 것 같은 불길한 예감도 들었다. 경아는 우울하게 검사결과를 기다리고 있었다. 20분쯤 지나 간호사가 그녀를 불렀다. 경아는 조심조심 진료실로 들어갔다.

"스트레스를 많이 받으셨나 봐요?"

"힘든 일이 좀 있어서요."

"편하게 사시지 뭐하러 스트레스를 받으세요?"

'그게 마음먹은 대로 되는 건가?' 하고 있는데, 의사가 말을 이었다.

"뇌가 좀 부었는데 빨리 오셔서 천만다행입니다. 중요한 건 스트레스를 피하셔야 돼요. 정신과 치료가 좋을 것 같은데 본인이 결정하실 문제고, 약이랑 주사 처방 내렸으니까 주사 맞으시고 치료는 며칠 받으셔야겠어요."

주사를 맞고 나니 경아는 살 것 같았다. 진통제 덕분에 육신의 통증은 사라졌지만 번뇌는 여전했다. 잠시도 빛에 대한 공포에서 벗어날 수가 없었다. 그런데 주변에서 도와주었다. 20

년지기 사회 친구는 빌려달라는 말도 하지 않았는데 수천만 원을 보내주며 위로해 주었다.

"살림만 해온 사람이 얼마나 막막하겠어요. 이자는 받을 생각 없으니까 죽기 전에만 갚으면 돼요. 동생이라 생각하고 언제든 필요할 때 말해요. 알았죠?"

그녀는 경아가 자존심 상할 것을 우려해 빌려준다고 했을 뿐, 받을 생각이 없었다. 또 다른 친구는 눈물을 뚝뚝 흘리면서 말했다.

"가진 건 집 하나뿐인데 그거 잃으면 다 잃는 거잖아. 내가 천만 원 빌려 줄게 어떻게 해보자. 성의를 보이면 채권자 마음이 달라지지 않겠어?"

그녀가 빌려주겠다는 천만 원은 얼마 전에 세상을 떠난 남편의 부의금이었다. 경아는 가슴 아픈 돈을 받을 수가 없어서 거절했지만 기꺼이 쥐여 주었다. 그렇게 모아진 1억5천으로 일부를 변제할 수 있었다. 그러나 나머지 7천만 원에 대한 공증을 받는 과정이 경아는 너무 창피했다. 있으면 나누고 없으면 없는 대로 살아온 자존심에 큰 상처를 받았다.

경아는 구석구석 돌아다니며 형민의 흔적을 지우기 시작했다. 옷장 속에는 그의 결혼예복이 세탁소 봉지에 곱게 들어 있었다. 결혼한 지 29년이 흘러갔지만 훈장과 금속 계급장이 달린 찬란한 검정색 장교 예복은 원형을 잘 유지하고 있었다. 결혼식 날, 하객들은 그 예복을 입은 형민에게 넘치는 찬사를 쏟았다. 신부 예쁘단 말보다 신랑 멋지다는 말을 더 많이 했었다. 장교라면 누구나 입을 수 있는 예복이었지만 흔히 입지 않아서 특별해 보였고, 그가 입어서 더 특별해 보였다. 평범한 예식장 결혼식인데도 그는 너무나 빛나 보였다. 얼마나 인상적이었던지 다음 해 찰스 황태자 결혼식이 공개되었을 때 황태자보다 그날 그가 더 멋졌다는 말을 많이 했었다. 그렇게 빛나 보였던 예복이라서 오랫동안 소중히 간직해 왔다. 그 예복을 입고 리마인드 웨딩도 하면서 평생을 신혼처럼 살자는 약속도 했었다. 느닷없는 실직으로 은혼식은 치르지 못했지만 결혼 30주년에 은혼식을 대신하고 40주년, 50주년, 매 10년을 더할 때마다 잔디가 있는 정원에서 지인들과 결혼기념일 파티를 하자고도 했었다.

경아는 가위를 꺼내 들었다. 그리고 분노를 모아 예복을 송송 썰기 시작했다. 분노의 흔적은 팔랑거리며 방바닥에 떨어졌다. 계급장과 훈장, 그리고 금속 장식도 반항 없이 천 쪼가리 속에 묻히고 어느새 예복의 흔적은 무덤처럼 봉긋해졌다. 경아는 쓰레기로 변한 예복을 꾹꾹 밟아 쓰레기 봉지에 털어 넣었다. 그리고 다른 것들을 정리하기 시작했다. 하나둘 모아진 쓰레기 봉지가 한 시간 만에 넓은 현관 바닥을 가득 메웠다. 꼭 써야 할 것은 버리지 못했지만 남편의 자리에서 그를 놓아버리니 조금은 치유가 되는 것 같았다. 후련함인지 비웃음인지 소금기 같은 웃음이 스쳐갔다.

경아가 배신의 아픔으로 허우적거릴 때 형민은 가족들을 생각했다. 유학 중인 선우는 잘 적응하고 있는지, 지우는 취업이 되었는지 궁금했다. 불현듯 경아가 안쓰럽고 미안했다. 경아에게 너무 큰 죄를 지었다는 죄책감이 몰려왔다. 그는 몇 번을 망설이다 메일을 썼다.

이곳에 온 지 벌써 다섯 달이 되어 가네요.
그동안 어떻게 지내셨소.
건강은 괜찮은지…….
선우는 잘 있으리라 믿지만,
지우가 잘 헤쳐 나가고 있는지 걱정이 되는군요.
난 체류 신분 때문에 직장 구하기가 쉽질 않네요.
바닥 일이라도 할 각오는 되어있는데…….
이제 동생 집도 부담이 되어서
싼 하숙집이라도 구해 나갈 생각인데
어려운 상황을 극복해 나갈 당신을 생각하면
마음이 찢어지게 아파서 견디기 어렵습니다.

진심으로 당신과 아이들에게 부끄럽고 죄송합니다.

가족에게 큰 죄를 짓고 나온 내 맘이 편할 리가 없지요.

비록 내가 지금은 자유롭게 숨을 쉬고는 있으나

언젠가는 죗값을 톡톡히 받으리라 생각합니다.

저는 합법적인 체류든 불법체류든

운명이라 생각하며 이곳에 뼈를 묻을 생각입니다.

가족 모두가 나를 용서해 준다 해도

스스로 용서가 되지 않아 돌아갈 수 없음을 압니다.

당신도 나와 과거의 나쁜 생각들 다 잊고

건강하고 당당하게 사셨으면 합니다.

당신은 대통령을 시켜도 못 할 사람이 아니니

좌절하지 마시고 인생 후반을 멋지게 꽃 피워보세요.

지금은 너무 힘들겠지만

그동안 남부럽지 않게 행복했던 때가 많았으니

부디 행복했던 일만 생각하시고 건강하게 잘 계세요.

회신은 안 하셔도 됩니다.

드디어 그의 글은 완벽하게 마침표가 찍혀 있었다. 경아는
혼잣말을 했다.

"뼈를 묻든 갈든, 볶아 먹든 삶아 먹든, 맘대로 해라. 무늬만

행복했다고 몰아붙이더니 행복했던 때가 많았다고?"

경아는 노트북을 덮고 자리에서 일어났다. 끓어오르는 감정을 어쩌지 못해 숨을 헐떡거렸다.

새로운 길

경아는 모처럼 TV 앞에 앉았다. 화면이 켜지면서 국회 날치기 통과가 이어지고, 분홍색 투피스 차림의 여자 아나운서가 낭랑하게 말했다.

"감사원 감사 결과 관공서 건축 비리가 적발되었습니다. 터무니없는 예산을 책정하여 공사비를 부풀리고 뇌물을 수뢰한 혐의입니다. 작년 4월, ○○시는 설계 당시 사용하기로 한 J사 제품을 누락시키고 가격이 싼 제품을 선정하여 차익을 뇌물로 받는 등 관행처럼 여겨온 관공서 건축 비리가 사실로 드러난 것입니다. 그 과정에서 피해를 본 당사자가 항의하자 내연 관계를 폭로하겠다며 협박하는 일까지 벌어졌습니다. 정부가 관공서 비리를 척결하겠다는 강한 의지를 보이고 있어서 이번 사건에 연루된 시청 관계자들과 건설회사의 횡령, 배임 사건

등 많은 파장이 예상됩니다."

경아는 멍한 눈으로 TV 화면을 바라봤다. 그리고 한참 뒤 숨을 고르고 뇌까렸다.

"이유가 그거였어? 여자 때문에 일을 망쳤다고?"

이내 몸이 파르르 떨리고 얼굴도 파리해졌다. 세상 모두가 알고 있는 사실을 그녀만 몰랐던 것 같았다.

경아는 노트북을 열었다. 그녀의 인생을 소설로 쓰고 싶었다. 《천년의 여왕》이라는 소설 속 '이것은 내 아내의 이야기다'라는 문장을 생각하며 소설 첫머리를 써 내려갔다.

〈이것은 내 남편의 이야기다〉

오래전, 남편의 외도를 각색해 소설을 썼던 경아, 스스로 소질이 없다고 여겼던 글을 쓰게 것은 남편의 외도가 안겨준 가슴 아린 흔적이었다. 쓰라린 통증과 응어리를 털기 위해 소설을 썼고, 그것이 불륜소설의 마지막이길 바랐었다. 다시는 그런 일로 고통당할 일도, 소설을 쓸 일도 없을 거라 믿었었다. 이내 눈물이 툭툭 떨어졌다. 그러는 중에도 친구의 격려가 떠올랐다.

"네 속이 까맣게 타서 숯덩어리가 됐겠지만, 그 숯이 다시

달궈져 유용한 것으로 변신한다는 거 잊지 마. 우리 모두 너를 응원하고 있으니까."

경아는 미친 듯이 자판을 두들겼다. 한 시간쯤 지나 잠시 손을 멈추고 눈을 감았다. 눈꺼풀이 파르르 떨렸다. 경아는 다시 눈을 뜨고 유리창 너머 매봉산을 바라보았다. 새들이 평화롭게 날갯짓을 하고 있었다. 경아는 하늘을 누비는 새를 보며 말했다.

'그래, 저렇게 날자. 힘차게 날아 보자. 아픈 과거는 묻고 나를 사랑하면서 살아내자.'

경아는 억지로 웃어 보았다. 놀랍게도 마음이 조금 편안해졌다. 곧 가슴이 후련해지며 잔잔한 미소가 피어올랐다.

'아! 놓아버리면 편안한 걸……. 진작 이렇게 놓아버릴 걸……. 얼마만큼 시간이 지나면 그는 나와 상관없는 사람으로 기억되겠지. 그래, 그렇게 남남이 되어 내 길을 가는 거야. 애초부터 그는 내 사람이 아니었어. 오직 내 곁에 오랫동안 머물렀던 사람일 뿐이야.'

그날부터 경아에게 변화가 일었다. 초저녁부터 잠이 오고 먹성도 몰라보게 좋아졌다. 예전에는 회식 자리에서 그녀의 식비가 아깝다는 사람들이 많았는데 다들 놀라워했다. 마음대로 먹을 수 없는 환경을 머리가 알고, 기회가 될 때마다 영양분을 비축하도록 명령을 내린 것이었다. 뭐든 잘 먹고 많이 먹다 보니 7kg이나 빠졌던 몸무게가 금방 회복되었다. 크면 큰 대로 입었던 옷이 잘 맞았고, 줄여 입은 옷은 원상태로 고쳐 입었다.

그런데 평온을 찾아가고 있는 경아에게 위기가 닥쳤다. 매월 400만 원의 수입을 의지해온 신발공장이 부도가 난 것이었다. 그러나 대출이자를 감당하려면 일자리가 필요했다. 주변에서는 보험회사를 권했지만 하지 못했다. 보험에 대한 인식이 좋아졌다지만 약관대로 약을 먹지 않은 사람이 적은 현실에서 거짓 없이 고객확보가 어렵다는 판단이었다. 그래서 가입절차가 쉬운 상조회사 고객 모집원을 하게 되었다. 많은 지인들이 그녀가 살아온 삶을 응원하고 도와주었다. 자존심 버리고 용감하게 부딪혀 보라며 격려해주기도 했다. 가족은 물론 가사도우미 몫까지 가입해 주는 사람도 있었고, 지인들을 소개해주는 사람도 있었다. 다른 상조에 가입이 되어 있다며 수익금에 해당되는 현금을 주겠다는 친구도 있었다. 경아는 그런 친구의 호의를 거절하지 않았다.

"염치없지만 지금은 빌려 쓰는 형편이니까 고맙게 받고 기회가 되면 갚을게."

거저 받을 생각은 없었기에 경아는 진심을 담아 말했다. 집이 넘어갈 수 있는 상황에서 다른 생각을 할 여유가 없었다. 오직 고마운 마음만 생각하며 힘을 얻었다. 그러나 눈물이 빠지게 면박을 주는 사람도 있었다.

"초상 끝에는 빚진 거 없다는데 돈 3만 원에 목숨 걸 일 있어?"

몇 번이나 주저하다 말을 꺼냈는데 그런 말을 들으면 민망하고 사기가 꺾였다. 자존심이 오그라들어서 말을 잇지 못했다. 고객관리도 쉬운 일은 아니었다. 고객으로부터 사망 소식이 들려오면 깊은 밤중에도 고인이 안치된 곳으로 달려갔다. 그리고 상주들과 장례 절차를 의논하고 장례기간 동안 장례식장에서 일을 도왔다. 의무사항은 아니었다. 유족들이 장례를 잘 치를 수 있도록 돕는 것을 사명으로 생각했다. 조문객을 위해 음식을 나르고, 신발 정리도 하고, 향불을 붙이고 재를 처리하는 일도 마다하지 않았다. 상조회사에 소속된 도우미들과 장례사에게 도시락이나 간식도 챙겨주었다. 그 또한 의무사항은 아니었다. 늘 장례식장을 돌아다니는 그들에게 기피 음식을 면해 주려는 배려였다. 근조화환을 이용해 관속에 꽃구름 침대를 만들었고, 입관식 때는 장례사를 보조해 시신 앞에서 일을 도왔다. 입관식을 할 때는 곁에 사람들이 있어서 시신을 앞에 두고도 무서움이 없었지만 자정이 넘어 장례식장을 나서면 시체가 따라오는 듯한 환상에 시달렸다.

그즈음 호텔 드라마가 유행을 타고 있었다. 지우도 그런 분위기에 편승해 호텔리어로 일하게 되었다. 호텔리어는 젊은이들 사이에 인기직업으로 부상하고 있었지만 보이는 것과 실상은 달랐다. 지우가 소속된 호텔은 큰 흑자를 내면서도 월급은 알바 수준이었고, 초과수당도 주지 않았다. 호텔학과 동문끼리 똘똘 뭉쳐 학연의 끈이 없는 동료를 따돌리는 일도 빈번했다. 지우도 어느새 따돌림의 대상이 되어 있었다. 유명인사 안내를 맡거나, 영어 실력이 원어민 같다는 칭찬을 받거나, 고객 중에 지우를 지정하여 일을 맡기면 영락없이 질시했다. 새파란 신참이 중요한 일을 맡게 된 것에 대한 질투였다. 그런 날은 집에 돌아와 펑펑 울었다. 그런 딸을 지켜보는 경아도 가슴이 찢어졌다. 1년 정도 경제력만 있다면 당장 그만두게 하고 싶었다.

지우가 받는 또 다른 고통은 하루에도 몇 번씩 불륜 고객을 대하는 것이었다. 그들을 보면 아빠가 생각나고 화가 끓었다. 게다가 동료와 소통이 잘못되어 자존심에 상처받는 일이 발생했다. 재벌회장의 투숙비를 결제하는 과정에서 문제가 생긴 것이었다. 그는 일주일에 두세 번 이런저런 여자와 투숙을 하는데 결제방식이 늘 달랐다. 그날도 그는 호텔에 투숙을 했으나 프런트 데스크에 나타나지 않고 결제를 요청했다. 결제를 하기 전, 지우가 동료에게 물었다.

"지난번 카드로 결제하면 되나요?"

"네."

지우는 동료의 말을 믿고 결제를 했는데 곧 한 여자가 전화를 걸어왔다. 여자는 미친 듯이 화를 냈다.

"일을 그따위로 할 거야? 내가 이혼하면 네가 책임질 거냐고? 너, 일 못 하게 만들 테니까 그리 알아. 어디서 남의 카드를 함부로 써?"

여자의 화풀이는 협박수준이었다. 나름 재벌회장의 연인으로 알고 있다가 다른 존재가 드러난 것에 대한 화풀이였다. 지우는 그녀의 카드로 결제가 이뤄진 사유를 알지 못한 채 죄송하다는 말만 되풀이할 수밖에 없었다. 여자가 재벌회장의 신변보호를 위해 지난번에 대신 결제했다는 것은 통화가 끝난 뒤에 알게 되었다. 지우는 곧바로 윗선에 불려가 시말서까지 쓰는 수모를 당했다.

그런데 그즈음 지우에게 새로운 인연이 다가왔다. G20에 참석한 어느 수상의 경호를 담당한 경호관이 프러포즈를 해왔다. 그의 눈에 비친 지우는 외모도 수려했고 원어민처럼 영어를 구사하는 것도 멋져 보였다. 그는 지우 동료에게 소개팅을 부탁했고 얼마 뒤 지우와 교제를 하게 되었다.

지우 직업관에도 변화가 일어났다. 생각을 거듭한 끝에 호텔리어는 그녀의 자리가 아니라는 결론을 내렸다.

'명문대 경제학과 출신이라는 내가 이렇게까지 비경제적인

일을 하면서 푸대접받고 수난까지 당해야 돼?'

3교대의 악조건은 그렇다 치고, 법정 근무시간을 훨씬 초과한 열두 시간 근무에, 따돌림까지 당하면서 견뎌내는 자신이 못나 보였다. 마침 코엑스에 취업박람회가 열리고 있었다. 지우는 경아에게 내색하지 않고 H사에 지원서를 넣었다. 그리고 며칠 뒤 서류심사 합격통지를 받았다. 임원 면접이 3일 앞으로 다가온 날 지우가 경아에게 말했다.

"엄마! 사실은 얼마 전에 H사에 지원했는데 서류심사에 합격했어. 최종합격까지 해서 입사하면 오빠가 편히 봉사활동 할 수 있도록 도와줄 거야. 호텔에서 얼마나 고생을 많이 했는지 이제 어떤 직장이든 잘 견딜 것 같아."

"고맙다. 내 딸! 그런 마음이면 꼭 합격할 거다."

경아는 지우 끌어안고 등을 토닥거렸다. 그동안 지우가 겪었을 마음고생과 어려운 여건에서 자신에게 베풀어준 일들이 생각나 눈물이 나왔다. 늘 경아 침대에서 밤을 보내며 그녀가 울 때 같이 울며 버팀목이 되어준 딸! 평소 경아가 해온 엄마 노릇을 패러디하여 '내 새끼! 내 강아지!' 하면서 엄마 엉덩이를 토닥거려준 딸이었다. 용돈 수준에 불과한 월급에서 반을 생활비로 내놓고도 외식을 시켜주고 생필품까지 감당해 왔었다. 그뿐만이 아니었다. 건강을 잃으면 다 잃는다며 300만 원이나 되는 스포츠 회원권까지 끊어주며 건강을 지켜준 딸이었다. 그런 딸을 보면서 자식 돈처럼 아까운 게 없다던 친정엄마를 생각하며 경아는 눈물을 삼켰다.

지우의 임원면접을 하루 앞두고 서울에 엄청난 폭우가 쏟아졌다. 산사태가 일어나고 하수가 넘치고 강남 일대가 물바다로 변했다. 지우가 야근을 마치고 돌아오면서 경아에게 전화를 했다. 버스가 더 이상 움직일 수 없어서 지하철로 갈아타겠다는 것이었다. 경아는 마음이 놓이지 않았다. 그런 상황에서 지하철은 무사할 수 있을지 걱정이었다. 다행히도 힘든 시간을 거쳐 집까지는 무사히 도착했지만 잠도 못 자고 생리현상이 심한 상황에서 면접을 본다는 것은 부담스러운 일이었다. 교통이 마비되어 면접 장소까지 가는 것도 큰 숙제였다. 도로를 점령한 돌덩이와 토사를 피하고, 폭포처럼 흐르는 물을 피하고, 시동이 꺼져 멈춰있는 차를 피하고, 돌고 돌아 곡예 운전을 하는데 수중보트를 탄 것 같았다. 면접을 담당한 임원들이 인터뷰 시간도 맞추지 못하면서 무슨 일을 하겠냐며 야단이라도 칠 것 같아 가슴이 조였다. 5Km를 움직이는 데 세 시간을 소모하고 있을 때 지우가 한숨을 쉬며 말했다.

"일이 안되려고 모든 게 다 꼬인다."

"엄마는 반대로 생각해. 일이 잘될 것 같으니까 마귀가 방해하는 거야. 짜증 나게 해서 일 망치려고 그런 거니까 말려들지 말고 면접하신 분들이 이 상황만 이해해 달라고 기도해. 영어 잘한 사람 뽑는 거라며? 토익 만점에 회화도 원주민 수준인데 뭘 걱정해."

말은 그렇게 했지만 경아도 몹시 불안했다. 오직 기도하며 한 시간 반 거리를 다섯 시간 만에 도착하게 되었다. 경아는 지우를 올려 보내고 차 안에서 기도를 시작했다. 기도하는 중에도 가슴이 먹먹하고 불안했다. 그런데 답답하던 가슴이 금방 풀어지고 안도할 수 있었다. 편안하게 기도를 마치고 눈을 떴을 때 '너 근심 걱정 말아라, 주 너를 지키리.' 찬송가가 흘러 나왔다. 하나님이 등을 어루만지며 걱정하지 말라고 위로해주시는 것 같아서 큰 위안이 되었다. 한 시간이 지나 지우가 웃는 낯으로 차에 올랐다.

"많이 걱정했는데 사정을 잘 알고 계시더라구요. 서울이 초토화됐다는 거 뉴스로 보셨다면서 오히려 격려해주셨어. 자기 PR을 하라길래 다섯 시간에 걸쳐 달려온 열정만 봐주시라고 했어."

"잘했어, 내 딸! 명언이다! 우리 똑녀는 역시 출중해!"

며칠 뒤, 합격 소식을 들은 경아는 동네방네 뛰어다니며 춤이라도 추고 싶었다. 순탄하게 살아왔다면 평범한 것일 수도 있겠지만 힘들게 버텨온 그녀에겐 그보다 더 좋은 일을 경험한 적이 없었던 것 같았다.

지우는 보란 듯이 호텔에 사표를 냈다. 호텔 측에서는 지우가 합격한 회사의 연봉을 주겠다며 붙잡았지만 당당하게 박차고 나왔다. 어깻죽지에서 날개가 돋아나는 느낌이었다.

꿈이었을까!

　이국의 하늘은 맑고 고왔다. 형민은 텅 빈 사무실에 멍하니 앉아 창밖을 바라보았다. 유리창 너머 종려나무가 보드라운 햇살 아래 하늘거렸다. 30년 전 방콕의 하늘 아래 네 식구가 행복하게 지냈던 추억이 간절히 그리웠다. 자전거 앞뒤에 두 아이를 태우고 야자수 그늘이 드리운 흙길을 평화롭게 달렸던 것이며, 그가 잔디를 깎고 있으면 선우도 잔디를 깎겠다고 지우 유모차를 끌고 다녔던 것이며, 셀 수 없는 추억들이 영화처럼 펼쳐졌다. 어느 하나 축복이라 여기지 않은 것이 없었던 행복한 시절이었다. 왈칵 서글퍼지고 입가에 쓸쓸한 미소가 스쳤다.

　약속 시각까지는 여유가 조금 있었다. 그는 습관처럼 휴대폰을 꺼내 경아 블로그를 열었다. 블로그는 아직도 굳게 입을 다물고 있었다.

'몸도 안 좋은데 나쁜 일이 있는 건 아닐까! 잘살아야 될 텐데!'

그는 경아의 안녕을 빌며 휴대폰을 내리고 다시 창밖을 바라봤다. 여전히 한가하고 평화로웠다. 그런 풍경들이 더 서글퍼지는 건 꿈을 놓친 이방인의 아픔이었다. 불법 취업자라는 압박감은 언제나 심장을 짓눌렀다. 그가 미국에 온 지 벌써 3년이 되었고, 먼지 속에서 봉투 공장 매니저로 일한 지 2년 반이 지나 있었다. 그러나 영주권은 묘연했다.

형민은 자리에서 일어나 다운타운으로 향했다. 영주권 알선 회사에 서류를 제출하고 회사 대표를 만나려는 것이었다. 그는 편의시설이 즐비한 빌딩에 들어섰다. 개축공사가 끝난 빌딩은 매우 북적거렸다. 그는 빌딩에 대한 소유욕을 크게 느꼈다. 빌딩 하나만 있으면 평생 걱정 없이 살 수 있겠다는 생각을 하며 엘리베이터 버튼을 눌렀다. 그가 5층 사무실에 당도했을 때 대표이사인 여자는 여직원 데스크 옆에서 손가락으로 뭔가를 지시하면서 통화를 하고 있었다. 영어로 통화를 하고 있었는데 잠깐 들어보니 한국말이 서툰 교포 2세의 중매 건인 것을 알 수 있었다. 여자는 서울에 사는 신부감이 유명 대학병원 레지던트라면서 그녀가 미국 의사고시를 통과하면 부부 의사로 부와 명예를 동시에 누린다는 말도 덧붙였다.

여자는 이민 알선 중개인으로 암암리에 부동산 중개와 커플 매니저까지 하고 있었다. 여자는 사적인 일로 교포들과 교류하는 일이 없었고, 사생활도 베일에 가려 있었다. 다만 음성수입이 많다는 것은 교포 사회에 알려져 있었지만 아무도 그녀를 건드리지 않았다. 백그라운드에 뭔가가 있다는 것을 의미하는 것이었다. 그러나 형민은 그런 사실을 몰랐다. 여자의 회사가 이민 알선 성공률이 높다는 것만 믿고 찾아왔을 뿐이었다.

형민은 여자가 물 흐르듯이 영어를 구사하는 것에 놀랐다. 여자의 영어는 20년 넘게 같은 일을 해오면서 녹음기처럼 흘러나온 것이었지만 그는 주눅이 들었다. 그의 영어 실력이 나빠서는 아니었다. 그가 기억하는 단어만도 2만이 넘고 문법도 완벽하다는 평을 받고 있었다. 다만 회화에서만 온전한 실력이 나오지 않았다. 형민을 발견한 여직원이 자리에서 일어나 접견실로 안내했다. 그는 여직원이 건네준 차를 마시며 가족을 생각했다. 여자의 전화 내용에 자극을 받았음인지 문득 아이들 혼사가 걱정되었다.

'선우, 지우도 결혼할 사람이 생겼을까? 좋은 사람 만나서 잘살아야 될 텐데. 엄마 힘들지 않게 스스로 벌어서 결혼해야 될 텐데.'

그동안 아빠 역할을 하지 못한 죄책감이 몰려왔다. 꼭 영주권을 얻어서 아빠 자리를 지켜야겠다고 생각했다. 그가 도착한 지 30분이 넘어가고 있을 때 여자가 접견실로 들어왔다.

"제가 많이 늦었죠? 죄송합니다. 전화를 안 받을 수도 없고."

"괜찮습니다."

형민은 잔고증명서를 비롯한 서류를 여자 앞에 내밀었다. 여자는 빠른 속도로 서류를 넘겼다. 설렁설렁 서류를 넘기는 것 같았지만 그가 걸어온 길을 너끈히 관통하고 남았다. 한국에서 잘나갔던 남자가 홀로 이민신청을 한 뒤에는 그렇고 그런 사연이 있다는 것을 경험으로 알고 있었다. 그런 사람일수록 어수룩하게 사람을 잘 믿는다는 것도 잘 알았다. 여자는 훑어본 서류를 봉투에 넣으면서 말했다.

"퍼펙트하게 준비하셨네요. 저 때문에 일이 늦어졌으니까 제가 저녁 살게요."

그들은 근처 레스토랑으로 갔고 격의 없는 대화가 이어졌다.

"전화하신 거 보니까 영어 실력이 대단하시던데요. 미국에 수십 년을 살아도 회화를 그 정도 하기 어려운데 깜짝 놀랐어요."

"고맙습니다. 아빠가 외교관을 하셨거든요. 어릴 때 외국생활을 많이 해서 영어가 더 편해요."

형민은 영어가 편하다던 선우와 지우를 생각하며 그녀 말에 공감했다. 그리고 여자의 아버지가 외교관이었다는 말에 솔깃했다. 한 시간 넘게 대화를 하는 동안 형민의 눈에 비친 여자는 진솔해 보였고, 자신감이 넘쳐 보였다. 형민은 당당한 여자 앞에서 지금의 그는 내세울 게 없다는 생각이 들고 위축되었다. 그는 비긋이 웃으면서 여자의 말을 듣는 것으로 만족했다. 여자는 한동안 자신을 과시하더니 겸연쩍은 듯 말했다.

"혼자만 말을 했네요. 이력서 보니까 선생님도 외교관 생활을 하셨더군요. 대기업 임원도 하셨고, 경력이 화려하신 것 같아요."

형민은 순하게 웃어 보였다. 그러고는 영주권만 얻으면 예전처럼 활동할 수 있다는 자신감을 내보였다. 강남의 대형 아파트 절반에 해당되는 지분이 그의 것이라는 거짓말도 했다. 그 아파트는 경아가 그의 채무를 감당하는 조건으로 경아에게 넘겨준 지 1년이 지났지만 여자가 등기부까지 확인할 일은 없을 것으로 믿었다.

주말까지는 3일이 남아 있었다. 여자로부터 전화가 걸려왔다. 형민은 영주권 절차에 문제가 생긴 건 아닐까 생각했다. 전화를 받은 그의 목소리가 긴장되어 있었다. 그런데 뜻밖의 말이 들려왔다.

"주말에 무슨 계획 있으세요?"

"네? 주말이요? 어, 특별한 일은 없어요."

"가든파티에 초대하고 싶은데, 어떠세요?"

"아유, 영광입니다."

형민은 밝게 말했다. 통화는 길게 이어졌고, 통화가 끝날 무렵 여자는 주소를 알려주었다. 여자가 로스 펠리스에 살고 있다는 것에 그는 놀랐다. 로스 펠리스 안에서도 그녀의 집은 상류층의 아이콘인 고급 주택가로 알려져 있었다. 형민은 배시시 웃으면서 속으로 말했다.

'꿈이야, 실화야?'

그는 여자의 초대를 그를 향한 호감으로 해석했다. 모처럼 소년 같은 설렘이 찾아 들었다. 문득 주말을 기다려본 게 오래되었다는 것을 깨달았다. 하루라도 더 벌어야 된다는 압박감은 쉼이 필요한 그에게 휴일마저 괴로운 것이 되어 있었다. 하루를 쉬면 수입이 그만큼 줄어든다는 압박감이었다. 그의 목표는 돈이었고, 입에 넣는 것을 아껴가며 주말에도 일을 찾아다녔다.

그는 전화를 끊고 거울을 들여다봤다. 팽팽했던 얼굴은 지난한 이민생활의 고충만큼 까칠해져 있었다. 그는 샤워를 하고 언젠가 사은품으로 받은 마스크 팩을 꺼냈다. 여자들만의 전유물로 여기고 일 년 넘게 방치한 것이었다. 그는 뭐든 남겨두면 쓸 데가 있다는 생각을 하면서 얼굴에 팩을 붙였다. 거울 속 흉측한 얼굴에 픽 웃음이 스치고 이내 쓸쓸해졌다. 곧 지우가 그들 부부에게 팩을 붙여줬던 기억이 떠올랐다. 팩을 붙인 상태에서 근육을 쓰면 주름이 생긴다는 지우 말을 무시하

고 경아와 키득거렸던 그날이 그리웠다. 그뿐일까! 가족들과
의 시간은 아픔까지도 진한 그리움이 되어 있었다.

　형민은 여자의 집이 상상을 벗어난 것에 또 한 번 놀랐다.
주재관 생활을 하면서 크고 웅장한 관저는 많이 보아왔지만,
그렇게 비싼 땅에 그런 규모의 민간인 저택에 발을 들인 것은
처음이었다. 잔디밭만 해도 천 평이 넘어 보였고 갖가지 화초
와 야자수, 고급수목이 늘어서 있었다. 그중에는 경아가 좋아
하는 보랏빛 자카란다가 만개해 있었다. 그는 자카란다가 눈
물 꽃으로 불린다는 말을 생각하며 나무 밑으로 들어갔다. 간
간이 빗방울처럼 물이 뚝뚝 떨어졌다. 문득 경아의 눈물 같다
는 생각이 들었다. 그는 몸을 굽히고 바닥에 떨어진 꽃잎을 들
어 올려 침울한 표정으로 들여다봤다. 원혼이 담긴 핏빛 눈물
이 보랏빛 꽃으로 숙성된 것 같았다. 가슴이 아렸다.

　형민은 자리를 털고 일어나 콩팥을 형상화한 풀장 쪽으로
걸어갔다. 풀장 옆에는 다섯 그루의 야자수가 나란히 서 있었
다. LA에서 야자수는 흔히 볼 수 있는 것이었지만 개인 정원에
서는 특별해 보였다. 형민은 저택을 소유한 여자가 부러웠다.
그가 정원을 둘러보고 있을 때 네 쌍의 미국인이 몇 분 간격으
로 도착했다. 그들은 그녀의 정원에 익숙해 보였다. 사막의 장
미가 저번보다 많이 피었다, 작년에는 못 본 화초가 있다, 그

런 말들로 관심을 나타냈다. 야외 테이블 옆 화덕에서는 톡톡 숯불 타는 소리와 함께 양고기 익는 냄새가 쏴 하니 밀려왔다.

형민은 여자 회사에 취업하는 조건으로 영주권을 얻었다. 월급은 기본급에 불과했지만 불법취업을 벗어나니 날개를 단 것 같았다. 더 크게 느껴지는 날개는 그녀와의 동거였다. 여자가 어떤 생각으로 그에게 접근한 것인지 알지 못한 채 영사관에 들락거리며 이민 알선 일을 돕고, 청소를 하고, 잔디를 깎고, 여자의 옷을 다리고, 여자에게 잘 보이기 위해 전력을 다했다. 여자에게 잘 보여서 합법적인 혼인신고를 하여 기회를 잡겠다는 야망은 불편하고 힘든 것들을 견디게 해주었다.

여자는 교민사회에 노출되는 것을 지나치게 꺼렸다. 회사에서도 사실혼 관계를 숨겼고, 형민이 교민들과 교류하는 것도 말렸다. 그러나 형민은 그녀와 달랐다. 교포들에게는 입을 다물었지만 한국에서 지인이 오면 여자 몰래 저택을 보여주는 것으로 능력 있는 여자와 살고 있다는 것을 과시했다. 실패자라는 딱지를 안고 미국에 들어왔지만 몰락하지 않고 건재하다는 것을 한국의 지인들에게 알려지기를 바랐던 것이다. 능력 있는 여자와 살고 있는 능력 있는 남자! 그의 바람은 한국의 지인들에게 금방 퍼져나갔다. 명문가의 명문대 출신 여자와 저택에서 동거한다는 소식은 경아 귀에도 들어갔다.

두 사람이 살림을 차린 지 6개월이 지났다. 주방에 들어간 여자가 그를 불렀다. 여자는 새로 산 믹서를 보여주면서 말했다.

"신제품 믹선데 얼마나 편리한지 몰라요. 금방 두유가 만들어져요."

여자는 콧노래를 부르면서 검정 서리태를 씻었다. 평소 살림에 관심 없고 인스턴트나 레토르트 식품을 당연시하는 여자라서 그는 새삼스럽다는 듯 여자를 쳐다봤다. 여자는 금방 씻은 서리태를 물과 함께 믹서에 넣고 버튼을 눌렀다. 얼마쯤 지나 서리태가 조금씩 불어나고 물 색깔이 까매지면서 부글부글 끓어올랐다. 서리태는 어느새 더 이상 불어나지 않을 만큼 몸집이 커지더니 자유롭게 돌아다녔다. 이윽고 몇 번에 걸쳐 요란한 회오리를 일으키고는 순식간에 콩이 분쇄되고 잿빛 두유로 변했다. 콩을 믹서에 넣은 지 30분이 채 걸리지 않았다.

"너무 편리하죠? 이거 정말 히트 상품이야."

여자는 눈을 반짝거리면서 몸체에서 믹서 컵을 분리하고 뚜껑을 열었다. 그리고 두유를 따라 그에게 먼저 건넸다. 형민은 모처럼 여자의 손길을 거친 음식이란 것에 감동한 듯한 표정으로 컵을 받았다. 그는 조심스럽게 한 모금 마시고 말했다.

"고소하고 좋은데요. 시중 것보다 훨씬 맛있어요."

"그뿐 아니에요. 죽도 되고 해독 주스도 금방 돼요. 프랑스 제품인데 중국에서도 생산이 되니까 한국 홈쇼핑에 진출해 보려구요. 요즘 한국에서 두유랑 해독주스가 엄청 인기래요. 홈쇼핑에서 조금만 싸게 팔면 대박날 것 같아요."

형민은 고개를 끄덕거렸다. 경아가 두유 만드는 것을 몇 번 본 적이 있는데 씻고, 불리고, 끓이고, 갈고, 한나절이 걸렸다는 것은 지금도 기억하고 있었다. 여자가 실험한 믹서는 재래식 두유보다 맛은 떨어졌지만 여자 말대로 웰빙에 관심 높은 한국에서 환영받을 아이템 같았다. 그는 인터넷에 들어가 믹서의 사용 후기를 읽어보았다. 예상대로 만족도가 매우 높았다.

"당신도 투자해 봐요. 몇 군데 홈쇼핑 관계자들과 의논을 하고, 한국 업체 통해서 시연까지 했는데 하나같이 자기네들하고 계약하재요. 일주일에 한 번 방송으로도 수익이 엄청날 걸. 완전 대박!"

형민은 홈쇼핑으로 성공한 지인들을 떠올렸다. 별것 아닌 것들이 홈쇼핑에서 금방 매진되는 것에 놀란 적이 있었다. 쇼 호스트의 호들갑스런 유혹에 여자들이 쉽게 빠져든다는 것도 홈쇼핑을 두어 번 보면서 알게 되었다. 더군다나 눈앞에 있는 믹서처럼 좋은 제품은 살림에 관심 있는 사람에게 인기가 좋을 것 같았다. 가격은 만만치 않았지만 할부를 활용할 수 있는 것이었다.

형민은 〈기회〉에 대해서 생각해 봤다. 좀처럼 올 것 같지 않던 기회가 한꺼번에 몰려온 것 같았다. 영주권이 해결되어 불법취업의 난제가 해결됐고, 능력 있는 여자를 만나 저택에 살고 있고, 홈쇼핑에 진출하면 수입도 넉넉해질 것이고, 세 마리 토끼를 동시에 잡은 것 같았다. 고생 끝에 낙, 귀인, 이런 말들이 떠올랐다. 추진력이 뛰어난 여자는 홈쇼핑 방송 날짜를 두 달 뒤로 잡고, 홈쇼핑 관계자들과 원활하게 소통하고 있었다. 그가 한국의 지인을 통해 확인해 보니 여자 말대로 두 달 뒤에 방송 날짜가 잡혀 있었다. 그는 제품에 대해 확신을 갖게 되었고 사업수완이 뛰어난 여자의 능력을 믿었다. 그는 한국에서 가져온 지참금과, 미국에 들어와서부터 자린고비처럼 모아온 재산을 기꺼이 투자했다. 일이 잘되면 한국의 가족에게도 도움을 줄 생각이었다. 꿈에 부풀어 있는 동안 방송 날짜는 보름 앞으로 다가왔다.

그의 꿈은 너무 쉽게 무너져 버렸다. 믿고 진행해온 중국의 업체가 유령업체였고, 한국의 사무실도 철수해 버렸다는 말에 멍하니 여자 얼굴만 쳐다봤다. 돌다리도 두들겨보고 건넌다는 평을 들으며 살아왔는데 왜 그렇게 여자를 믿었던 것인지 믿어지지 않았다. 일이 터진 두 달 뒤에야 여자의 치밀한 전말을 알게 되었지만, 조폭들과 연루된 것을 알게 된 이상 손을 쓸 수가 없었다. 방송 날짜까지 잡아 놓고 관계자들과 통화를 했던 여자, 그가 흐뭇한 표정으로 그녀를 바라볼 때 그녀는 어떤 생각을 했을까! 그런 생각이 들면 자존심이 바닥으로 떨어졌다. 그는 여자와 살림을 차린 지 1년도 되지 않아 처량하게 쫓겨나고 말았다.

형민은 자책했다.

'벌 받은 거야. 아들 것까지 뺏어 와서 여자에게 물리다니. 꼭 성공해서 용서를 빌고 갑절로 갚아주고 싶었는데, 능력 있는 아빠로 살고 싶었는데, 알거지가 되다니! 차라리 가져오지 말걸. 가족들이 조금이라도 편히 살 수 있도록 두고 왔어야 했는데, 피 같은 돈을 여자에게 물리다니! 세상 물정을 그렇게 몰랐다니!'

그의 마음은 정말 그랬다. 경아하고는 남남이 되었지만 성공한 아빠로 떳떳하게 아이들을 만나고 싶었었다. 성공을 이룬 뒤 아이들에게 용서를 구하면 화해가 될 것으로 믿었었다. 형민은 술에 취해 흐느적거리며 눈물을 쏟아냈다. 경아, 선우, 지우, 모두가 그리웠다. 가족들과 썰렁한 농담을 하며 행복하게 보낸 날들이 간절하게 그리웠다.

'여보! 미안해. 당신에게 못할 일 시켜서 벌 받은 거야. 이제 어떡하지? 당신에게 진 빚은 꼭 갚고 싶었는데 기회가 올 것 같지 않아. 당신에게 돌아갈 수 있다면 가고 싶어. 다른 여자하고 살아 보니 머슴 이상은 아니더라고. 여보, 어떡하면 좋

지? 당신이 그토록 아끼고 사랑한 아들 재산을 잃어버렸어.'

경아는 늘 말했었다. 자식에게 한 푼도 바라서는 안 된다고, 자식이 번 것은 손대지 말고 비빌 언덕을 마련해 주자고. 경아의 말은 그의 부모 같은 부모는 되지 말자는 의미가 담겨 있었다.

형민은 술이 아니면 하루를 넘길 수가 없었다. 그런 자신이 미웠다. 어려울수록 마음을 다잡아야 된다는 것을 모르지 않으면서 술에 의지하는 자신이 미웠다. 형민은 눈물을 흘리며 경아 블로그를 열었다. 고맙게도 포스트가 올라와 있었다.

'여보, 살아 있어서 고마워. 제발 잘살아 줘요. 비록 당신을 떠나 왔지만 언제나 당신이 그리웠어요. 좋은 사람 만나서 잘 살았으면 좋겠어요.'

그는 꺽꺽 소리를 내며 울었다. 그리고 사랑하는 가족들이 행복하기를 진심으로 바랐다.

새로운 탄생

지우 결혼식을 앞두고 경아는 밤을 새우는 날이 많았다. 어려운 형편에 딸 가진 부모가 가질 수 있는 혼수품 문제였다. 서양문화에 익숙한 지우는 예물을 생략하겠다고 했지만 전통처럼 내려온 관습을 무시할 수가 없었다. 신랑 부모가 아들 의사에 따라 예물을 받지 않기로 했다지만 좋아서 동의한 것이 아니라는 것을 잘 알았다. 예물이 결혼문화의 폐단이란 것을 알면서도 신부 쪽에서 개선하기는 어려운 일이었다. 주변 사람들도 할 건 해야 된다고 입을 모았다. 예물이 적어서 섭섭했다거나, 하지 말라는 말에 코를 싹 씻어서 가풍을 의심했다거나, 시가를 무시한 것 같아서 기분 나빴다거나, 하나같이 섭섭함을 나열했다. 예단을 받는 것은 아들 가진 사람의 특권이라며, 시가의 인사성 발언에 속지 말라는 것이었다. 경아는 악화가 양화를 구축한다는 말을 곱씹었다.

경아는 고민을 거듭하다가 사돈에게는 성의 표시만 하고 지우에게는 그녀가 아껴온 것들을 물려주었다. 지우가 좋아하는 그림과 예비 사위가 좋아하는 흔들의자, 그리고 23년 전에 산 바로크 풍 앤드 테이블 등이었다. 경아는 쓰던 것들을 물려주면서 친정엄마를 생각했다. 경아가 결혼할 즈음 그녀의 친정은 빚보증으로 곤란을 겪고 있었는데 그녀의 친정엄마는 '딸은 주고 싶은 도둑'이라며 애지중지 간직해온 것들을 물려주셨다. 경아가 결혼한 지 벌써 33년, 잊을 만한 세월이 흘렀지만 시집갈 딸의 엄마 입장이 되고 보니 불현듯 친정엄마가 짠하고 그리웠다.

형민을 초대할 것인지 말 것인지도 고민이 되었다. 친정식구들은 초대를 해야 된다고 말했지만 내키지 않았다. 그렇잖아도 혼란스러웠던 마음이 몇 달 전에 형민의 소식을 접하고는 심사가 더 뒤틀려 있었다. 이혼서류를 받은 날이었다. 서류에 드러난 그가 영주권자가 되어 있다는 것에 알 수 없는 전율이 일었는데, 주소가 로스 펠리스로 되어 있는 것에는 묘한 질투가 나고 화가 끓었다. 얼마 전에 그의 소식을 들었을 때만 해도 '능력 있는 여자? 외교관 가족? 그렇게 가문 좋고 잘 배운 여자가 뭘 보고 너랑 살겠니? 포장도 주제에 맞게 해야지.' 하면서 비웃었는데 주소를 확인한 순간 울분이 일었다. 경아는 바르르 떨며 구글 지도를 열고 그의 주소를 입력했다. 잠시 뒤, 눈알이 뒤집히는 충격을 받았다. 넓은 잔디밭에 우뚝 서 있는 고급주택, 야자수가 하늘거리는 풀장, 열린 차고에 고개를 내민 고급 승용차, 대출이 용이한 그곳에서도 부자가 아니면 가질 수 없는 것들이었다.

경아는 형민이 사기 당한 사실을 알지 못하고 분노에 휩싸였다. 형민이 그 집을 들락거리면서 '너하곤 비교도 안 되는 능력자와 살고 있어.' 그렇게 으스대며 조롱할 것만 같았다. 조강지처는 빚에 눌려 헐떡거리고 있는데 죄지은 놈은 잘살고 있다는 것에 열패감이 밀려왔다. 그것은 비참함을 넘어 그를 향한 저주로 변했다. 경아는 입에 담아서는 안 될 독설을 퍼부었다.

'비겁한 놈! 나는 대출 이자 때문에 시체실에서까지 일을 했는데 아들 재산까지 앗아간 간 놈은 호의호식이야? 아직도 목숨을 부지할 만큼 네 죄가 가벼운 거니? 너는 쉽게 죽을 자격도 없으니까 처절하게 죽어야 돼.'

이보다 더 독살스러운 말이 어디 있을까! 경아는 사지를 떨며 저주를 퍼부었었다.

그러나 훗날 지우에게 원망은 듣고 싶지 않아서 결혼식을 한 달 앞두고 지우에게 말했다.

"아빠 초대하고 싶으면 해."

"싫어! 자격 없어!"

경아는 지우가 그를 초대하면 결혼식에 가지 않을 생각으로 물었는데 지우 말에 카타르시스를 느꼈다. 그녀가 미워한 만큼 아이들도 그를 미워해 주길 바랐고, 그가 아이들로부터 뼈 아프게 소외당하길 바랐다. 아이들에게 아빠의 빈자리를 생각하면 가슴 아팠지만, 그에 대한 미움이 아이들을 향한 사랑과 비교가 되지 않았다. 아이들이 그를 용서하는 것도 용납되지 않을 것 같았다. 혼주석을 어떻게 할 것인지도 고민이 되었다. 사별도 아닌 이혼인데 본가 식구를 앉힐 수도 없고, 혼자 앉아 있으면 조금 서러울 것 같았다. 고민 끝에 선우가 아빠를 대신하기로 했다. 오빠가 부모를 대신했던 옛 관습을 기억해 내고 아이들 의견을 물어 결정한 것이었다.

결혼식 날이었다. 신랑 손을 잡고 입장하는 지우가 입이 찢어지게 웃으면서 행진을 했다. 까불대는 웃음이 아니라 어색해 죽겠다는 표정이었다. 아빠 없는 결혼식을 염려해온 친족들도 안도하며 웃었다. 혼주석에 앉은 경아도 선우도 같이 웃었다. 경아는 의연한 척 앉아 있었지만 순간순간 울컥했다. 금방 울음이 터질 것 같아서 지우와 눈을 맞추지 않으려고 애를 썼다.

유학을 마친 선우도 대기업에 취업을 했고 이상형의 여자를 만나 결혼식을 앞두고 있었다. 경아에게도 너그러움이 찾아들었다. 형민에 대한 미움이 몰라보게 옅어져 있었다.

'어떻게 살든 내 알 바 아니고 내 귀한 새끼들 짐만 되지 말아라. 내 새끼들 힘들게 하면 가만두지 않을 거야.'

경아의 솔직한 심정은 그뿐이었다. 그런 자신을 보면서 선우의 입장에서 형민을 생각하게 되었다.

'찢길 대로 찢긴 내 마음이 이러는데, 그 사건 말고 아빠에게 단 한 번도 서운한 적 없는 선우는……'

그런 생각이 들었다. 2년 전 지우가 결혼할 때와는 전혀 다른 감정이었다. 경아는 부자간의 연이 잘 이어지기를 바라며 선우에게 말했다.

"선우야! 결혼식에 아빠 초대했으면 좋겠어."

선우의 대답은 경아가 예상한 것과는 달랐다.

"엄마가 용서를 하셔야 제가 용서를 하지요. 아들은 죄의 편이 아니니까요."

"엄마가 용서를 하든 안 하든 너와 아빠 관계만 생각해. 아빠를 용서하는 것은 나와 상관없이 니 몫이야."

선우는 입을 다물었다. 한 달이 지나도록 선우는 답변이 없었다. 경아는 피붙이에만 존재하는 끈끈함을 믿고 다시 선우에게 말했다.

"아무래도 아빠를 초대해야 될 것 같아. 평생 아빠 안 보고 살기로 맹세한 사람도 아빠가 병들거나 죽으면 하나같이 후회하더라. 뒤늦게 후회하면 안 되잖아. 네가 후회하고 아파하면 엄마 마음이 얼마나 아프겠어. 아빠 초대하자는 건 너를 위해서가 아니라 엄마 마음 편하자고 그러는 거야. 너를 금쪽같이 여겨온 아빤데 5년 동안 아들 얼굴도 못 봤으니 그 마음이 오죽하겠니. 엄마는 니들이 곁에 있어서 힘이 됐지만 얼마나 비참하고 처절했겠니. 넌 아들이니까 엄마하곤 다르잖아."

선우 얼굴이 환해졌다.

"정말이세요? 엄마가 불편하실까 봐 그랬던 거예요."

"저번에 말했잖아. 네 결혼식이니까 너와 아빠 관계만 생각해. 내 마음 불편한 거 조금 참으면 내 자식 마음이 평생 편할 텐데 그 정도는 감수해야지. 아빠가 아무리 큰 죄를 지었어도 아빠와 자식 간에 나쁜 일이 있으면 세상은 자식을 꾸짖더라. 키우고 가르친 것만 생각하더라고. 잘못은 아빠가 했는데 내 귀한 자식이 욕먹는 건 말이 안 되잖아."

"고마워요. 엄마께는 나쁜 남편이었지만, 내게는 좋은 아빠였으니까 연락은 하면서 살고 싶어요."

경아는 오래전 형민의 메일 주소로 결혼식 소식을 전했다. 그런데 존재하지 않는 메일이라는 것이었다. 경아는 낌새를 알아차리고 전화 메시지를 보냈지만 답이 없었다. 그의 신상에 불운한 일이 생겼다는 것을 확신할 수 있었다. 그러나 더 확인이 필요하다고 생각되어 전화를 걸었다.

"헬로우!"

할아버지 음성이 영어로 들려왔다. 경아는 예감이 적중한 것에 전율을 느꼈다.

'제대로 당했구나! 흥! 외교관 딸? 이대 출신? 빼먹을 것만 빼먹는 기생충인 거 몰랐지?'

경아는 희열을 느끼며 그의 동생 영호에게 메시지를 보냈다.

'선우 아빠와 타협할 일이 있는데 연락이 안 되네요. 연락처 좀 부탁해요.'

몇 시간 뒤, 그의 연락처를 알게 된 경아가 결혼 소식을 보냈고 그가 답을 보내왔다.

'가족들 결정에 감격하여 목이 메입니다. 가족들 볼 생각을 하니 가슴이 벅차오르네요. 제가 해야 할 일이 무엇인지 알려 주시면 고맙겠습니다.'

짧은 글이었지만 가족을 기리는 마음이 잘 담겨 있었다.

'불쌍한 놈! 부모라면 마땅히 참석할 결혼식인데 그걸 감격할 정도로 살았니?'

경아는 욕을 하면서도 할 일을 알려 달라는 말에 기대를 하고 답했다. 신혼집 얻는 데 도움을 줬으면 좋겠다는 것이었다. 그러나 그의 답변은 허망했다. 그동안의 삶이 순탄치 않아서 여유가 없다는 것이었다.

'할 일을 알려주라며? 그거 말고 할 일이 뭐야?'

경아는 어처구니없다 듯 메시지를 바라보다가 메시지를 보냈다.

'신혼여행에 쓸 수 있도록 100만 원 정도만 준비하세요.'

선우 결혼식을 앞두고 지우의 딸 민지가 태어났다. 민지는 다운증후군을 갖고 있었다. 민지가 어떤 형태로 태어났건 가족들에겐 축복이고 사랑이었다. 다만 편견이 많은 나라에서 민지가 살아갈 일과 다운증후군 환자의 수명이 짧다는 것이 걱정이었다. 경아가 가족들에게 말했다.

"민지가 우리 집에 태어난 거 정말 감사해. 너무 가난해서 치료를 받을 수 없거나 홀대하는 집에 태어났으면 어쩔 뻔했어. 민지는 사랑만 주면 행복할 아이니까 오히려 축복인 거야. 누가 먼저 세상을 떠나든 이별할 때 후회하지 않도록 최선을 다해 잘 키우자."

가족들 마음도 한결같았다. 그런데 민지 심장에 큰 구멍이 있어서 피가 역류하여 폐부종이 심하다는 것이었다. 급히 수술을 서둘러야 했다. 수술을 하루 앞두고 집으로 향하는 경아는 혼란스러웠다. 집에 돌아와 혼자 울부짖었다. 민지가 있을 때는 꽉 차고 훈훈하던 집 안이 그렇게 썰렁하고 허전할 수가 없었다.

'영영 돌아오지 못하면 어떡하지? 내 새끼 떠나보내면 어떻게 살아!'

옷가지, 기저귀, 누웠던 자리, 민지의 모든 흔적이 날카로운 파편으로 변하고 불길한 생각이 똬리를 틀었다. 잠자리에 누웠지만 잠이 오지 않았다. 울다, 기도하다, 뒤척거리다, 돌아다니기를 반복하다가 이른 새벽에 병원으로 향했다. 밤잠을 설친 사람들이 전철 안에서 부족한 잠을 채우고 있었다. 고단한 삶에 지친 그들이었지만 경아 눈에는 다 행복해 보였다.

경아는 착잡한 심경으로 병실에 들어섰다. 지우는 민지 곁에서, 사위는 간이침대에서 불편한 잠을 자고 있었다. 다행히도 링거를 꽂고 누워 있는 민지가 평온해 보였다.

'좋은 징조야! 안심하라는 하나님의 암시인 거야.'

경아는 지우와 민지를 번갈아 쳐다보다가 지우가 깨지 않도록 조심스럽게 민지를 들어올렸다. 그러고는 꼭 껴안고 간절히 기도드렸다.

'귀한 생명 주셨사오니 지켜주시옵소서. 칼을 잡은 의사 손길에 주님 함께하여 주시옵소서. 주님께서 주신 귀한 생명, 주님 말씀으로 양육하고 훈계하겠습니다. 남은 생은 아프지 않고 평온하게 살 수 있도록 지켜주시옵소서! 사랑하는 민지를 꼭 살려주시옵소서!'

그렇게 기도를 하면서도 마지막이 될 수도 있다는 생각이 떠나지 않았다. 경아는 살냄새를 맡고, 또 맡고, 숨소리에 귀를 기울였다.

수술실 앞 보호자 대기실에는 환자의 상황을 알려주는 모니터가 있었다. 어떤 환자가 수술을 시작하고, 수술을 마치고, 회복실로 들어가고, 중환자실로 들어가고, 동향을 알려주는 모니터에 가족들 눈이 고정되어 있었다. 모두 숨소리마저 죽이고 있었지만 흘러나오는 한숨은 감출 수 없는 모양이었다. 때로는 휘파람 같은 한숨이 새어 나왔다. 경아도 예외는 아니었다. 기도하는 중에도 걱정은 음습하게 자리했다.

'잘되고 있을까? 실수라도 하면 어떡하지?'

다행히도 민지는 일곱 시간이나 되는 수술을 잘 견뎌 주었다. 민지가 중환자실로 이송되었다는 자막이 뜨자 지우가 벌떡 일어났다.

"민지다!"

긴장으로 여민 목소리였다. 가족들은 잠시 눈을 맞추고 허겁지겁 중환자실로 뛰어갔다. 민지는 온몸에 주렁주렁 장치를 하고 있었다. 고인 피를 뽑는 것부터 심전도 검사 장치, 소변 줄 등 얼핏 봐도 여남은 게 되어 보였다. 경아는 가족들 귀를 피해 한숨을 내쉬었다. 담당의가 다가와 말했다.

"완치 여부를 떠나 수술은 잘되었습니다. 안정을 취하기 위해 3,4일간 잠을 재울 것입니다. 보통은 하루 이틀 지켜보고 입원실로 보내는데 민지는 폐동맥 압력이 높아서 인공호흡기를 떼는 데도 5일 이상 걸릴 수 있습니다."

의사의 설명은 계속되었지만 경아에게는 아무 말도 들려오지 않았다. '완치 여부를 떠나~' 그 말이 가시처럼 목에 걸렸다.

'완치 여부를 떠나~ 완치 여부를 떠나~ 가능성이 희박하다는 것일까? 그럼 기적에 맡긴다는 말인가? 깨어나지 못하면 어떡하지? 그럴 리가 없어. 우리 민지 절대 안 죽어. 잘될 거야.'

경아는 멍하니 서서 묻고 대답하고 위로하기를 반복했다.

민지는 수면 상태로 3일을 보내고 인공호흡기를 뗀 적응훈련을 거쳐 5일 만에 입원실로 돌아왔다. 예상보다 빨리 중환자실을 벗어난 것에 완치도 빠를 거라며 가족들은 좋아했다. 그런데 입원실에 들어온 지 다섯 시간 만에 응급사태가 벌어졌다. 경아가 민지를 세워서 안고 등을 두들겨 주는데 숨소리가 여느 때보다 작았다.

'숨소리가 왜 이렇게 작지? 기운이 없어서 그런가?'

경아는 뭔가 이상하다는 생각이 들어 귀를 기울였다. 그때 주문한 음식이 도착했다. 사위가 말했다.

"민지 눕히고 식사하세요."

"나중에 먹어도 돼. 울 애기 더 두들겨 줄래."

민지 등을 두들기면서 경아가 말했다. 등 두드림이 폐렴예
방에 좋다는 의사 말을 들은 이상 경아는 잠시도 소홀할 수가
없었다. 가족도 없는 중환자실에서 혼자 얼마나 무서웠을까,
가족들이 얼마나 보고 싶었을까, 생각하니 잠시 잠깐도 눕히
고 싶지 않았다. 더군다나 민지는 품안에서 자는 걸 가장 좋아
했다.

"엄마! 빨리 저녁 먹자니까! 그러다 엄마가 쓰러지겠다. 빨
리 와요!"

지우 성화에 못 이겨 경아는 어쩔 수 없이 민지를 자리에 눕
혔다. 그런데 입술이 허옇게 변해 있었다.

"민지 입술이 허옇다. 간호사 불러서 물어 보자."

지우가 벨을 누르자 간호사가 달려왔다. 그녀는 이것저것
재보고 정상이라고 말했다. 그런데도 경아는 걱정을 떨치지
못했다. 음식을 한입 넣으면 오물오물 씹으면서 민지를 관찰
하고 또 한 입 넣고 다가가 관찰을 했다. 서너 번 젓가락질을
한 사이에 지우 입술이 푸른빛을 띠고 있었다. 빨리 조치를 해
야 될 것 같았지만 슬쩍 지우 눈치를 살폈다. 지우에게 오버한
다는 말을 자주 들어온 터라 금방 간호사 다녀갔는데 웬 극성
이냐고 할 것 같아서 조심스레 말했다.

"민지 입술이 파래진 것 같아."

지우가 경아를 힐끔 쳐다봤다.

"형광등 밑이라서 그럴까, 내 눈이 나빠서 그럴까?"

경아는 얼른 안경을 끼고 들여다보았다. 입술은 더 파래졌고 눈동자는 풀어져 있었다.

"얘! 민지 입술이 너무 퍼렇다. 어쩌지?"

"그럼 빨리 벨 눌러야지."

지우도 느낌이 있었던지 민지를 살피지도 않고 재빨리 벨을 눌렀다. 곧바로 간호사가 청진기를 올리면서 후다닥 뛰어오며 말했다.

"안 그래도 그래프가 이상해서 보고 있었는데 벨이 울려서 달려왔어요."

간호사가 민지 옆에 다다랐을 때 청진기는 그녀 귀에 걸려 있었다. 간호사는 얼른 민지 가슴에 청진기를 대어보고 혈압과 맥박을 쟀다. 그러고는 다급하게 눈을 뒤집어보고 민지를 흔들면서 말했다.

"민지야, 민지야!"

간호사는 민지에게서 손을 떼고 인터폰을 들었다. 금방 민지가 위급하다는 실내방송이 흘러나왔다. 경아는 어찌할 바를 몰랐다. 민지에게 아무것도 해줄 수 없다는 회의감으로 온몸이 가라앉았다. 느리게 자라는 아이라서 한 번도 그녀 목소리에 귀 기울여준 적 없었고, 웃음 한 번 준 적 없는 아이. 그저

눈 몇 번 마주치고 몸을 꼼지락거린 게 전부였지만 어린 손녀 민지는 거대한 행성처럼 자리하고 있었다. 순식간에 의료진이 몰려왔다.

"O₂, O₂! 중환자실 콘택! CPR(심폐소생술). 보호자분 나가주세요."

지우 내외가 주저주저하며 복도로 빠져나갔다. 그러나 경아는 한 발자국도 움직이지 못했다. 의사들은 긴박하게 심폐소생술을 하고 있었지만 경아 머릿속은 부정적인 생각들만 펌프질을 했다.

'저러다 갈비뼈 부러지면 어떻게 해. 수술 부위가 터지기라도 하면 어떻게 해. 한 번 수술도 못 견디고 숨이 떨어졌는데 재수술을 하게 되면 견뎌낼 수 있을까? 내 새끼 떠나보내면 눈에 밟혀서 어떻게 살아. 우리 민지 영영 떠나보내면 어떻게 살아. 사랑해줄 시간도 부족했는데 떠나보내면 어떻게 해. 얼마나 힘들었으면 소리 한 번 못 내보고 숨이 넘어갔을까!'

경아는 눈물을 줄줄 흘렸다. 가슴이 벌렁거리고 숨이 막혔다. 지우도 복도에서 흐느끼며 말했다.

"우리 민지 어떻게 해. 우리 민지 불쌍해서 어떻게 해."

한참 뒤 의사들끼리 서로를 격려하는 소리가 들려왔다. 민지가 소생했음을 알 만한 것들이었다. 경아가 민지에게 눈을 돌렸을 때 민지는 침대에 실려 중환자실로 옮겨가고 있었다. 경아는 얼른 복도로 나가 지우 곁에 서서 멀어져가는 민지를 바라보고 있었다. 그때 중환자실 담당의가 다가와 말했다.

"고비는 넘겼습니다. 수술은 잘되었는데 왜 그런 일이 벌어졌는지 모르겠습니다. 수유 중에 기도가 막힌 것인지 뭐라 말할 수 없는 상황입니다. 다행히 빨리 대처해서 뇌손상은 없을 것 같은데, 초음파 찍어보고 말씀드리겠습니다."

고비를 넘겼다는 말에도 경아는 안심이 되지 않았다. 감당할 수 없을 만큼 심장만 쿵쾅거렸다. 그런 중에도 위안을 삼았다.

'그나마 다행이야. 끝까지 안고만 있었다면…… 계속 얼굴을 뒤로 하고 안고만 있었으면 어떻게 되었을까!'

생각만 해도 끔찍한 일이었다. 몇 초만 늦게 자리에 눕혔거나 무심하게 넘어갔다면 벌써 생명을 잃었을 것이었다.

'우리 민지 절대 안 죽어! 죽을 거면 그 순간에 발견하지 못했을 거야. 질긴 아이라서 발견된 거지!'

그렇게 위로를 하면서도 경아는 불안했다. 입원실 주치의가 안타까운 눈초리로 경아를 바라보았다. 어떤 말로도 위로가 되지 않는다는 것을 알겠다는 눈빛이었다. 경아는 그녀에게 민지 생명이 달린 것처럼 애원했다.

"선생님, 우리 민지 꼭 살려주세요. 우리 민지 다운증후군 환자잖아요. 우리는 민지를 통해서 이루고 싶은 뜻이 있어요.

장애인 가족도 행복할 수 있다는 거 증거하고 싶고, 훗날 우리 민지가 우리 집에 태어나 행복하다는 고백을 꼭 듣고 싶어요."

경아 눈에 참았던 눈물이 고였다. 눈물은 금세 볼을 타고 흘러내렸다. 주치의가 안타깝게 경아를 바라보며 등을 어루만져 주었다. 경아와 지우 내외는 중환자실 앞으로 갔다. 30분이 지나 면회가 허락되었고, 그들은 급하게 중환자실로 들어갔다. 민지는 입에 거품을 문 채 온몸이 퍼렇게 변해 있었다. 눈에 비친 민지는 절망적이었다. 경아는 몸을 후들후들 떨면서 말없이 민지를 바라봤다. 그 모습이 안타까웠던 간호사가 그녀를 달랬다.

"심폐소생술이 힘들어서 고열이 난 것 같아요. 뇌손상을 막으려고 저체온을 유지하고 있으니까 걱정하지 마세요."

간호사의 말도 위로가 되지 않았다. 경아는 말없이 눈물을 흘리며 민지에게 말했다.

"미안해 내 강아지. 정말 미안해. 할머니가 너무 몰랐어. 내 강아지 가래 끓으면 고생하니까, 폐렴 걸리면 죽을 수도 있으니까, 빨리 나으라고 그랬는데 고생시켜서 미안해. 겪지 않아도 될 일을 겪게 해서 미안해."

경아는 눈물을 닦아내며 계속 말했다.

"꼭 살아야 돼. 살아야만 돼. 못생겨도 좋고, 머리가 나빠도 좋고, 그렇게 누워서 꼼지락거리기만 해도 좋으니까 꼭 살아야 돼. 할머니가 너한테 빚진 거 꼭 갚을 수 있게 해줘야 돼. 그렇지 않으면 할머니는 죄인이 되고 말 거야."

경아 눈에서 눈물이 뚝뚝 떨어졌다. 집에 돌아와서도 거품을 문 민지 모습이 지워지지 않고 긴급상황이 발생하면 전화한다던 간호사 말만 윙윙거렸다. 민지의 상황이 궁금했지만 전화가 걸려 오지 않기를 간절히 바랐다. 혹시 전화가 오면 곧장 달려갈 생각으로 외출복 차림으로 자리에 누웠다. 자리에 눕기만 했을 뿐 잠을 청하지는 않았다. 뜬눈으로 밤을 새우며 주문을 걸었다.

'전화야! 오지 말아라, 제발! 민지야 괜찮은 거지? 아무 일도 없었던 것처럼 얼른 회복해야 돼. 내 새끼 미안하다. 할머니가 잘못했어.'

지우 마음도 그녀와 다르지 않았다. 아침 일찍 경아에게 달려와 말했다.

"엄마! 전화 안 온 거 보니까 민지 괜찮은가 봐."

지우 얼굴이 조금 편안해 보였다.

"그래, 우리 민지 잘 회복되고 있을 거야."

병원으로 향하는 그들의 발걸음은 여느 때보다 다급했다. 응급실 앞에 제일 먼저 줄을 섰고 문이 열리자마자 유령처럼 홀려 들어갔다. 다행히도 민지는 발그레한 낯빛으로 평화롭게 몸을 놀리고 있었다. 입원실에 처음 들어왔을 때보다 더 좋아진 것에 그들 모녀는 마음이 놓였다. 시간이 흐를수록 민지는 활기를 찾아갔고 가족들도 조금씩 밝아졌다.

그런데 5일 동안 차도를 보이던 민지가 가끔 숨을 멈추는 사태가 벌어졌다.

"흉부외과 쪽으로는 아무 이상이 없는데 신경계에 문제가 있을 수도 있습니다. 인공호흡기에 의존하여 숨 쉰 게 편해져서 뇌가 심장에게 일하지 말고 쉬라는 명령을 할 수 있다는 거예요."

끔찍한 가상이었다. 그런 경우라면 현대의학으로도 어찌할 수 없는 일이었다. 경아는 망연자실한 표정으로 다음 말을 기다렸다.

"소아과, 신경과, 전문의 소견을 들어보고 치료방법을 모색해 보겠습니다."

선우 결혼식이 임박한 시점에서 가족들의 심리적 공황상태는 더 심했다. 행복해야 할 결혼식을 앞두고 나쁜 일이 생기면 어떡하나, 그 불안감은 죽음보다 못할 것이 없었다. 경아는 지우에게 위로가 필요하다는 것을 알면서도 위로의 말을 찾지 못했다. 집에 도착할 때까지 아무 말도 하지 못했다. 말없이 방에 들어가 멍하니 앉아 있는데 선우가 회사 일을 팽개치고 달려왔다. 그러고는 제 방 침대에 앉아 훌쩍거렸다.

'민지는 조카가 아니라 내 딸이야. 민지 낳아줘서 고마워. 민지가 태어나기 전에는 무슨 재미로 살았는지 모르겠어. 우리 예쁜 민지, 민지는 제 이름이 〈예쁜민지〉인 줄 알 거야.'

그렇게 사랑해온 민지가 세상을 떠나면 어떡하나, 가슴 졸이는 선우 마음이 오죽했을까!

지우도 물 한 모금 마시지 않고 자리에 누워 버렸다. 경아 가슴이 갈기갈기 찢어졌다. 엄마라서, 딸의 엄마라서, 견디고 있었지만 더는 감출 수가 없었다. 경아는 억눌러온 감정을 폭발하며 하나님께 대들었다.

'뭐하려 주셨어요? 그렇게 고생만 시키고 데려가실 거면 뭐하러 주셨냐고요? 그 어린것이 무슨 죄가 있는데요? 어렵고 힘든 중에 그 새끼 하나 쳐다보고 위로받았는데 그마저 거둬 가실 거면 뭐하러 주셨냐고요? 잘못이 있다면 제게 벌을 주시고 제 생명 거둬 가시지 왜 하필 우리 민지예요? 그 어린것이 왜 그런 고통을 당해야 되냐고요?'

경아는 눈을 부릅뜨고 따졌다. 지독한 배신도 당해 봤고, 가정이 파괴되는 아픔도 겪어봤고, 집이 넘어갈 위기도 겪어봤지만 평생을 살아오면서 그렇게까지 참담한 적은 없었던 것 같았다. 하나님이 그토록 원망스러운 적도 없었다. 하나님을 향한 경아의 원망은 끝이 없었다.

'그 어린것이 불쌍하지도 않으십니까? 인간인 저도 불쌍해서 견딜 수 없는데 보고만 계실 건가요? 그 많은 걸 잃었는데 얼마나 더 거둬 가실 겁니까? 얼마나 더 많은 시련을 견뎌야 하냐고요? 시련은 감당할 만큼만 주신다고 하셨잖아요. 무슨 힘으로 더 견디라고요? 민지 데려가실 거면 저부터 데려가 주세요. 추호도 살고 싶지 않으니까 저부터 데려가시라고요. 하나님이 그렇게 잔인하신 분인가요? 가장 좋은 때 가장 좋은 것으로 주신다고 약속하셨는데 도대체 그때가 언제랍니까? 저는 아브라함도, 욥도, 다윗도 아니잖아요. 저는 이 고통을 감당할 능력이 없어요. 인간도 귀한 것으로 자식을 먹이거늘 하물며 하나님일까 보냐고 말씀하시지 않으셨나요? 약속도 안 지키시는 하나님을 어떻게 믿으라고요. 제발 우리 민지 살려주세요. 하나님이 내 아버지가 맞다면 얼른 살려주시라고요.'

경아는 따지고 원망하고 간구하며 한 시간도 넘게 울부짖었다. 이 방 저 방에서 들리는 울음소리가 곡소리로 변해가고 있었다. 한참을 울고 나니 마음이 조금 차분해지고 긍정적인 생각이 들었다. 왠지 민지가 좋아지고 있는 것 같았다.

'그래, 우리 민지 괜찮을 거야. 이래서는 안 되지. 내가 불안해하면 내 딸은 얼마나 더 불안하겠어. 엄마가 뭐야. 나는 엄마잖아. 엄마는 어떤 상황에서도 견뎌낼 수 있어야 엄마인 거야. 내 딸이 기댈 수 있는 엄마는 나 하나뿐이잖아!'

경아는 마음을 다스리며 지우 방으로 건너갔다. 지우는 아직도 눈물을 진정하지 못한 채 흐느끼고 있었다. 얼굴도 퉁퉁 부어 있었다. 경아는 침대에 걸터앉아 지우 머리를 어루만지며 말했다.

"우리가 좋은 생각을 가져야 민지한테 좋은 기운이 뻗치는 거야. 오후에라도 좋아질 수 있는 거잖아. 그렇게 빨리 데려가실 거면 뭐하러 주셨겠어. 민지한테 절대 나쁜 일 생기지 않아. 저녁에 가면 좋을 소식 있을 거야. 우리 간절히 기도하자. 어서 밥 먹고 힘내. 엄마가 있잖아."

경아 말에 위로를 받았던지 곧 죽을 것 같던 지우가 자리에서 일어나 숟가락을 들었다.

'그래, 그래야지. 그게 자식이란다. 내 목숨보다 소중한 거, 그게 자식이란다. 자식이 아니면 부모 목숨이 무슨 필요가 있겠니?'

가족들은 병원 전화가 걸려오지 않기를 또 간절히 바랐다. 가끔 전화벨 소리가 나면 약속이라도 한 듯 서로의 얼굴부터 쳐다보고 전화기를 들었다. 면회시각이 가까워질수록 가슴이 쿵쾅거렸다. 지하철에서 내려 계단을 올라가는 발걸음이 힘들다는 생각도 들지 않았다. 한달음에 계단을 올라 병원으로 뛰어갔다. 그리고 면회시간이 시작되자마자 뛰다시피 중환자실로 들어갔다.

"민지야, 민지야!"

경아는 다른 사람 귀에 들리지 않게 혼잣말을 하면서 발자국 소리를 죽이고 민지에게 달려갔다. 다행히도 민지는 기적처럼 좋아져 있었다. 지우 얼굴이 환하게 피어올랐다.

"우리 민지가 잘 견뎌냈구나! 내 예쁜 내 새끼!"

지우 말끝이 흐려졌다.

"고맙네. 내 새끼! 정말 고맙네 내 강아지!"

경아도 눈물을 흘리며 말했다. 담당의사가 다가와 낭랑하게 말했다.

"신생아 무호흡증인 것 같아서 카페인 치료를 해봤습니다. 카페인 치료는 미국에서 임상실험에 성공을 했는데요. 우리 병원에서도 시도해보니까 예후가 좋아서 민지에게 해본 겁니다."

무호흡 횟수가 줄고 무호흡 상태에서의 시간이 짧아진 것은 그래프가 말해주고 있었다. 경아는 처방을 잘 내린 의사가 고마워서 업어주고 싶었다.

"정말 고맙습니다. 수고하셨습니다."

경아도 지우도 웃으면서 말했지만 목소리는 떨고 있었다. 민지는 너무나도 평화스럽게 쪽쪽이를 빨고 있었다. 쪽쪽이 빨기는 젖병 빨기 예비단계였다. 그동안 호스를 통해 우유를 먹었기 때문에 젖병 빠는 걸 잊지 않도록 하는 조치였다. 쉬지 않고 쪽쪽쪽, 쪽쪽이를 빨아대는 민지를 보며 가족들도 모처럼 밝아졌다. 더군다나 쪽쪽이가 떨어지지 않도록 볼에 붙여놓은 밴대지가 새색시 연지 같아서 코미디를 본 것 같다며 가족들은 농담을 쏟아냈다.

"어머머, 이게 누구야? 우리 공주님이 이렇게 잘하는 거예요? 이제 금방 낫겠다. 어서어서 나아서 집에 가야지."

"야~ 우리 민지가 정말 잘하는구나. 이렇게 씩씩한 줄 몰랐네!"

지우는 연신 웃음을 담고 헤죽거리면서 사진을 찍어댔다. 모처럼 웃으면서 면회를 할 수 있는 게 경아는 행복했다. 그러면서도 호흡측정 그래프가 멈추거나 경고음이 울리면 숨이 멎을 것 같았다. 센서가 예민해서 오작동이 가끔 일어날 뿐 호흡은 정상이라는 말에도 안심이 되지 않았다. 실제상황이 벌어졌을 때 오작동으로 착각할 것 같은 걱정이 앞섰다.

경아와 지우는 하루 두 번 민지를 만나는 것이 유일한 낙이었다. 잠시 잠깐이지만 집에 있으면 민지 생각밖에 나지 않았다. 먹고 싶지 않아도 건강해야 민지를 돌본다는 생각으로 먹었고, 집안일이 싫어도 민지를 쾌적하게 하려고 일을 했다.

가족 상봉

형민은 결혼식 이틀 전에 한국에 들어왔다. 그는 오자마자 본가에 들른 뒤, 다음 날 민지가 입원한 병원으로 왔다.

경아와 지우는 면회 시각 훨씬 전에 병원에 도착하여 가족 대기실에 앉아 있었다. 형민이 쿵쿵 소리를 내며 다가오고 있었지만, 민지에게 신경이 쏠린 그들은 듣지 못했다. 오직 민지를 염려하며 눈빛으로 서로를 위로하고 있었다. 그때 두터운 손이 지우 어깨 위에 올라왔다. 지우가 뒤돌아보며 말했다.

"아빠!"

형민이 옅게 웃고 있었다. 경아도 지우도 그의 달라진 모습에 너무 놀랐다. 팽팽했던 얼굴은 어디로 갔는지 헤어질 때보다 15년은 늙어 보였다. 동갑내기보다 늙어 보였다는 것은 아니었다. 한국을 떠날 때 동년배보다 10년쯤 젊어 보였던 그가

5년 만에 그들만큼 늙어 보인 것은 그동안 15년의 세월을 감당했다는 것이었다. 해쓱해진 얼굴과 기어들어가는 목소리, 꽁지 빠진 매처럼 맥없는 모습이 측은해보였다. 정으로 느낀 측은지심이 아니라 방탕한 생활로 몰락한 노숙자가 거리로 몰린 것을 본 듯한 객관적 심경이었다. 가슴 깊은 곳에 묻어둔 욕지기가 올라왔다.

'큰 별이나 딴 것처럼 의기양양하더니 그 꼴로 나타났어? 혀에 살같이 굴어도 우려먹을 거 다 우려먹으면 헌신짝처럼 버린다는 거 몰랐냐고. 어떤 년이 나처럼 정성껏 먹이고 비단금침으로 감아줄 줄 알았니? 흥, 네 업보니까 발등 찧고 후회해 봐라.'

솔직한 경아 심정은 못난 그대로가 고소했다. 학력 좋고 집안 좋은 여자와 잘살고 있다는 말을 듣고부터 열패감에 싸여 있던 체증이 순식간에 내려갔다. 지우는 달랐다. 면회를 알리는 소리에 아빠로부터 시선을 거두고 후다닥 일어났지만 가슴이 아팠다. 세 사람은 재촉하듯 민지를 향해 다가갔다. 민지는 어제보다 더 활기차게 움직이고 있었다. 지우가 말했다.

"우리 민지가 많이 좋아졌구나. 민지야. 할아버지 오셨어. 민지 보고 싶어서 미국에서 오신 거야. 우리 민지 빨리 나아서 할아버지 집에 가보자. 할아버지 사는 곳에 디즈니랜드가 있어. 민지가 보면 아주 좋아할 거야. 우리 꼭 가자. 응?"

형민은 말없이 민지를 내려다봤다. 측은하고 가슴이 아파서 말이 나오지 않았다. 그저 손을 잡고 눈물만 글썽거렸다.

"가운 입고 한 번 안아 보세요."

형민은 지우가 건네준 일회용 가운을 걸치고 민지를 안았다.

'우리 지우도 이렇게 귀여웠지. 민지야! 빨리 나아야지. 할아버지가 해줄 수 있는 게 없구나. 할 수만 있다면 매일 네 곁에서 살고 싶은데 가능할지 모르겠다. 미안하다 민지야. 건강해야 돼.'

그는 침울한 얼굴로 민지를 바라보고 있었다.

세 사람은 면회를 마치고 커피숍으로 갔다. 형민은 여전히 맥이 없었다. 힘든 일 앞에서도 과장되게 당당한 척하던 기풍은 어디로 갔는지 말 한마디도 먼저 꺼내지 못했다. 분위기 전환이 필요하다고 느낀 경아가 그에게 물었다.

"민지 안아 본 소감이 어땠어요?"

형민의 얼굴이 순식간에 환해졌다. 행복한 시절에 보아온 해맑은 웃음이었다.

'민지가 아픈 것은 마음 아팠지만 내 딸이 낳은 아이를 안아 본 게 너무 행복했어.'

그런 웃음이었다. 영원히 못 안아 볼 수도 있었던 손주를 안아 보았다는 뿌듯함이 담겨 있었다. 좋은 말들이 오갔지만 분위기는 서먹했다. 형민이 봉투 하나를 꺼내 지우에게 건넸다.

"얼마 안 되는데 민지 기저귀 값이나 하라고. 얼마 안 돼."

그는 미안하고 염치가 없어서 얼마 안 된다는 말을 반복했다. 속으로는 비참하다는 생각까지 들었다. 한국을 떠날 땐 체면불사하고 벌어서 가족들 애경사에 도움을 주고 싶었는데 우스운 꼴로 나타난 게 부끄러웠다. 형민은 자책하듯 눈을 한 번 내리깔고 나서 경아에게 오메가3와 글루코사민을 건넸다. 예전에 해외출장 길에 늘 사 오던 것이었다. 분위기가 숙연해졌다. 헤어질 시간이 되자 그가 찻값을 내겠다고 지갑을 꺼냈다. 10년도 넘은 검정색 낡은 가죽지갑이었다. 그가 한국을 떠날 땐 보기 좋게 윤이 났던 지갑은 살이 터서 희끗희끗했고, 모서리 전체에 맑은 테이프가 붙어 있었다. 검소한 생활이 몸에 밴 그에게 다른 잣대를 댈 일은 아니었지만 실패한 사람이라는 생각이 경아와 지우 마음을 지배했다. 지우는 안쓰러운 표정으로 지갑을 쳐다봤다.

"민지는 잘 회복될 거니까 걱정 말고 결혼식장에서 보자. 참 오빠랑 저녁 먹기로 했어."

"네, 아빠! 모레 봐요."

지우는 집으로 돌아오는 길에 봉투를 열었다. 100만 원이 들어있었다.

"돈도 없으면서……."

지우가 말끝을 흐렸다. 그리고 경아에게 말했다.

"엄마 먼저 들어가세요. 아빠 지갑 하나 사가지고 들어갈래요."

선우는 회 좋아하는 형민을 위해 횟집을 예약했다. 선우 머릿
속에 존재한 미국의 회는 맛이 없다는 기억뿐이어서 아빠에게
맛있는 회를 대접하고 싶었다. 활어를 규제하는 미국의 특성을
차치하고라도 미국의 회는 아무리 좋은 레스토랑에서도 찰기
가 없고 퍽퍽했다. 선우와 수영은 약속 시간보다 일찍 도착했
다. 막 의자에 앉으려는데 형민이 문을 열고 들어섰다. 선우가
아빠다, 하는 소리에 수영이 앉으려다 말고 고개를 돌렸다.

"아빠!"

선우는 한마디 하고 말을 잃었다. 늘 거대해 보였던 아빠가 언
제부턴가 작아 보이긴 했지만, 그마저도 아닌 초췌한 모습으로
나타난 것에 가슴이 미어졌다. 수영이 형민에게 인사를 했다.

"안녕하세요."

"아, 예예!"

형민은 주저주저하며 말했다. 말을 낮춰야 할 것도 같았지
만 초면인 데다, 숨기고 싶은 과거를 수영이 알고 있을 것 같
아서 움츠러들었다. 그는 수영에게 시선을 떼고 선우 등을 토
닥거렸다. 그동안 미안했고, 만나서 반갑고, 염치없는 아빠 초
대해줘서 고마워, 그런 의미였다. 선우도 가슴으로 들려오는
말이 그것임을 알았다. 선우는 형민에게 의자를 빼주면서 웃

어 보였지만 형민은 어설픈 표정을 거두지 못했다. 선우 눈에는 그의 표정 하나까지 다 안쓰러웠다. 그는 서른다섯 살 선우 나이에 유치원생 아들을 둔 유능하고 당당한 아빠였었다. 늘 좋은 가장이 되겠다며 가족들과 여행을 하고, 운동을 하고, 눈사람도 만들고, 연도 날리며, 소통의 끈을 놓지 않으려 노력했었다. 아이들이 던진 농담 속에서도 진실을 찾으려 노력했던 다감하고 자상한 아빠였었다. 더 큰 세상을 보라며 유학을 보낸 뒤 몰아닥친 구제금융 한파 속에서도 힘든 기색 없이 묵묵히 견뎌낸 아빠였었다. 그러나 예전의 당당한 모습은 어디에도 없었다. 잠깐 미워하고 원망한 적은 있었지만 늘 그리웠던 아빠가 기가 죽어 있는 게 너무 짠했다. 평생 처음 느낀 안쓰러운 감정이었다. 그러나 형민의 예전 모습을 알지 못한 수영의 눈에는 초라하거나 늙어 보이지 않았다.

형민은 좀처럼 기를 펴지 못했다. 예전의 그였다면 예비 며느리가 어색하지 않도록 농담을 건넸을 텐데 아빠로서 신의를 잃었다는 죄책감이 혀를 눌렀다. 결혼을 앞둔 자식에게 마땅히 건네야 할 덕담을 몰라서는 아니었다. 스스로 부끄러워서 소중한 인격체로 아내를 사랑하고 존중하라는 말은 감히 할 수가 없었다. 여자 문제가 드러났을 때 억울해 죽겠다는 듯 선우 앞에서 연극을 했던 게 왜 그리 선명하게 점령하는 것인지……. 혈육의 끈은 측량할 수 없는 도량이 있어서 그의 잘못은 아들의 가슴에서 희석된 지 오래되었지만 아빠는 그것을 알지 못했다. 밥 한 끼 얻어먹는 것마저 죄악 같았고 한마디 운을 떼기가 그렇게 어려웠다. 그는 부모로서 교훈이 될 만한 말은 하지 못하고 술잔으로 마음을 대신했다. 그러나 하지 않으면 안 될 말이 있다는 것을 알고 입을 열었다.

"면목이 없구나! 마음고생 시켜서 미안하고 못난 아빠 용서해 줘서 고맙다. 행복하게 잘살아라."

형민은 주머니에서 봉투 하나를 꺼내 수영에게 내밀며 말했다.

"얼마 안 되지만 신혼여행 가서 맛있는 거 사 먹어요."

수영은 당황스러워하며 말했다.

"아니에요, 아버님! 저희들 쓸 거 충분해요. 그리고 말씀 낮추세요."

수영이 봉투를 밀어냈지만 그럴수록 그는 더 미안했다.

결혼식장은 생동감이 넘쳤다. 식장은 두 개의 건물 사이 잔디밭이었는데, 신랑신부 친구들이 싱싱한 잔디를 누비며 발랄하게 담소를 나누고 있었다. 경아 눈에 비친 젊음은 무조건 아름다웠다. 날씨도 싱그러웠다. 아침에 잠깐 비가 내렸지만 하늘이 푸르고 맑았다. 모든 준비도 순조롭게 진행되고 있었다. 도우미들은 식이 끝난 뒤 시작할 바비큐 파티를 위해 분주하게 움직이고 라운드 테이블에는 세 송이 꽃이 담긴 유리 화병을 중심으로 식사에 필요한 것들이 놓여 있었다. 연단의 아치형 꽃장식도 여느 연회장보다 독특했다. 신부 취향에 맞춘 흰색 위주의 야생화와 유칼립투스 이파리를 곁들여서 야외결혼식 분위기가 한층 돋보였는데 작은 연못 앞, 포토존에서 친구들에 둘러싸여 환담하는 신부는 흡사 요정 같았다. 화사하고 예쁜 얼굴, 날씬한 몸매, 웨이브를 살짝 넣어 묶은 머리와 야생화 화관까지 부족함이 없었다.

선우의 예복도 일반 턱시도와는 달랐다. 턱시도와 캐주얼을 절충한 청색 예복은 검정 칼라가 달려 있었는데, 야외결혼식에 너무 잘 어울렸다.

경아는 신랑신부를 안아주기도 하고, 사진도 찍고, 경사 분위기에 잘 적응하고 있었지만 형민은 스스로 겉돌았다. 마음이 없어서가 아니라 어울릴 형편이 되지 않았다. 경아가 살갑게 대하지도 않았고, 스스로 쫓아가 섞일 수도 없었다. 눈도맞추지 않는 경아 옆에서 하객을 맞는 것도 서먹하기 짝이 없었다. 하객들은 그를 반갑게 맞아주었지만 그의 목소리에는힘이 없었다. 몸의 기운은 왜 그렇게 예민한 것인지 당당한 척이라도 하고 싶은 용기를 여지없이 외면해 버렸다. 경아 친정식구들은 그가 어색해하지 않도록 무진 애를 쓰는 데도 자꾸움츠러들었다. 지난날 그의 추한 행동들을 낱낱이 알고 있는시선이 두려워서 하늘이라도 가리고 싶었다.

하객들은 초라하게 변한 그의 행색을 보고 쑥덕거렸다.

"뭔가 안 좋은 게 얼굴에 보이지 않니?"

"못할 짓 하고 떠났는데 무슨 복을 받겠니. 영혼이 떠돌고 있는 것 같아."

"누가 아니래. 그렇게 귀티 나던 사람이 변해도 너무 변했다."

"자기 업은 자기가 쌓는다잖아. 업보야 업보. 조강지처 버리고 잘된 놈 없더라."

"마누라 끈 떨어지면 남자는 초라해진다더니 틀린 말 하나 없어."

그를 아는 사람들은 그의 변한 모습에 저마다 한마디씩 했다.

다음 날 지우 내외, 경아, 형민은 민지 면회를 마치고 카페에 모였다. 형민은 묻는 말에만 대답할 뿐 별다른 말을 하지 않았다. 그가 침묵을 지키고 있을 때 사위가 뜻하지 않은 질문을 했다.

"하시는 일은 뭔가요?"

"어? 종이봉지 만드는 회사야. 마트에 납품하는."

형민은 머쓱한 표정으로 이미 떠난 회사에 적을 두고 있는 양 말하고 시선을 돌렸다. 숙소를 나설 때만 해도 가족들 만난다는 생각으로 좋아했는데 불안하고 조급했다. 하찮은 직장이라도 있으면 허풍이라도 떨 수 있을 것 같은데 그럴 수가 없었다. 또 이것저것 물어오면 그곳 생활이 금방 노출될 것 같아서 얼른 자리를 피하고 싶었다.

"참, 점심은 못 할 것 같아. 갑자기 만나야 할 사람이 생겨서 가봐야겠어."

그는 약속을 지키지 못해 미안하다는 듯 딴전을 부렸다.

"그럼 모셔다 드릴게요."

"괜찮아. 전철역 바로 여긴데 뭘."

잠시라도 빨리 빠져나가고 싶은 속마음을 가족들은 알지 못했다. 자꾸 모셔다 드리겠다고 말했다. 형민은 거절하지 못하고 사위 차에 올랐다. 그는 보조석에, 경아와 지우는 뒷좌석에 앉았다.

"약속 장소가 어디신가요?"

"숙소 근처에서 만나기로 했으니까 그쪽으로 가는 게 좋겠어. 삼성동 비즈니스호텔."

"몇 호예요?"

식사 대접을 못 한 게 섭섭했던 지우가 저녁에 호텔로 찾아갈 생각으로 물었다. 그는 또 뭔가 들켜버린 듯한 목소리로 말했다.

"어? 그 근처 민박집이야."

지우가 짠하다는 듯이 경아를 바라보았다. 경아는 그의 말을 못 들은 것처럼 무심하게 앉아 있었다. 잠시 뒤, 별말 없이 앉아 있던 그가 말했다.

"미국은 재미없는 천국이라고 했는데 재미없는 지옥이야."

지우 표정이 시무룩해졌다. 아빠가 살아온 흔적을 보는 것 같아서 마음이 짠했다. 멀리서 호텔이 보이기 시작했다. 사위와 말을 하고 있던 그가 갑자기 말을 자르고 시선을 앞에 둔 채 말했다.

"어려운 상황에서 애들 결혼시키느라 할머니가 고생 많았어요."

경아에게 고생했다는 말은 해주고 싶었는데 꺼내기가 민망해서 망설이다가 시간이 촉박하여 급히 뱉은 말이었다. 경아는 그가 한 말을 의식하지 못했다. 생각 없이 앉아 있는데 지우가 팔을 툭 쳤다. 그때서야 결혼, 할머니, 소리가 들렸던 것도 같았다. 밑도 끝도 없이 나온 말이라서 경아도 생뚱맞다는 듯 지우에게 물었다.

"나한테 한 말이데?"

형민은 조금 무안했다. 도리는 안 하고 말로만 때우는 사람에게 '알아주셔서 감사합니다.' 하는 빈정거림 같았다. 그렇다고 그 말이 섭섭하다는 생각은 들지 않았다. 가족에게 큰 죄를 지었고 부모의 도리를 못한 그에게 당연한 말 같았다. 비웃든 욕을 하든 그가 받아야 할 몫이라고 생각했다. 그들은 어느새 호텔 앞에 도착했다. 그가 안전벨트를 풀고 있는데 지우가 형민에게 박스를 건네며 말했다.

"큰이모가 보낸 밑반찬이에요."

그는 머쓱한 표정으로 박스를 받아들었다.

어젯밤 광주에 사는 경아 큰언니가 경아에게 전화를 했었다.

"선우 아빠 언제 가?"

"낼 오후에 간다던데 왜?"

"밑반찬 좀 보낼라고. 사람이 어째 그렇게 변했을 거나! 불쌍해 죽겠더라."

"별꼴 다 보겠네. 이별한 지가 언젠데 반찬은 뭔 놈의 반찬."

"염병하고 있네! 너는 이별했어도 우리는 못 했어."

"오지랖 좀 떨지 마. 잘 처먹고 또 뭔 짓을 하라고."

경아는 화를 내며 전화를 끊었지만 부랴부랴 반찬을 만들어 고속버스 편으로 보내왔었다. 박스를 받은 형민은 민망했다. 동생에게 상처만 주고 떠난 제부에게 마음 써준 게 고마웠지만 염치가 없었다. 그가 박스를 건네받고 문을 열면서 말했다.

"고맙다고 전해 줘. 잘 있어. 다음에 보자."

차에서 내린 그는 입을 앙다물고 경아에게 고개를 까딱하는 것으로 인사를 대신했다. 돌아서는 그의 눈에 눈물이 흥건히 고여 있었다.

형민은 LA를 떠나기로 마음먹었다. 변변한 직장이 없는 것도 초조했지만 여자에게 농락당한 곳이라는 기억이 가슴을 더 후볐다. 여자에 미쳐 여자로 망했다는 조롱이 환청으로 들려오는 것 같았다. 육신도 점점 허약해졌다. 그는 서둘러 짐을 챙겼다. 지우가 사준, 아까워서 쓰지 못한 지갑을 먼저 서류가방에 넣었다. 짐이라야 승용차 트렁크도 채우지 못할 정도였다. 옷가지와 부엌용품 몇 가지, 노트북, 카메라가 고작이었다. 그가 정한 목적지는 라스베가스였다. 오랫동안 따뜻한 곳에 살아온 탓인지 추운 곳은 피하고 싶었다. 라스베가스에서는 여행가이드를 할 생각이었다. 현지 여행사와는 합의 단계에 들어와 있어서 여행사 대표와 인터뷰만 하면 승인이 날 것이었다. 살아야 할 곳을 정하고 나니 조금이라도 빨리 정착하고 싶었다.

형민은 고속도로를 달리면서 30년 전 가족여행을 생각했다. 그가 워싱턴 대사관에 근무할 때였다. 노동절을 낀 휴가여행은 20일이나 되었다. 워싱턴에서 시카고로 날아가 렌터카로 캐나다 로키 마운틴을 보고, 글래셔 파크, 옐로우스톤, 그랜드 캐년을 거쳐 LA에서 차를 반납한 뒤 워싱턴으로 돌아가는 코스였다. 해외여행 규제가 심한 한국에서 늘 여행에 굶주렸던 그들은 한국을 벗어나면 아낌없이 여행에 투자했었다. 현지인들이 추천하는 여행지와 맛집을 찾아다니는, 조금은 럭셔리한 여행이었다. 아이들도 여행을 좋아해서 어디를 가나 웃음소리가 굴러다녔다. 그때는 라스베가스에서 LA로 내려왔으니까 지금은 반대로 가고 있는 셈이었다. 삶을 돌이킬 수 있다면 그 길을 계속 달려 꿈 많았던 워싱턴 시절로 돌아가고 싶었다. 그때 그랬던 것처럼 여름이면 긴 여행, 연휴엔 짧은 여행을 하면서 가족들과 행복하게 살고 싶었다. 그러나 돌아갈 수 없는 시간 속에 지친 영혼만 허우적거렸다.

'사랑하는 내 사람들!'

그는 시도 때도 없이 울컥대는 마음을 달래며 차를 몰았다.

라스베가스에 도착한 그는 곧바로 여행사를 찾아갔다. 여행사 대표는 매우 호의적이었다. 그가 대사관에서 일했다는 것과 관광지에 대한 사전지식, 부드러운 이미지가 잘 어울린다고 생각했다. 형민은 이미 레드락 캐년, 앤탈롭 캐년, 자이언 캐년, 멀게는 그랜드 캐년까지 이론적인 것들을 다 파악하고 있었다. 라스베가스에 오기 전부터 그곳의 역사, 문화, 지형 등을 열심히 공부해왔으므로 더 세밀한 것들은 현장을 한 번 살펴보면 알 것 같았다.

그는 다음 날부터 다른 가이드를 따라 몇 군데 현장을 답사했다. 지역마다 다른 특성을 꼼꼼히 메모해 가며 익히고, 다녀와서도 지역 특성에 맞는 가이드 역할을 구상하는 데 정성을 쏟았다. 공부는 그가 할 수 있는 가장 큰 무기여서 어려운 일은 없었다. 해설내용을 정리하고 고객들의 예상 질문에 대한 답변까지 성실하게 대비했다.

첫 임무가 주어진 날, 그는 단정하게 차려입고 공항에 나갔다. 고객은 세 명의 여성이었다. 그는 입국장 맨 앞에서 여행사와 대표고객 이름을 쓴 피켓을 들고 여행가이드 틈바구니에 서 있었다. 한 여자가 그를 발견하고 MH여행사 저기 있다고 말하자 다른 두 여자가 고개를 돌렸다. 그는 공손하고 친절하게 고객을 맞았다. 큰 가방은 손수 밀어주었으며 차에 오르자마자 물티슈와 음료수도 건네주었다. 그리고 자신을 소개했다.

"멀리 오시느라 수고 많으셨습니다. 저는 3박 4일 여러분을 안전하게 모실 라스베가스 미남 가이드 김형민입니다."

조금 유치한 말이었지만 고객들은 공감한다는 듯 깔깔 웃었다.

"사실은 평생 처음 가이드를 하게 된 날인데 한국의 최고 미인들만 모시게 돼서 로또 맞은 기분입니다."

로또라는 말에 고객들은 또 웃어주었다. 그는 다시 고객들이 신뢰할 만한 자신의 과거 이력을 잠깐 소개했다. 과거 주미 한국대사관에서 일했고, 한국의 상징 같은 큰 회사 임원도 해봤지만 미국이 좋고 여행이 좋아서 가이드를 하게 되었다는 것이었다. 고객들은 남다른 이력에 높은 점수를 주었고, 나긋나긋한 음성에서도 믿음을 갖게 되었다. 무엇보다 그의 성실한 태도에 감동했다. 그는 일정에 없는 곳을 추천해 주기도 하고, 더 많은 것을 보여주려고 노력했다. 일정에 없는 곳을 추천할 때도 친절하고 다감하게 말했다.

"한국에서 오시기에 먼 거리라 오신 김에 보여 드리고 싶은데 소신껏 말씀해 주십시오."

"저희들이야 너무 고맙죠."

고객들은 하나같이 그렇게 말했다. 20억 년 역사의 캐년을 보면 그가 손수 풍광을 빚어서 제공한 것처럼 고마워했다. 그는 음식도 여행사에서 책정한 것보다 좋은 것을 제공했고, 고객들도 그의 호의를 알아주었다. 이런저런 경로를 통해 미국에 오기 전부터 일정과 식사 정보를 알고 있는 고객들은 좋은 가이드 덕에 호사했다며 팁으로 보답했다. 다시 올 기회가 있으면 꼭 찾아뵙겠다는 인사도 잊지 않았고, 한국에 돌아가 그의 이름을 언급한 후기를 남기기도 했다. 어느새 그는 정직하고 성실한 가이드로 알려지기 시작했다. 시간이 흐르면서 그를 가이드로 지정하는 고객이 늘어났다.

2017년 5월 중순이었다. 경아는 오직 민지를 돌보는 것으로 마음을 다하고 있었다. 매일 산책을 하고, 책을 읽어주고 역할 놀이를 하고, 씻고, 먹이다 보면 하루가 금방 지나갔다. 민지는 발달이 느린 편이라 신경 쓸 일이 많았지만 민지와 함께하는 시간이 가장 행복했다. 오직 걸리는 것은 딸 내외가 벌어온 것을 빌려 쓰고 있다는 것이었다. 그러나 집이 팔리면 빚은 해결할 수 있는 것이라서 민지 키우는 일에만 전념하고 있었다.

민지도 건강을 회복하여 크게 긴장할 일은 없었고, 가족들도 큰 욕심 없이 민지가 곁에 있는 것으로 행복해했다.

어느 날 회사에서 돌아온 지우가 말했다.

"다음 주에 산호세 출장 가는데 엄마도 같이 가요. 민지 두고 가면 민지도 내가 보고 싶겠지만 내가 더 보고 싶을 것 같아서요."

"그러자. 공기 좋은 곳이니까 민지한테도 좋겠다."

"산호세는 LA에서 가까우니까 아빠도 만나고 싶은데 괜찮아?"

지우도 경아도 형민이 LA에 있는 것으로 알고 있었다. 경아는 예상하지 못한 지우 말에 무심하게 말했다.

"아빤데 만나고 싶으면 만나야지."

"산호세에서 LA까지 3시간쯤 걸리니까 아빠 스케줄 괜찮으면 주말에 다녀와요."

"그렇게 해. 간 김에 페이블 비치 17마일 드라이브 코스도 가보자. 너 기억하지? 바위에 널브러져 일광욕하던 바다사자."

"엉, 민지도 우리처럼 바다사자 좋아하겠지?"

"그럼, 거기 바다사자가 독도 강치하고 비슷하다는 말도 있더라."

"다람쥐도 많았어요. 다람쥐가 사람을 피하지 않아서 차 멈추고 놀았던 기억도 나요."

"오빠랑 너랑 너무 좋아했었지. 생각해 보면 그때가 참 행복했어. 니들이 미국생활 좋아했고, 아빠도 술 안 마시니까 좋았어."

며칠 뒤 지우는 형민에게 카톡을 보냈다. 시간이 맞으면 아빠를 찾아가겠다는 내용이었다. 형민은 몹시 좋아하며 답을 보내왔다.

'세 사람이 움직이는 것보다 내가 그쪽으로 갈게. 아빠가 여행 가이드를 하는데 담주 토요일부터 독립기념일까지 스케줄 안 잡을게. 2박 3일은 괜찮아.'

형민은 전화를 끊자마자 싱글벙글 웃으면서 여행 준비를 서둘렀다. 그동안 지우 주려고 사놓은 세라믹 공예품을 챙기고 피플스 드러그로 달려갔다. 그렇잖아도 선우 결혼식 때 본 경아가 쇠약해 보여서 언짢았는데 영양제라도 사주고 싶었다. 그가 가족을 떠나 홀로 미국에 온 지 7년이 지나 있었다.

경아가 샌프란시스코에 발을 디딘 건 25년 만이었다. 기온 변화가 심하여 한여름에 스웨터를 입고 다녔던 기억이 새로웠다. 꽃이 만발한 중앙공원에서 지우와 두 손을 잡고 상체를 숙인 채 깔깔거리는 사진은 사진첩에서 지금도 웃고 있을 것이었다. 활기차고 매력적인 그곳에서 트램을 타고 급경사를 오르내리며 좋아했던 것이며, 골든게이트를 건너면서 영화 속에 들어왔다며 환호했던 기억도 생생했다. 운전대를 잡은 형민은 가장으로서 보람을 느꼈고, 초등학교 2학년이었던 지우에게도 잊지 못할 추억이었다.

지우는 그때 추억을 떠올리며 민지를 위해 트램으로 시내 관광을 하고, 바다사자들의 천국 같은 피어 39로 향했다. 꺼이 꺼이, 바다사자를 흉내 내는 민지를 보며 그 옛날 추억이 생각나 경아도 지우도 한껏 웃었다. 지우는 산호세를 향해 운전을 하면서도 신바람이 나 있었다. 그 옛날 아빠가 그랬던 것처럼 자식과 함께하는 여행은 흐뭇하고 행복한 것이리라!

산호세는 1, 2층의 비슷비슷한 IT회사 건물이 깔려 있었다. 개성 없는 건물들이 많은 도시였지만 열대림이 많은 자연환경에 경아는 매력을 느꼈다. 특별히 자카란다꽃을 볼 수 있는 계절이라서 더 좋았다. 그리고 도심에 우뚝 자리한 9층짜리 삼성빌딩을 보며 한국의 위력을 실감하기도 했다.

경아는 민지와 그곳에서도 산책을 즐겼다. 자카란다가 가로수를 이룬 거리를 걷고, 점심시간이 되면 지우 사무실 근처로 찾아가 세 식구가 함께 점심을 먹었다. 오가는 길에 유모차를 멈추고 민지와 호들갑을 떠는 것도 일상화되어 있었다. 가끔 작은 허밍 버드를 만나면 민지가 초승달 같은 눈을 반짝거리며 유모차에서 폴짝거렸다. 회색, 녹색, 노랑의 깃털이 교묘하게 뒤섞여 물고기 비늘처럼 반짝거리는 허밍버드는 경아에게도 추억이 많은 새였다. 캐나다 정원에서 처음 보게 되었는데 꽃 속에 긴 부리를 넣고 부산 나게 날갯짓을 하며 꿀을 따는 모습이 그렇게 예쁘고 신기할 수가 없었다. 혹시라도 날아갈까, 숨을 죽이며 들여다봤고 또 나타나기를 기대하며 수시로 화단을 내다보곤 했었다. 경아는 그곳 산호세에서 오래전의 미국을 느끼고 캐나다를 느꼈다.

화요일 밤 회사에서 돌아온 지우가 말했다.

"아빠 카톡 왔는데 얼마 전에 라스베가스로 이사했대요. 지금 LA 도착했다면서 낼 여기 오신다길래 모레 오시라고 했어요. 호텔비가 부담스러워서."

"너한테 신세 질 생각은 안 할 거야."

"그건 아는데 내가 내고 싶어서 그렇지."

다음 날 4시, 경아와 민지는 동화책을 읽고 있었다. 느닷없이 객실 전화벨이 울렸다. 카톡을 이용하는 지우가 호텔 전화를 이용할 일은 없었다. 경아는 호텔 측 전화일 것으로 믿고 헬로우, 했다. 그런데 형민이었다. 경아가 퉁명스럽게 말했다.

"내일로 알고 있는데 왜 벌써 왔어요?"

"그냥 왔지 뭐. 지우 아직 안 왔어?"

지우가 있을 시각이 아니라는 것을 그는 알고 있었다. 다만 민망해서 지우를 들먹였을 뿐인데 경아는 톡 쏘아붙였다.

"몇 신데 지금 와요."

새벽부터 달려오고 싶었지만 참고 참다 그 시각에 도착했는데 냉담한 반응에 형민은 풀이 죽었다. 그는 컨시어즈에게 전화기를 건네고 터덜터덜 객실로 향했다. 객실에 도착해서도 선뜻 벨을 누르지 못했다. 입을 앙다물고 잠시 서 있다가 벨을 눌렀다. 경아는 대답도 없이 문을 열어주고 뒤돌아섰다. 그리고 소파에 앉으면서 그의 시선을 피한 채 말했다.

"민지나 좀 봐줘요."

형민이 웃으면서 팔을 벌렸다. 민지가 낯가림 없이 넙죽 품에 안겼다. 민지를 안은 그의 얼굴이 환해졌다. 2년 만에 본 민지는 몰라보게 성장해 있었다. 키가 훌쩍 컸고 펑퍼짐하던 얼굴도 가녀리게 변해 있었다. 다운증후군이 있는 데도 지우 어릴 적 모습을 빼닮은 것에 그는 놀랐다. 민지를 안고 있으니 32년 전 지우를 안은 것 같았다. 그때 그는 젊었고, 능력 있는 아빠였고, 장래에 대한 포부도 컸었다.

'내게 그런 시절이 있었지. 그때는 아주 행복했어.'

그는 말없이 민지를 안고 호텔 정원으로 나왔다. 그리고 야자수 그늘을 걸으면서 따뜻하게 말했다.

"민지야! 할아버지 기억하고 있었지? 그래서 금방 할아버지한테 온 거 맞지? 그동안 민지 곁에 있어 주지 못해서 미안해. 민지가 몰랐으면 하는 사정이 있단다. 이제부터 할아버지랑 좋은 기회 많이 만들자. 할아버지는 민지가 너무 좋아. 할 수만 있다면 네 곁에서 살고 싶은데 자신이 없구나. 우리 민지, 정말 예쁘다!"

그의 눈에 눈물이 맺히고 목소리가 젖어 들었다. 민지가 물끄러미 그를 쳐다봤다.

"미안해! 할아버지가 좋아서 그런 거야. 널 보니까 할아버지 세상 같아서! 사랑해 민지야. 같이 살지는 못하지만 오며 가며 살자. 엄마랑 삼촌이 좋아했던 디즈니랜드에도 가고 말이야. 내일은 페이블 비치에 바다사자 보러 갈까? 민지가 좋아할 거야. 엄마랑 삼촌도 아주 좋아했거든."

형민은 수없이 민지 볼에 입을 맞추고 손발을 주물렀다. 손하나가 더 있다면 더 잘 주물러줄 수 있겠다는 생각도 들었다. 민지는 알아들을 수 없는 말을 하면서 그의 얼굴을 만지고, 웃고 까불더니 스르르 잠이 들었다. 할머니를 찾거나 엄마를 찾거나 잠투정도 하지 않았다. 아이들의 잠든 모습은 왜 그렇게 예쁘고 측은한 것일까! 선우도 지우도 잠이 들면 더 예쁘고 이유 없이 짠해 보였던 기억이 났다.

"투정도 없이 잠들었구나! 할아버지 알아봐 줘서 고마워."

그는 잠이 든 민지를 들여다보며 눈물을 훔치다 객실로 들어왔다. 그리고 경아에게 말했다.

"민지가 낯도 안 가리고 잘 놀았어. 발을 조물조물해주니까 잠이 들더라고."

그는 민지를 침대에 눕히고 나서 경아 눈치를 보며 말했다.

"당신은 내 방에서 자는 게 좋겠어."

"염병! 됐어!"

'좋겠어.'가 떨어지기도 전, '내 방에서 자는 게' 말이 떨어지자마자 경아가 쏘아붙였다. 수십 번 망설이다 한 말이었는데 경아는 불결하다는 듯 무참하게 잘라 버렸다. 냉정함의 정도를 떠나 무서울 정도였다. 그가 먼 길을 달려온 것은 경아를 향한 마음이 컸는데 몰라준 게 섭섭했다. 이상하게도 그랬다. 성인이 된 자식들은 걱정이 덜했지만 경아가 늘 걸렸다. 다른 여자와 살면서도 한국을 떠날 때 경아에게 눈물로 메일을 쓴 그 마음이 늘 자리하고 있었다. 그러나 경아가 생각하는 형민은 여자에 환장한 수컷에 불과했다.

경아는 속으로 욕했다.

'미친놈! 외도는 용서하겠다고, 여자만 정리하라고 애원했는데 어떻게 했어? 그 많은 빚을 떠넘기고 도피한 거 잊었니? 비겁하게 날 몰아세운 거 잊었냐고? 내가 얼마나 비참하게 살았는지 알기나 해? 나는 그렇다 치자. 애들 아빠란 것은 기억했었야지. 내가 피눈물 쏟고 있을 때 여자랑 희희낙락거리고 버림받으니까 돌아오고 싶어?'

다음 날 형민이 말했다.

"페이블 비치 가볼까? 다시 가고 싶어 했잖아."

경아가 고개를 끄덕였다. 가족 모두의 추억이 담겨 있는 그곳, 늘 그리워했던 그곳이 경아도 가고 싶었다. 형민은 매너를 지키는 것에 소홀함이 없었다. 뭐든 경아 의견을 먼저 물었고, 차를 오르내리거나 건물을 들락거릴 때 문을 열고 서 있었다. 예전에도 그랬었지만 지금 경아에겐 어색하고 쓸데없는 것이 되어 있었다. 경아는 무심한 듯 차에 오르내리면서도 속으로는 욕을 했다. 그런 경아의 마음을 형민은 잘 알았다. 어느 땐 '그러든가 말든가!' 어느 땐 '미친놈! 오지랖은 여전하셔!' 하고 있다는 것을! 형민은 차에서 내리면 민지를 꼭 안고 다녔고, 민지에게 좋은 추억을 남겨주려 노력했다. 노랗고 작은 야생화가 카펫처럼 깔려 있는 동산에서 코끼리가 되고 펭귄이 되어 놀아주는 그를 보면서 경아는 민지에게 저런 할아버지가 있으면 좋겠다는 생각을 했다. 그러나 민지 정서에 할아버지 존재가 필요하다는 것일 뿐 그를 바라는 것은 아니었다. 형민은 힐끔힐끔 경아 눈치를 살폈다. 이번 일을 계기로 연락이라도 하면서 살고 싶은데 경아는 틈을 주지 않았다.

점심시간이었다. 형민은 경아를 위해 게 전문 레스토랑을 찾았다. 경아는 게를 좋아했고 25년 전, 샌프란시스코에서 먹은 게를 특별히 먹고 싶어 했었다. 투박하고 부숭부숭하고 멍청해 보이는 그 게는 먹어보기 전에는 호감을 갖지 못했었다. 그곳 특산물이니까 맛이나 보자며 두 마리를 샀는데 숙소에 돌아가 먹어본 맛은 엽기적이었다. 살이 쫄깃하고 달아서 아이들이 걸신 나게 먹어댔다. 자식 좋아하는 음식을 꾸역꾸역 먹어 치울 부모는 없을 것이었다. 그들 부부는 좋은 것은 아이들 입에 넣어주고 남은 찌꺼기만 먹었는데, 훗날 경아는 게를 볼 때마다 그날의 아쉬움을 토해내곤 했었다. 형민은 그때 일을 생각하며 가장 비싼 게 요리를 주문했다. 그러나 정작 그는 속이 편치 않다며 먹지 못했다. 몇 개월 전부터 앓아온 증상이란 것은 그만 알고 있었다.

4박 5일의 여정은 형민에게 너무 짧았다. 새벽 다섯 시, 떠나야 할 날이라는 알람이 그를 깨웠다. 그는 자리를 털고 일어나 차에 올랐다. 그리고 한 시간 반 거리를 달려 피셔 맨 워프에 도착했다. 가게마다 금방 쪄서 좌대에 올려놓은 게가 있었지만 거들떠보지도 않았다. 한동안 돌아다니다 막 솥뚜껑을 열고 있는 남자를 발견했다. 형민은 미소를 띠고 김이 모락모락 올라오는 가게로 들어갔다. 그는 가장 크고 좋은 게를 일일이 손가락으로 가리키며 다섯 마리를 골랐다. 경아가 하루 세 끼를 게만 먹어도 충분할 양이었다. 그는 게가 식기 전에 경아가 먹을 수 있기를 바라며 총총 걸어와 차에 올랐다. 그리고 차 안에 놓아둔 모포로 꽁꽁 싸맨 뒤 차를 몰았다. 경아가 맛있게 먹을 생각을 하니 마음이 뿌듯해지면서 눈물이 돌았다. 가족들과 같이 살 수만 있다면 매일 그렇게 운전을 하고 장을 보러 다녀도 행복할 것 같았다. 산호세에 도착한 그는 호텔 주차장에 차를 세우고 달음질을 하여 경아 방을 노크했다. 지우가 아빠? 하면서 문을 열었다. 게 냄새가 솔솔 올라왔다. 그가 잘 잤냐는 인사를 건네고 쇼핑백을 내밀었다. 지우가 눈을 크게 뜨고 말했다.

"뭐야?"

내용물을 몰라서는 아니었다. 문을 연 순간 올라온 냄새로 쇼핑백 정체를 알고 있었지만, 새벽에 먼 거리를 다녀온 아빠의 자상함에 감동한 말이었다.

"게야. 엄마랑 먹으라고."

"피셔 맨 워프에 다녀온 거야?"

형민이 살짝 웃어 보였다. 지우가 경아를 쳐다보며 눈을 옆으로 굴리면서 입술을 쭉 내밀었다. 안쓰럽고 고맙고 감동했다는 표현이었다. 게는 아직도 온기를 유지하고 있었다. 경아도 지우도 아침에 게를 먹는 것은 부담스러웠지만, 그의 성의를 무시하지 않았다. 지우는 매우 맛있는 척 흠, 흠, 감탄하면서 먹었고, 경아는 싫다는 기색 없이 잘 먹었다. 그것만으로 그는 만족이었다. 식사를 마치자 그가 자리에서 일어났다. 그는 지우와 어색한 포옹을 하고 경아에게 손을 내밀었다. 경아는 손을 대는 척만 하고 거둬들였다. 형민은 조금 민망한 기색을 보이고 지우에게 봉투를 내밀었다.

"얼마 안 되지만 민지한테 필요한 것 사고, 엄마 용돈도 좀 드려."

그가 떠난 뒤 열어본 봉투 속에는 호텔비보다 많은 금액이 들어 있었다. 지우 눈에 눈물이 글썽거렸다.

"돈도 없으면서……."

라스베가스에 돌아간 그는 경아에게 매일 카톡을 보내왔다.

'당신이 안정을 찾은 것 같아서 조금은 걱정을 덜었습니다.'

'언제든 그렇게 예쁘게 하고 다니세요. 스카프도 하고.'

'당신하고 뽀뽀도 하고 싶었는데 당신이 너무 냉정해서…. 그래도 당신 손 한 번 잡아봐서 기분 좋았당.'

'당신 좋아하는 게를 더 사주고 싶었는데 시간이 충분하지 않았네요.'

'지난 7년 동안 처절하게 외로웠습니다. 당신은 좋은 사람인데 내가 너무 많은 죄를 지었지요.'

'내 새끼들 곁에 있으면 잘해줄 텐데….'

'오늘도 혼밥 혼술입니다. 당신이 해준 밥이 제일 맛있지요.'

'시민권을 받으면 가을에 가족들 보러 가겠습니다. 건강하게 잘 계시오.'

'한눈을 팔았지만 당신뿐이었습니다.'

카톡은 계속 쌓여갔지만 경아는 답을 하지 않았다.

카르마

여름이 중반에 접어들 무렵 시민권 행사가 있었다. 형민은 행커치프까지 하고 행사에 참석했다. 이민국 안에서는 사진 촬영이 금지되어 있었지만 몰래 사진까지 찍었다. 시민권을 받고 보니 허망하기도 하고 서럽기도 했다. 이까짓 종이 한 장 때문에 마음고생을 그렇게 했을까, 생각이 들고 눈물이 났다. 그러나 미국이든 한국이든 제약 없이 살 수 있게 되었다는 것으로 조금 달뗐다. 가능하면 한국에서 일하고 싶었다. 빈털터리가 되어 돌아간다는 것이 부끄러웠지만 남은 생은 가족들 곁에서 행복하게 살고 싶었다. 가을에 한국에 가기로 한 것은 직장 인터뷰 때문이었다. 그는 행사장에서 찍은 사진을 경아에게 보냈다. 경아는 그에게 관심조차 없다는 것을 모르는 것은 아니었다. 다만 미운 얼굴도 자주 보면 정이 든다는 말을 믿고 싶었다. 경아가 무심하면 할수록, 가족에 대한 그리움이 클수록, 그는 더 외로웠고 외로움이 커갈수록 술의 위력도 커졌다.

햇살이 따스했다. 원룸 한구석 식탁에서 혼자 술을 마시던 형민은 가슴이 답답하여 산책을 나왔다. 한 여자가 앞에서 걸어오고 있었다. 그녀가 한국 사람인 것을 알기까지 몇 초 걸리지 않았다. 한국 사람은 어딘가 특징이 있었다. 옷차림, 화장, 몸짓이 여느 나라 사람과 달랐다. 그가 한국말로 인사를 했다.

"안녕하세요."

"아, 네! 안녕하세요."

여자의 말투는 뜻하지 않은 한국말에 놀랐다는 반응이었다. 정신이 맹한 상태에서 걷다가 인사하는 소리에 사람의 존재를 알게 된 까닭이었다. 여자의 머릿속은 늘 어수선한 생각들로 메워져 있었다. 여자의 산책 시간은 일정했다. 언제 어느 지점을 지나는지 기억하려 들지 않아도 매일 같은 시각에 같은 지점을 지나갔다. 애써 오차범위를 따지자면 길어야 1분이었다. 출발 시각, 걸음 속도, 보폭이 일정하다는 말이었다.

형민도 쉬는 날에는 산책을 나갔다. 여자는 평소 스케줄 대로 나갔고, 형민은 여자 시간에 맞춰 나갔다. 여자를 보면 반갑게 인사했고, 여자도 반갑게 맞아주었다. 여자라는 요물은 평생 가까이하지 않기로 다짐했는데 덩그러니 혼자 있으면 여자가 궁금했다. 어느 날 여자와 나란히 걷게 되었다. 그녀를 처음 만난 지 두 달이 지나 있었다. 가까이서 본 여자의 눈은 슬퍼 보였다. 깊은 사연이 있는 것 같았지만 알고 싶지는 않았다. 이성 친구로 적합한지 정도만 확인하고 싶었다. 잠깐 몇 마디 나누다가 그가 물었다.

"가족이 있으신가요?"

여자가 고개를 저었다. 여자가 독신이란 것을 알게 된 형민이 말했다.

"저도 싱글이에요."

형민은 여자의 신상에 관해서는 묻지 않았다. 한국 소식은 잘 듣고 있는지, 여행은 좋아하는지, 취미는 무엇인지, 그런 것들만 물었다. 여자가 호기 어린 표정으로 그를 쳐다보며 말했다.

"선생님은 사생활에 대한 건 묻지 않으시네요. 한국 사람들은 사생활에 관심이 많잖아요. 어느 학교 나왔느냐, 왜 이혼했느냐."

형민은 여자의 말 속에서 그녀에게 상처가 많다는 것을 알 수 있었고 조금이나마 위로를 건네고 싶었다.

"지금 이 시각이 가장 중요하니까요. 상처가 되는 것은 묻지 않는다는 원칙이에요."

"특별한 분이시네요. 5년 전에 이혼하고 곧바로 베가스에 왔어요. 남편이 외도가 잦았거든요. LA에서 25년을 살았는데 이혼을 하니까 세상이 다 싫더라고요. 아들이 하나 있었는데 3년 전에 세상을 떠났고요."

형민은 뜨끔했다. 외도, 이혼, LA, 라스베가스, 왠지 자신의 얘기 같았다.

"베가스에 온 지 5년이 지났지만 가까운 레드 락(Red Rock)도 못 가봤어요. 잘살아보겠다고 쉬는 날까지 일을 했는데 아들이 떠나고는 삶의 의미도 모르겠고 운전대 잡는 것도 겁이나요. 교통사고였어요. 직장은 다녀야 되니까 어쩔 수 없이 시내에서만 운전을 해요."

여자는 잠시 울먹였다. 형민은 안쓰럽게 여자를 바라보며 손수건을 내밀었다. 여자는 손수건을 건네받고 헛웃음 같은 소리를 내보이고 눈물을 닦았다.

"한국 사람만 보면 피해 다녔는데 별 얘길 다 했네요. 주책없이……."

형민은 말없이 여자 손을 꼭 잡았다. 여자도 위안이 되었던지 그의 손을 쥐었다.

"여기선 트레킹 한번 못 해 봤지만 등산을 아주 좋아해요. 엉겁결에 결혼하고 이민을 왔는데 처녀 때는 암벽등반도 했어요. 보기보다 용감한 여자예요."

여자는 용감한 여자라는 말끝에 소리 내어 웃었다. 형민도 함께 웃다가 말했다.

"저도 등산 좋아하는데 트레킹 한번 할까요? 드라이버는 제가 할게요."

그의 말이 재치 있다고 생각한 여자가 웃으면서 말했다.

"정말이세요? 그렇잖아도 드라이버가 필요했어요."

"그동안 트레킹을 안 하셨으니까 가벼운 코스부터 시작하지죠. 캘리코 탱크(Calico Tanks) 트레일 코스가 좋겠네요. 거리가 짧아서 부담 없이 갈 수 있는데 시원한 물도 있고 정상에 올라가면 베가스가 한눈에 보여요. 언제쯤 시간이 나세요?"

"일주일에 세 번 일하니까 선생님 시간에 맞출게요."

"내일은 일정이 없어요."

"어머! 잘됐네요."

다음 날, 여자는 밝은 등산복 차림으로 나타났다. 오랜만의 드라이브가 좋았던지 가는 내내 풍부한 감성도 드러냈다.

"삭막한 풍경도 오늘은 아름답네요. 네바다가 매력적으로 보인 건 처음이에요."

"제가 있어서 그런 거 아닐까요? 여행은 같이하는 사람에 따라 다른 거니까."

"그런가요? 맞아요. 선생님이 계셔서 그런 것 같아요."

두 사람은 유쾌하게 웃었다.

"미국 오기 전에는 사막은 풀 한 포기 없는 줄 알았어요. 강수량에 근거한단 걸 몰랐거든요. 무식하죠?"

여자는 무식하죠, 하고는 또 까르르 웃었다. 여자는 귀염성 있고 사랑스러웠다. 형민은 누군가에게 위안이 되고 있다는 것에 보람을 느꼈다. 평일, 레드락으로 향하는 길은 여느 때보다 한적했다.

"잠시 멈춰서 재미있는 사진 한 장 찍어 드릴게요."

형민은 여자를 길 한가운데로 데려갔다. 때때로 유치한 것이 즐거움의 배가 될 수 있다고 생각하며 그가 말했다.

"힘껏 점프를 해보세요. 요렇게요."

형민은 양손을 높이 올리고 점프를 해 보였다. 여자가 한껏 웃고는 폴짝 뛰어올랐다.

"이렇게요?"

여자의 웃음이 싱그러웠다.

"OK! 좋아요. 그렇게 계속 뛰어 봐요. OK! OK! 그림이 아주 좋아요."

여자는 깔깔거리면서 그의 말을 따랐다. 여남은 번 폴짝폴짝 뛰고 나서 말했다.

"덕분에 소녀로 돌아갔네요. 너무 좋았어요."

형민의 고객들도 늘 그랬다. '이 나이에 무슨!' 하던 노인들

도 몇 장 찍다 보면 수십 년 젊어졌다며 좋아했다. 두 사람은
차에 올라 머리를 맞대고 사진을 들여다봤다. 연신 웃음이 튀
어 나왔다. 차는 다시 미끄러져 나아갔고 어느새 방문자 센터
에 도착했다. 그들은 차에서 내려 전망대 쪽으로 걸어갔다. 여
자는 생태관에 있는 조슈아 나무를 발견하고 말했다.

"어머, 조슈아 트리다. 저게 생명력이 엄청 좋대요."

"그렇다고 들었어요. 그런데 온난화 때문에 멸종될 수 있다
던데요."

여자는 조슈아 국립공원에 대한 말을 하려다 전남편이 떠올
라 입을 다물었다. 조슈아가 선인장이라는 말에 트집을 잡았
던 그가 지금도 이해가 되지 않았다. 그는 여자만 생기면 논리
같지 않은 논리로 억지를 부리곤 했었다. 여자는 잠깐 우울할
뻔했지만 다시 웃음을 찾았다. 두 사람은 손을 잡고 전망대를
향해 걸었다. 여자는 전망대에서도 감탄을 연발했다.

"와! 정말 좋아요. 레드 락이 이렇게 멋진 곳이었어요? 너무
근사해요. 그랜드캐니언하고는 또 다른 맛이네요. 높은 산도
보이고 아기자기한 게 제 눈에는 그랜드캐니언보다 더 좋아
요. 좋은 사람 곁에 있어서 그럴까요?"

두 사람은 또 호탕하게 웃었다. 여자는 아껴온 말을 다 쏟으
려는 듯 쉬지 않고 말을 했다. 그렇다고 수다스럽거나 경박해
보이지는 않았다. 어제까지 슬퍼 보였던 여자가 그렇게 변한

것에 형민은 흐뭇했다. 여자가 참 순수하다는 생각을 하면서 그가 말했다.

"저기 보세요. 밑은 하얗고 윗부분이 붉은 암릉 보이죠? 거기에서 한참 걸어가면 캘리코 탱크가 있어요. 최단거리로 가려면 다른 곳에서 출발해야 되니까 장소를 옮겨야 돼요."

그들은 방문자 센터를 나와 샌드스톤 쿼리(Sandstone Quarry) 주차장으로 옮겨갔다. 차에서 내린 여자는 뒷좌석에 놓아둔 배낭을 꺼냈다.

"그거 이리 주세요."

형민이 여자의 배낭을 낚아채 등에 메고 그의 배낭은 오른쪽 어깨에 멨다. 여자는 그가 남다른 매너를 갖춘 것에 한층 더 호감을 가졌다. 두 사람은 주자장을 빠져나와 흙길을 걸어갔다. 길옆에 서 있는 검푸른 초록의 향연도, 간간이 군락을 이룬 선인장 꽃도 인상적이었다. 비가 흠뻑 내려서 깔끔하게 씻어 주면 더 빛나 보일 것 같았다. 여자가 그를 끌어당기며 말했다.

"여기 좀 보세요. 꽃이 너무 예뻐요. 이건 난 같지 않아요? 그럴 리 없겠지만."

형민은 여자의 하는 양을 보며 경아를 생각했다. 경아도 레드 락을 보면 그랜드캐니언에서 그랬듯이 여자처럼 좋아할 것 같았다. 그는 여자의 감성적인 면이 경아를 닮았다고 생각했다. 멀리 거북머리 산이 나타나자 형민이 말했다.

"저기가 터들헤드 마운틴(Tuttlehead mountain-거북머리 산)이
에요. 거북 머리 닮았죠?"

꼭 그렇다는 생각은 들지 않았지만 여자는 매우 그렇다는
듯 고개를 끄덕였다.

"여기로 쭉 가면 터들헤드 마운틴인데 우린 캘리코 탱크로
갈 거니까 조금 더 걷다 오른쪽으로 가야 돼요."

걷다 보니 좀 전에 전망대에서 보았던, 위아래 색깔이 다른
바위산이 나타났다. 가까이서 본 그것은 한결 신비로웠다. 여
자는 사진에서도 본 적이 없는 것처럼 함성을 질렀다.

"와~ 너무 신기해요. 색이 어쩜 이리도 선명하게 다를까!
자꾸 오고 싶을 것 같아요."

여자의 말은 싱그럽고 눈은 반짝거렸다. 그러나 웨딩 촬영
커플을 발견한 순간 시무룩해졌다. 여자는 아련한 눈빛으로
웨딩드레스를 바라보았다. 잠깐 한국에 들른 교포와 무작정
혼인신고를 하고 미국에 들어온 그녀에게 웨딩드레스는 환상
으로만 기억되는 특별한 것이었다. 25년의 결혼생활은 웨딩드
레스마저 입지 못하고 끝난 셈이었다. 잘살아보겠다는 욕심에
서 빚어진 일이었다. 여자 얼굴에 평생소원을 이루지 못한 쓸
쓸함이 그려졌다. 여자는 입을 앙다물며 웨딩드레스에서 시선
을 거두고 발걸음을 옮겨갔다.

암릉의 경사가 급한 곳에는 돌계단이 설치되어 있었다. 형민은 경사가 급하거나 계단을 오를 때마다 손을 내밀었다. 길은 쭉 이어져 있지 않고 종종 헷갈리는 곳이 있었다. 형민은 종종 전망이 좋은 곳으로 가자며 트레일 코스가 아닌 계곡 길을 택하기도 했다. 계곡의 물은 말라붙었지만 식물이 무성하고 이파리도 윤기가 흘렀다. 한참 암릉을 오르내리다 보니 발아래 호수가 나타났다.

  "저게 캘리코 탱크예요."

  호수를 본 여자의 눈이 호기심으로 이글거렸다.

  "와우~~ 빨리 내려가요."

  여자는 아이처럼 말하고는 잠시라도 빨리 물을 만지고 싶은 듯 민첩하게 몸을 날렸다. 지금까지 보아온 누구보다 날렵해서 형민이 웃으면서 말했다.

  "다람쥐 같아요."

  여자가 앞질러 가면서 말했다.

  "암벽등반까지 했다니까요."

  여자는 식은 죽 먹기라는 듯 마지막 발을 딛고 물에 첨벙 손을 담갔다.

  "어머! 정말 시원하다. 이런 사막에 이렇게 좋은 물이 있다니. 이런 걸 오아시스라고 해야 하나?"

  여자는 혼잣말처럼 말하고는 두 손을 모아 물을 떠서 얼굴에 댔다. 여자는 말을 쉬지 않았다. 다음에 또 오자는 말도 했고, 레드 락의 트레일 코스를 모두 섭렵하겠다고도 했고, 히말라야 트레킹도 해보자고 했다. 두 사람은 한동안 인생 이야기를 하다가 다시 바위를 타고 올라왔다. 그리고 오른쪽 바위산을 따라 정상에 도달했다.

"저기가 베가슨가요? 맞다 베가스. 왼쪽이 옛 시가지, 오른쪽 피라미드는 룩소르 호텔! 밤에는 그렇게 휘황찬란하던 것이 여기서 보니까 별거 아니네요."

그들이 정상까지 오는 동안 만난 사람은 몇 명 되지 않았다. 그나마 그들이 정상에 도착했을 땐 아무도 없었다. 여자는 캘리코 탱크를 전세 냈다며 배낭 속에서 도시락을 꺼냈다. 과일, 김밥, 커피까지 종류가 다양했다. 형민은 모처럼 대접받는 기분이었다. 여자가 손수 만든 음식을 먹어본 게 얼마 만인가! 맛은 평범했지만 정성이 고마웠다.

그날 이후 그들은 시간이 나면 여행을 떠났고, 자연스럽게 동거를 하게 되었다.

가을이 중반에 들어선 아침나절이었다. 형민은 심하게 뒤틀리는 배를 움켜잡았다. 배는 종종 아팠지만 정도가 심하고 식은땀이 흘렀다. 견뎌보려고 애를 써 봐도 시간이 지날수록 통증이 심했다. 그는 스스로 911에 전화를 했다. 전화를 한 지

5분 만에 앰뷸런스가 도착했지만 그가 느끼기에는 한 시간도 넘게 걸린 것 같았다.

의사가 모니터 화면을 가리키며 말했다.

"맹장이 터져서 복막염이 되었네요."

복막염은 수술만 하면 될 거라서 형민은 동요하지 않았다. 그때 의사가 말을 이었다.

"그리고 대장암이 많이 퍼져 있어요. 벌써 상당히 진행이 된 것 같고 간에도 전이가 된 거 같은데 지체할 시간이 없으니까 복막염 수술할 때 대장 수술까지 진행하겠습니다."

의사는 말기라는 말 대신 진행이 많이 되었다는 말로 대신했다. 형민은 멍하니 의사를 쳐다봤다. 여러 가지 번민이 한꺼번에 몰려왔다. 가족을 배신한 죗값이라는 생각이 들고 가족들이 보고 싶었다. 세상을 떠나는 것은 두렵지 않았지만 경아에게 진 빚을 갚지 못하고 떠날 것 같아 착잡했다. 한국에 가면 가족들과 근사한 식사라도 하면서 경아 손에 여행경비도 쥐여 주고, 민지에게도 할아버지 역할을 하고 싶었는데 그러지 못하고 떠나면 눈을 감지 못할 것 같았다. 미국에 들어온지 8년, 길다면 긴 세월이 흘렀지만 한국을 떠날 때 지우가 한 말을 잊은 적이 없었다.

'아빠는 내가 가장 필요로 할 때 떠날 수 있어요?'

그 말이 빚처럼 남아 있어서 민지에게 대신 갚아주려 했는데 그럴 수 없을 것 같았다. 아빠를 원망하던 지우 말은 죽는 순간에도 잊지 못할 것이었다.

가족들에겐 지금 상황을 말하지 않기로 마음먹었다. 그러나 한국에 들어갈 수 없게 된 것은 전해줘야 할 것 같았다. 그는 경아와 지우에게 짧은 메시지를 보냈다. 그리고 수술대에 올랐다.

서울이여 안녕!

경아는 형민이 처한 형편을 알지 못했다. 가을 끝자락에서
겨울로 접어들고 있었지만 가을에 오겠다던 그의 말도, 올 수
없게 되었다는 소식도 잊고 있었다. 8년 동안 견뎌온 세월이
기적으로 여기질 만큼 빚에 대한 압박에 시달리고 있었다. 대
출이자는 지우에게 빌려서 갚고 있었지만 그런 생활이 지속되
면 알거지가 될 것 같았다. 건강도 문제였다. 역류성 식도염이
후두염까지 발전하고 무릎도 악화되어 민지를 돌보는 게 여의
치 않았다. 병이 커져서 눕게 되면 돌봐 줄 사람이 없다는 생
각이 들고 덜컥 겁이 났다. 손녀에게는 안타까운 일이었지만
천덕꾸러기 되기 전에, 걸어 나갈 수 있을 때 떠나기로 마음
먹었다.

먼저 집을 처분해야 했다. 매도는 어렵더라도 전세는 나갈

것도 같았다. 그동안 전세를 놓지 못한 데는 이유가 있었다. 집이 넓은 게 문제였다. 단열이 잘되어 있어서 유지비가 40평대에 불과했지만 사람들은 믿지 않았다. 그러다 보니 뒷일이 걱정되어 전세를 놓지 못했었다. 2년 뒤 계약이 이어지지 않으면 임대료 반환이 어려운 때문이었다. 그런데 요즈음에 전세 품귀현상이 일어나고 있었다. 2년 뒤 상황은 알 수 없지만 대출 이자라도 면하고 싶었다.

'운명은 비켜갈 수 없다는데 살아지는 대로 살자. 그때 일은 그때 생각하고 단순하게 살자. 늘 뒷일 생각하면서 살아왔지만 지금까지 그 타령이잖아.'

그렇게 생각했다.

벌써 2월도 지나가고 있었다. 매일 이사 트럭만 눈에 띌 뿐 그녀의 집은 팔릴 기미가 보이지 않았다. 경아가 애간장을 태우고 있는데 3월 첫날, 부동산에서 전화가 왔다.

"집 좀 보자는 분이 계신데 가도 될까요?"

"전센가요, 매순가요?"

"매수예요."

경아는 다짐했다.

'얼마를 부르든 사고 싶다면 무조건 팔 거야.'

조금 뒤, 네 사람이 찾아왔다. 한 여자의 눈빛엔 교만기가 흘러내렸다. 집주인을 무시하기로 작정한, 이런 집은 두 채도 살 수 있어 하는 눈빛이었다. 그러나 거실에 들어서면서 예술적 풍미에 압도되었다. 여자는 호기롭게 집 안을 살피기 시작했다. 간간이 감탄도 쏟아냈다.

"예쁘게 꾸며 놓으셨네요. 미대 나오셨어요?"

자주 들어온 말이라서 경아는 지긋이 웃어 보였다.

"정말 좋다. 안 사면 후회할 것 같아. 죄송하지만 1억만 빼주실래요?"

경아는 침착하고 진지하게 대답했다.

"여기 땅 한 평에 5천만 원 넘는 거 아시죠? 지분만 해도 15억이 넘어요. 어려운 일이 있어서 내놓기는 했지만 호가로도 아까운 집이에요. 그렇지만 좋아하신 분께 팔고 싶으니까 그렇게 해드릴게요."

여자는 믿기 어렵다는 듯 눈을 크게 뜨고 경아를 쳐다봤다. 그렇잖아도 헐값인데 깎아서 미안하다는 눈치였다. 여자는 웃음기 가득한 목소리로 말했다.

"정말이세요? 너무 화끈하시다. 마음 변하시기 전에 계약해야겠네요."

옆에서 중개인이 거들었다.

"제가 20년 넘게 중개업을 해왔지만 우리 사모님은 특별한 분이세요. 집도 온리 온(Only one)이고요. 가격도 좋고 난방비가 40평대밖에 안 되니까 더 이상 좋은 조건이 없죠."

여자는 고개를 끄덕끄덕하고는 말했다.

"알았어요. 지금 계약금 넣어 드릴게요."

여자는 그 자리에서 인터넷뱅킹으로 2억 원을 송금했다. 테이블에 있는 경아 전화기에서 메시지 알림이 울렸다. 입금 메시지란 것을 경아는 알았다. 여자는 손가방에 전화기를 넣으면서 말했다.

"송금해 드렸어요. 마음 변하시면 안 돼요."

여자의 말은 아이처럼 천진하게 들렸다.

"파기하고 싶어도 돈이 없어서 못 해요. 두 배로 배상해야 되는데 어떻게 하겠어요. 아까워도 좋아하신 분께 팔게 돼서 좋네요."

"마음에 쏙 든 집을 사게 돼서 저도 좋아요. 사모님처럼은 아니라도 잘 가꾸고 살게요."

여자는 들뜬 목소리로 말하고 소리 내어 웃었다. 그러고는 중개인에게 말했다.

"계약서는 여기서 쓰는 게 좋겠어요. 계약서 가져오셨어요?"

"네, 가져왔어요. 잘 안 갖고 다니는데 왠지 가져오고 싶더라고요. 입금 자체가 계약이니까 당장 안 써도 문제 될 것은 없지만요."

중개인은 파일을 펼치고 계약서를 쓰기 시작했다. 경아는 침착함을 잃지 않으려고 애를 썼다. 터질 것 같은 눈물을 삼키고 부지런히 펜을 놀리는 중개인 손만 바라봤다. 그러나 새 주인이 될 여자는 상기된 표정을 감추지 못했다. 연신 웃음을 흘리는 게 15년 전 경아 같았다. 여자는 계약서에 도장을 찍고 나서 한 번 더 둘러보고 싶다며 이곳저곳 살펴보았다.

"15년이나 쓰셨는데 어쩜 이렇게 깨끗해요? 수리하는 거 골치 아픈데 그냥 들어와도 되니까 너무 좋아요. 이렇게 좋은 집을 두고 돌아만 다녔네요."

"부자 될 사람은 보는 눈이 달라요."

"그런가요? 고마워요."

여자는 웃음을 주체하지 못하고 연신 웃으면서 집을 빠져나갔다. 경아는 현관문을 닫고 느릿느릿 거실로 걸어왔다. 그리고 조심스럽게 휴대폰을 열었다. 입금 메시지가 눈에 들어오자 왈칵 눈물이 쏟아졌다. 가족들이 너무나 좋아했던 집! 온 가족의 정이 묻어 있고 정성으로 가꾼 집을 헐값에 판 것도 그랬지만 그동안 겪은 일들이 폭포처럼 밀려와 설움이 복받쳤다. 한동안 전쟁을 치렀고, 눈물로 남편을 떠나보낸 집이었다.

'이 집을 떠나면 그에 대한 추억도 하나둘 잊어지겠지.'

이미 많은 것을 정리한 것 같은데 형민의 흔적은 아직도 남아 있었다. 물건 하나하나 그와 함께 장만했고 구석구석 그와 함께 꾸민 집이었다. 핸디코트 작업도 그가 반죽을 붙여주면 그녀가 모양을 냈고, 베란다 화단도 그가 돌을 나르고 그녀가 틀을 잡았었다. 그림, 조각, 가구는 물론 부엌용품 하나까지 그와 함께 장만한 것들이었다. 그런 모든 추억을 지우고 싶었다. 그러나 불가피하게 남겨야 할 것들이 있었다. 살아가면서 생활비를 줄이려면 그래야 했다.

경아는 떠날 준비를 서둘렀다. 가져갈 것과 버릴 것을 구별하여 여기저기 주기도 하고, 버리기도 했다. 가슴이 뜯겨 나갈 듯 아려 왔지만 시간이 흐르면 나아질 것으로 믿었다. 부채를 정리하면 시골에 집 하나는 지을 수 있을 터, 일이 끝나는 대로 시골에 내려가 상황을 살펴볼 생각이었다.

두 달 뒤, 경아는 고속버스에 올랐다. 건너편 자리에는 엄마와 아들이 사랑스런 눈빛을 주고받으며 영어로 이야기를 하고 있었다. 아이가 엄마 볼에 입을 맞추며 말했다.

"Mommy! I love you!"

아이의 혀 짧은 소리가 사랑스러웠다. 경아는 아이를 바라보며 슬그머니 웃었다. 불현듯 선우가 어릴 때 영어로 대화했던 기억이 떠올랐다.

"Mommy! I love you so much."

"I love you, too. How much do you love me?"

"More than space."

"Really? I love you more than you love me."

선우가 초등학교 3학년 때였다. 우주보다 큰 것이 없다고 믿었던 녀석은 눈을 크게 뜨고 말했었다. 그가 말한 사랑의 넓이와 깊이를 엄마가 어떻게 아느냐고. 넓이와 깊이라는 말을 사용한 것은 아니었다. 그러나 선우가 하고 싶은 말이 그것이란 것을 경아는 알았다. 경아는 선우의 얼굴을 부여잡고 이마를 비비며 말했었다.

"You will know when you have a baby(네가 아이를 가지면 알게 돼)."

36년의 영상이 하나씩 둘씩 펼쳐졌다. 꽃처럼 싱그러운 대학시절에 군인이었던 형민을 만나 6년을 하루같이 그를 그리며 보냈었다. 크리스마스처럼 세상이 들떠 젊은이들이 거리로 쏟아져 나올 때 전방에 있는 그에게 편지를 쓰는 것으로 외로움을 달랬었다. 1년에 두세 번 만난 게 고작이었지만 6년이란 세월이 흘러서야 결혼을 하고 다음해 선우가 태어났었다. 선우가 자박자박 걷기 시작할 때 경아는 지우를 가졌고, 그때 형민은 동료와 바람이 났다. 오직 그녀뿐인 줄 알았던 그가 변심한 것에 경아는 수치심과 배반감에 떨었었다. 친정 식구에게도 말하지 못하고 가슴으로 한을 삭였었다. 그 기간이 긴 것은 아니었다. 그는 몇 개월 만에 돌아와 말없이 견뎌온 경아에게 고마움과 미안함을 전했었다. 그리고 못다한 사랑을 베풀었었다.

지우가 태어나던 해 그는 방콕의 유엔 산하 대학원으로 연수를 떠났었다. 이글거리는 열대의 날씨까지도 경아는 사랑했었다. 석사학위를 받던 날! 그녀는 레이 꽃을 만들어 그의 목에 걸어주었고, 그는 플루메리아를 목에 걸고 그동안의 수고에 고마움을 표했었다. 그는 지나치게 술을 좋아하고 외도를 즐겼지만 자상하고 헌신적인 가장이었다. 4년의 미국 생활과 한국에서 대기업 임원으로 일한 시기는 그들 인생에 황금기였다. 그 황금기에 그는 또 바람이 났고 가정은 위기를 맞았지만 그는 무릎을 꿇고 빌었으며, 경아를 위해 캐나다로 이민 가는 결단을 했었다. 그리고 가슴에 단단한 빗장을 걸었었다. 더 이상의 외도는 그의 사전에 없다고, 또다시 그런 짓을 하면 죄지은 것을 스스로 거세하겠다고. 그러나 자신과의 약속을 지키지 못했고 기어이 파탄을 맞게 된 것이었다. 셀 수 없는 추억들이 현란하고 숨 가쁘게 스쳐 지나갔다.

경아 눈에 이슬이 맺혔다. 사랑하는 사람과 함께 가길 소망했던 그 길을 홀로 가는 것이 시리고 아팠다. 오랫동안 꿈꿔온 소망이 깨어진 것에 살이 쏟아지는 아픔을 느꼈다. 그러나 흘러간 물이 거슬러 올라갈 수 없듯이 그를 받아들이는 일은 없을 것이었다.

경아는 오래전부터 계획해온 것들을 그려보았다. 그녀가 좋아하는 지리산 자락에 돌집을 짓고 새로운 인생을 시작하기로 마음먹었다. 가꾸지 않아도 철 따라 피어나는 야생화와 그녀가 가장 좋아하는 닥우드(Dogwood)를 심고, 언제든 사랑하는 사람들이 찾아와 머물 수 있는 푸근한 공간도 마련할 생각이었다. 사랑하는 손녀 민지가 오면 선우와 지우가 어릴 때 그랬던 것처럼 잔디밭을 뒹굴며 정을 나누고 싶었다.

경아가 시골에 내려온 지 1년이 지난 어느 날, 호수가 바라보이는 곳에 자리한 2층집을 지나가게 되었다. 그 집은 2미터 높이의 축대 위에 있었는데 축대 밑 수로에는 가뭄에도 마르지 않는 맑은 물이 흐르고, 정원으로 통하는 양쪽 계단 옆에는 추명국과 홍조팝이 화사하게 피어 있었다. 지리산 화가의 정원이 자연을 그대로 살렸다면 그곳은 인공미는 가미되었지만 지형을 자연스럽고 멋스럽게 활용한 정원이었다. 정원에는 부부로 보이는 두 사람이 풀을 메고 있었다. 경아는 걸음을 멈추고 정원을 두리번거리다 말했다.

"집도 정원도 너무 아름답네요. 정원 구경 좀 할 수 있을까요?"

"얼마든지요."

주인은 흔쾌히 허락해 주었다.

"이렇게 예쁜 집은 여러 사람이 봐야지 주인만 보는 건 범죄예요."

경아 말에 그들 부부가 웃었다. 경아는 방긋거리며 계단을 따라 올라갔다. 정원 끝 대나무 숲에서 상큼한 바람이 새어나 왔다. 구석구석 흔치 않은 꽃들로 채워진 정원을 둘러보며 경 아는 감탄을 쏟아냈다. 특히 집채 같은 큰 바위틈에 100년도 넘었음직한, 우람한 산수유 두 그루 앞에서는 넋을 놓았다. 지 리산 자락에 집을 짓고 싶은 욕망이 강렬해졌다. 경아는 정원 을 둘러보고 나오면서 말했다.

"저도 좋은 땅 구하면 전원주택을 지을 거예요."

"그래요? 요 아래 땅을 팔까, 말까 하던데."

경아는 여자가 가리킨 곳으로 고개를 돌렸다. 정면에 호수 가 있고 옆으로는 계곡을 낀 다랭이밭이었다. 더는 가릴 것 없 이 경아 눈에 쏙 들었다. 경아는 집주인에게 인사를 하고 군청 으로 달려갔다. 건축행위가 가능한 곳인지 알아보려는 것이었 다. 곧 용도변경이 가능하다는 관계자 말을 듣고 땅 주인에게 전화를 했다.

"죄송하지만 호수 위에 있는 땅을 내놓으셨다는 말씀이 있 어서 전화 드렸습니다."

"글쎄요. 여러 가지로 고민하고 있습니다."

"매도하실 생각이 있으시면 전화 좀 해주세요."

다음 날 남자에게 전화가 왔다.

"팔기는 아까운데 다른 계획이 있어서 가격이 맞으면 매도
하려고요."

구체적인 언급은 하지 않았지만 그가 말한 계획은 원룸빌딩
을 짓는 것이었다. 자본이 넉넉하면 원룸빌딩을 먼저 지어서
분양하고, 거기서 생긴 수익으로 다랭이밭에 단독주택을 지어
팔 생각이었는데 계획이 어긋난 것이었다. 공사 날짜는 다가
오고 내놓은 집은 팔리지 않아서 내린 결정이었다. 땅의 가치
를 꿰고 있는 남자로선 큰 수익이 목전에서 사라진 것이 애석
했지만 어쩔 수 없었다.

경아는 그의 마음이 변하기 전에 계약을 서둘렀다. 경아가
호숫가 땅을 샀다는 것에 주변 사람들은 말렸다. 물가는 습도
가 높아서 건강에 좋지 않다는 것이었다. 그러나 경아는 지형
적으로 높새현상이 있을 거라며 고집을 꺾지 않았다. 가을은
막바지였고 겨울을 피해 봄부터 집을 지을 생각이었다.

비보

형민의 소식이 끊긴 지 6개월이 지났지만 경아는 의미를 두
지 않았다. 그녀가 알고 있는 그는 필요 이상으로 건강했기에
여자가 생겼을 것으로만 생각했다. 그녀가 무심하게 지내고
있을 때 지우가 그에게 카톡을 보냈다.

'아빠! 오랫동안 소식이 없어서 궁금해요. 톡 확인하는 대로
연락주세요.'

지우도 크게 염려해서는 아니었다. 어렴풋이 무슨 일이 있
나, 했을 뿐이었다.

형민은 한동안 고민했다. 아주 숨기는 게 좋을지 어느 정도
알려주는 게 좋을지. 그렇잖아도 동생들은 가족에게 알려야
된다고 종용하고 있었다. 그는 잠시 생각에 잠겼다. 아무래도
어느 정도 알려줘야 될 것 같았다. 그는 떨리는 손으로 카톡을

보냈다. 그의 소식을 받은 지우가 경아에게 말했다.

"아빠가 암 수술했대요. 대장암이 간으로 전이돼서 수술했는데 잘 회복되고 있대."

경험이 부족한 지우는 걱정 없이 말했다. 그러나 경아는 심각성을 감지했다.

"간까지 전이됐으면 얼마 안 남았다."

"회복되고 있으니까 그렇게 말하겠지."

"말은 그렇게 하겠지만, 그 정도면 심각한 거야."

경아는 그가 처한 상황을 짐작했지만 동요하지 않았다. 다만 아이들의 아빠라는 것과 처절하게 죽으라고 저주한 것이 걸렸다. 경아는 마음을 가다듬고 메시지를 보냈다.

'나는 당신을 용서하지 않았으니까 용서할 때까지 살아야 돼.'

아이들에게 기둥 같은 존재로 살아남기를 바라는 솔직한 심정이었다. 한 번은 만나서 용서한다는 말도 해주고 싶었다. 용서는 되지 않았지만 그가 가족에 대한 짐을 벗고 떠나기를 바랐다.

형민은 메시지를 보고 또 봤다. 한 문장에 불과했지만 그 속에 담긴 무수한 의미를 모르지 않았다. 아빠로 살아남아서 아이들 마음을 아프게 하지 말라는 말임을 잘 알았다. 그도 그러고 싶었다. 살아남아서 가족에게 진 빚을 갚고 싶었다. 가슴이 저려왔다. 메시지를 수없이 읽어봤지만 어딘가 다른 글씨가 숨어 있지 않을까 들여다보기를 반복했다. 한 번쯤 더 소식이 오지 않을까, 전화기를 곁에 두고 간절히 기다렸다.

'용서할 때까지 살아야 돼.'

읽고 또 읽고, 음미하고 또 음미하고, 다른 소식을 기다리고 또 기다렸다. 경아가 보고 싶었다. 잠깐이라도 만나서 용서를 빌고 싶었다. 그러나 용기가 없었다. 남편만 믿고 살아온 아내에게 못할 짓을 하고 떠나왔는데, 뭔가를 이룰 것으로 믿고 큰소리치며 떠나왔는데, 초라한 모습을 보일 수는 없었다. 아이들과도 연락하지 않기로 마음먹었다. 사무치게 그리운 가족이지만 비참한 처지는 들키고 싶지 않았다.

지우와 선우는 예전보다 자주 안부를 물어왔다. 뼈를 깎는 고통 속에서도 메시지가 오면 반가웠다. 가족들이 보고 싶고 그를 향한 가족들 관심이 궁금해서 잠시도 지체하지 않았다. 읽고 나면 한동안 흐느끼며 울었다. 볼을 타고 내리는 눈물을 쓸어낼 의지도 없었다. 그는 점점 지치고 쇠약해졌다.

2019년 새해가 밝았다. 형민은 검진 결과를 보기 위해 모니터 앞에 앉았다. CT 분석결과는 절망적이었다. 거의 모든 장기에 암이 퍼졌고, 염증도 전신에 퍼져 있었다. 증상만으로 짐작은 하고 있었지만 암울하고 비참했다. 의사 말을 듣는 중에도 예리한 칼로 난도질하는 통증이 압박해 왔다. 털끝만큼의 희망도 보이지 않았다. 그럴 바에야 빨리 세상을 떠나고 싶었다.

집에 돌아온 그는 소지품을 정리하기 시작했다. 쓸 만한 것도 버릴 것도 많지 않았지만, 남길 것은 있었다. 가이드 생활을 하면서 사용한 노래방 마이크가 눈에 띄었다. 마이크를 바라보는 눈빛이 서글펐다. 그는 실소를 흘리며 잠시 바라보다가 손을 뻗었다. 문득 이승의 마지막 날 사랑하는 사람에게 노래 한 곡 바치고 싶었다. 그는 쏟아지려는 눈물을 달래며 마이크를 잡았다. 곧 숨을 크게 쉬고, 홀로 차에 오를 때마다 불렀던 노래를 시작했다.

"눈물비 주르르 내리면 내게 우산 같은 한 사람. 세상 아픔들을 대신 맞아주고 나를 지켜주던 한 사람."

'사랑하는 내 경아!'

그는 노래를 부르면서 마음으로 경아를 불렀다. 눈물이 철철 흘러내렸다. 서로에게 우산이란 것을 모르지 않았는데 왜 그렇게 살았던 것일까! 그는 흐르는 눈물을 닦지 않고 노래를 이어갔다. 음정은 애초에 불안했고, 가사도 분명하지 않았다. 이어지는 시간보다 울먹이는 시간이 더 많은 울부짖음에 불과했지만 그는 노래를 멈추지 않았다.

"미안해요. 미안해요. 사랑해요. 사랑해요. 비 개인 하늘은 저리 맑은데 마음에 빗물은 그치지 않아. 미안한 마음은 먹물이 되어 가슴에 번져가네요. 오~ 못해준 기억이 많아. 너무 멀리 가버린 사랑."

그는 노래를 그치지 않았고, 울음소리는 이미 가사를 덮어버렸다. 사랑하는 경아에게 우산으로 살아오지 못한 세월이 9년이나 되었다는 것에 가슴이 미어졌다. 그는 마이크를 끌어안은 채 소리 내어 울었다.

"여보! 미안해요. 당신에게 우산이 되어주지 못해서 미안해요. 우산이기는커녕 당신 우산까지 갈갈이 찢어버린 나를 용서하지 마세요. 미안해요. 정말 미안해요."

그날도 아이들은 카톡을 보내왔다. 거처를 알려주지 않으면 영사관에 의뢰하겠다는 것이었다. 보고 싶은 마음은 그가 더 간절했다. 피붙이와 어우러져 살고 있는 가족들은 그를 기릴 일이 적겠지만 그는 어느 한날도 가족을 잊은 적이 없었다. 그는 슬픔을 억누르고 답을 보냈다.

'자꾸 그러면 장소를 옮길 것이다. 가만있는 게 돕는다는 거 기억해라.'

그러고는 울었다. 투병 중에 흘린 눈물이 평생 흘린 눈물의 수백 배도 넘는 것 같았다. 그는 눈물을 철철 흘리며 속으로 말했다.

'정말 미안하다. 이제는 버틸 힘이 없구나. 아빠를 잊어주렴.'

그토록 기다리던 경아에게도 소식이 왔다.

'도대체 왜 그러는 거예요. 혹시 모를 상황도 생각해 봐야죠. 애들에게 한을 남기지 않도록 의식 있을 때 애들은 만나 보세요.'

경아는 그가 처한 상황을 잘 알고 있는 것 같았다. 경아 말에 백번 천번 공감했고 그녀 말이 틀리지 않다는 것에 가슴이 더 저려왔다. 그러나 하루가 천년 같은 삶을 살아갈 의지가 없었다. 형민은 또 오열했다. 그리고 누군가에게 메일을 쓰기 시작했다. 통증을 견디며 힘겹게 글을 쓰다가 저장을 하고 노트북을 덮었다.

다음 날, 그는 창고로 들어갔다. 선반 위에 침대 포장용 커다란 비닐봉지가 있었다. 요긴하게 쓰려고 보관한 것이 삶을 마감하는 용도가 될 줄은 몰랐다. 그는 떨리는 손으로 곱게 접어둔 봉지를 들었다. 동거녀가 받을 충격과 두려움을 최소화하려면 집을 벗어나 일을 치러야 했다. 그는 봉지를 들고 자동차를 향해 걸어갔다. 통증이 다시 시작되었다. 미간을 찌푸리며 조금씩 걸음을 옮겨 갔다. 땀이 배어나왔다. 그는 걸음을 멈추고 가슴을 움켜쥔 채 이를 악물었다.

얼마만큼 시간이 지나 조금 진정되었다. 다시 천천히 걸어가 자동차 뒷문을 열고 안으로 들어갔다. 가이드를 하면서 빌린 렌터카였다. 자리에 앉아 비닐봉지를 카터로 잘랐다. 그리고 의자, 천정, 문에 양면테이프로 고정시켜 나갔다. 피가 튀어 반납하는 데 문제가 생기지 않도록 바닥부터 천정까지 꼼꼼하게 씌웠다. 10분이면 끝날 일이 30분도 넘게 걸렸다. 순간 생을 마감할 작업이 끝났다는 것에 서러움이 밀려왔다. 눈물이 그치지 않았다. 그렇게 많은 눈물이 눈 속에 있는 것인지 하염없이 흘러내렸다. 그는 눈물을 닦고 차에서 내려와 터벅터벅 걸어갔다. 발자국 소리도 처량하고 서글펐다.

잠시 뒤, 큰 호수가 나타났다. 처음 본 호수였다.

'이런 호수가 있었구나!'

생각하며 주머니에서 휴대폰을 꺼냈다. 거저 줘도 갖지 않을 구형 스마트폰이었지만 4년을 함께한 것이었다. 휴대폰을 열어보았다. 기록은 남김없이 지워져 있었다. 유서를 남기면 휴대폰이 발견돼도 문제는 없을 것이고, 범죄에 사용하지 않았으니 분석할 일도 없을 것이었다. 다만 가족에게 죽음이 알려져 번거로운 일이 생기지 않기를 바랐다.

그는 죽을힘을 다해 휴대폰을 던졌다. 호수는 금방 파문을 일으키며 전화기를 삼켰다. 그러나 발길을 옮기지 못했다. 전화기가 떨어진 곳을 물끄러미 바라보고 서 있었다. 그럴 리 없다, 하면서도 물 위로 시체가 떠오른 영화가 생각나 발길을 돌리지 못했다. 그는 눈앞에 찰랑대는 호수가 환영이라는 것을 모른 채 잡초가 하늘대는 풀밭을 한없이 바라보고 있었다. 경아와 함께 지은 캐나다 집이 떠올랐다. 호수를 따라 자꾸 달리면 휴런호 언덕 위 그 집에 다다를 것 같았다. 그때도 그의 외도로 가정불화가 생겨 캐나다로 이민을 갔고, 한동안 전쟁을 치른 집이지만 타국에 홀로 살아 보니 경아 곁에 있었던 그때가 너무 행복하게 느껴졌다. 색색의 요트가 요요히 떠다니고 보트가 힘차게 물살을 가르던, 한가롭고 풍요로운 그곳이 그리웠다.

그는 호수 아닌 호수를 한없이 바라보다 발길을 돌렸다. 느린 걸음이지만 걷다 보니 집에 도착했다. 그는 노트북을 열고 어제 저장한 메일을 열었다. 그리고 침착하게 못 다 쓴 글을 써 내려갔다. 겨우 다섯 문장 추가하는데 적잖은 시간을 흘려보냈다. 그는 노트북을 덮고 메모지를 들었다. 그리고 유서를 쓰기 시작했다.

〈당신이 도착할 때면 저는 이미 세상을 떠났을 것입니다. 시신은 차 안에 있을 것이니 직접 확인은 마시고 911에 신고해 주시면 고맙겠습니다. 그동안 고생 많으셨고 정말 죄송합니다. 용서해 주세요.〉

동생 영호에게도 몇 줄 남겼다.

〈못난 형 먼저 떠난다. 엄마에게는 비밀로 해주렴. 미안하다.〉

선우, 지우에게도 하고 싶은 말은 많았지만 참았다. 무슨 말을 한들 구차한 변명 같았고 아직은 죽음이 알려지는 게 싫었다. 시간이 흐르면 알게 될 것이었다. 그는 주방으로 걸어와 식탁에 메모지를 놓고 수저받침을 올려놓았다. 유서를 내려다보니 그 자신이 메모지 한 장처럼 보잘것없어 보였다. 쓸 수 있는 것이되 있어도 그만, 없어도 그만인 메모지 같은 인생을 살아온 것 같았다.

'이렇게 마감할 거면 왜 미국까지 와서 험한 일들을 겪었을까!'

생각도 들었다. 몇 줄 안 된 글이 그토록 마음을 울린 적이 있었을까! 겨우 자신의 부고를 알리는 것이 인생의 마지막 글이 되고 만 게 부끄러웠다.

그는 식탁을 붙잡고 엉엉 울었다. 시간을 가늠할 수 없을 만큼 울고 나서 휴지로 식탁을 닦고 착잡한 심경으로 방문을 열었다. 통증이 심해지면서 혼자 써온 방이었다. 방 안은 여느 때보다 깔끔하고 여느 때보다 쓸쓸했다. 그는 방 가운데 서서 고개를 끄덕끄덕 해보이고 가방 속에 넣어둔 권총을 꺼냈다. 총기 소지가 행복인지 불행인지 모르겠다는 생각을 하면서 주머니에 권총을 넣고 밖으로 나왔다.

몸은 철근을 짊어진 것 같았고 통증은 쉴 틈을 보이지 않았다. 한 손은 배를, 다른 한 손은 가슴을 움켜쥔 채 걷고 서기를 반복하다 자동차에 당도했다. 그는 뒷문을 열고 안으로 들어갔다. 그리고 자리에 앉아서 피가 튀어나갈 틈은 없는지 살펴보았다. 완벽해 보였다. 가족들이 떠올랐다. 거의 20년 전 선우에게 〈꿈이 있는 미래, 긍정적인 생각, 떳떳한 행동〉을 강조했는데, 그가 지금 감행하고 있는 일을 알게 되면 비웃을 것 같았다. 희미한 헛웃음이 새어 나왔다.

그러나 그때는 좌절을 몰랐다. 계획한 것마다 세상은 환호해 주었고, 하루하루 삶이 축복 같아서 남은 삶도 그럴 것으로 믿었었다. 기억은 못 하지만 엄마 등에 업혀 다닌 그 시절이 가장 행복했을 것 같았다. 가난을 몰랐던 그때가 가장 행복했을 것이었다. 그러나 초등학교 들어가고부터 지긋지긋한 가난을 알게 되었다. 부잣집 친구의 차림새와 도시락에서 가난을 알았고, 부자 아이를 대하는 선생님을 보고 괴물 같은 가난을 알게 되었다. 선생님의 사랑을 받기 위해, 가난을 벗어나기 위해, 죽도록 공부했었다. 치열한 경쟁을 이겨내 세상의 찬사를 받는 것에 우쭐했는데 찰나의 유혹이 독극물이 된 것이었다.

경아에게 미안했다. 아내의 소중함을 모르지 않았는데 상처를 남기고 떠나게 되어 미안했다.

'내 경아! 미안해요. 내가 말했지요? 진정으로 사랑한 사람은 당신뿐이었다고. 진심이에요. 당신을 배반할 생각은 정말 없었어요. 한동안 미쳐서 본심을 잃었던 것이지요. 가장 사랑하는 당신을 아프게 하고 떠나게 돼서 너무 미안해요. 제발 잘

살아 주세요. 아프지 말고 건강하게 잘살아주세요.'

여기저기 통증이 몰려왔다. 그는 두 손으로 배와 가슴을 움켜쥐었다. 총을 쏠 기운은 없었지만 그 통증이 삶을 끝내는 데 큰 결단이 되고 있었다. 단 하루도 그런 고통을 연장하고 싶지 않았다. 동거녀 앞에서 얼굴을 찌푸리며 신음하는 구차함도 더는 보이고 싶지 않았다. 함께해 온 세월도 많지 않은 그녀에게 짐을 주는 것은 못 할 짓이었다. 겨우 몇 개월 함께한 여자가 무슨 정으로 그를 돌보겠는가! 지나가듯 뱉은 한마디가 비수처럼 가슴을 찌를 때가 있었다. 그래도 고마운 사람이었다. 오갈 데 없는 그와 함께해 준 몇 개월이 고마웠다. 염치없는 짓만 하고 떠나게 된 것은 너무 미안했다.

그는 마음을 굳게 먹었다. 어디에 총을 쏠 것인지는 이미 정해져 있었다. 한때 육군 사격선수까지 했던 그, 자살을 생각하면서 세밀하게 구상해온 것이었다. 깨끗하게 끝을 봐야 했다. 그는 마음을 가다듬고 총구를 귀에 얹었다. 팔이 파르르 떨리고 지나간 추억들이 쏜살같이 밀려왔다 밀려갔다. 가족들 얼굴이 좀처럼 지워지지 않았다. 눈물이 죽죽 흘러내렸다.

'실수하면 안 돼.'

그는 세 번에 걸쳐 심호흡을 하는 것으로 마음을 가라앉혔다. 그리고 통증이 조금 가라앉는 순간 힘껏 방아쇠를 당겼다. 탕, 소리와 함께 경험하지 못한 엄청난 통증이 다가왔다. 오직 통증뿐 사랑하는 가족도 떠오르지 않았다. 그 지독한 통증이 죽음에 이르렀다는 생각도 하지 못했다. 조용한 마을에 퍼진 총성은 무심했다. 오가는 사람은 없었고, 조금 떨어진 주택가에 사람이 있었지만 어디에서 울린 것인지 알지 못했다.

메모지를 발견한 여자는 불길했다. 평소 카톡을 이용하는 그가 메모를 남긴 것은 큰 결단을 한 것 같았다. 근래 그의 행동이 달라 보였던 것도 불길했다. 소지품을 하나씩 둘씩 버리고 정리하는 것을 볼 때는 죽음이 임박한 시점에서 신변정리를 하는 것이려니 생각했는데 나름대로 계획이 있었던 것 같아 불안했다.

여자는 다급하게 메모지를 들었다. 몇 줄 안 된 글은 한눈에 들어왔다. 여자는 몸을 바들거리며 그 자리에 서 있었다. 신고를 해야 했지만 어떻게 해야 될지 생각나지 않았다. 두렵고 떨려서 손바닥으로 얼굴을 가렸다. 종종 섭섭하게 했던 일이 떠올라 더 두려웠다. 그는 극빈자로 무상치료를 받았고, 그녀는 간병인 자격으로 그를 돌봐 왔지만 성실하게 임무를 수행하지 못한 죄책감이 몰려왔다.

'다감한 사람이었는데, 외롭고 힘들 때 나를 붙잡아줬는데!'

여자는 생각했다. 이런저런 생각을 할수록 더 무서웠다. 너무 무서워서 식탁 위에 올려둔 가방을 열 수도 없었다. 얼굴에서 손을 떼고 멍하니 가방만 쳐다보고 한참을 서 있었다. 가방 속에서 그가 피를 흘리며 튀어나올 것 같아서 꼼짝도 할 수 없었다.

그때 전화벨 소리가 울렸다. 여자는 소스라치게 놀라 비명을 질렀다. 벨 소리는 계속 울려 댔지만 여자는 한 치도 움직일 수가 없었다. 시체를 확인하지 않고 신고를 하는 것이 맞는 것인지, 그것도 갈등이 일었다. 시신으로 변한 그를 들여다볼 용기는 더더욱 없었다. 곧 자신이 아니면 신고할 사람이 없다는 것을 깨닫고 손을 벌벌 떨며 가방을 열었다. 눈을 질근 감고 가방 속을 더듬거리다 전화기를 꺼냈다. 무슨 말을 해야 될지 생각나지 않았다. 집 주소도 떠오르지 않았다. 그러나 전화는 해야 했다. 119, 911? 한국과 미국 전화번호가 헷갈렸다. 911에 신고하라는 내용이 메모지에 있다는 것마저 잊고 있었다. 911을 의식하기까지 1분도 되지 않았지만 여자에겐 긴 시간이었다. 여자는 가까스로 911을 눌렀다.

"무엇을 도와 드릴까요?"

"……어, 어, 남자친구가… 자살…….."

여자는 숨을 헐떡이며 말했다.

"장소가 어디죠?"

"생각이 안 나요."

"오케이! 걱정하지 말아요. 당신은 괜찮아요?"

"아무것도 모르겠어요."

"사망 장소는 집인가요, 다른 곳인가요?"

"집 근처예요."

"알았어요. 위치 추적 가능하니까 마음을 가라앉히세요. 걱정하지 말고 침착하게 기다리세요. 안심하세요. 우리가 당신을 도와 드릴게요. 괜찮아요? 좋아하는 노래를 불러 봐요."

"……"

"그럼 제가 부를게요. There was a famer who had a dog. 오케이, 주소 확인되었어요."

남자는 그녀를 진정시키려고 계속 말을 걸다가 그녀의 주소를 불러주며 물었다.

"이 주소 맞나요?"

여자는 남자의 말을 듣고서야 집 주소를 기억해 냈다.

"네, 맞아요."

말을 마친 여자는 털썩 주저앉았다. 시간이 얼마나 흘렀는지 가늠조차 할 수 없었다. 잠시 뒤 사이렌 소리가 요란하게 들려왔다. 그리고 전화가 걸려와 그녀는 밖으로 나갔다. 앰뷸런스와 경찰차, 소방차까지 대기하고 있었다. 경찰이 다가와 그녀에게 질문을 하기 시작했다. 여자는 겁에 질려 더듬더듬 대답했다.

형민이 목숨을 끊을 때, 경아는 서울에 있었다. 3월부터 집

공사를 하면 오랫동안 짬을 내기 어려울 것이라서 민지와 여행을 떠날 예정이었다. 원래는 형민을 만나러 미국에 가려 했지만 그가 원치 않아 미얀마로 방향을 돌렸고, 출국일이 3일 앞으로 다가와 있었다. 그날 오후, 거실에서 민지와 놀고 있는데 지우 휴대폰이 울렸다. 네, 하고 전화를 받은 지우 표정이 심각해졌다. 미간을 좁히는가 싶더니 전화기를 들고 제 방으로 들어갔다. 뭔가 숨기고 싶은 눈치였다. 지우 목소리가 작게 들려왔다.

"아빠 지금 어디 계시는데요?"

경아는 형민에게 위독한 상황이 닥쳤다는 것을 짐작하고 귀를 곤추세웠다. 몇 초 동안 잠잠한 것 같더니 지우의 통곡 소리가 들려왔다. 사망 소식이란 것을 확신할 수 있었다. 경아는 문을 박차고 들어가 거꾸러져 울고 있는 지우의 전화기를 가로챘다.

"실례지만 누구세요?"

"영호입니다."

"어떻게 된 건가요?"

"형님이 돌아가셨습니다."

경아는 말을 잃었다. 몸이 난타당한 듯 후들거리고 목소리가 떨렸다. 용서한다는 말도 건네지 못하고 떠나보낸 게 미안했다. 그를 저주한 것도 미안했고 산호세에서 욕설을 퍼붓고 말을 잘랐던 것도 미안했다. 그러나 아직도 용서는 되지 않았다. 배반감이 너무 커서, 그의 빚을 걸머지고 죽도록 고생한 세월이 사무쳐서, 스스로 감성을 조율할 만한 영역을 벗어나 있었다. 경아는 가슴을 졸이며 물었다.

"한국에서요?"

"아뇨. 미국에서요."

경아는 무엇보다도 아이들이 걱정이었다. 죽음에 대한 안타까움보다 아이들이 감당해야 할 충격이 걱정되었다. 회복 중이라는 말만 믿어온 아이들에게 이별을 준비할 새도 없이 다가온 불운한 소식에 가슴이 먹먹했다.

"우리가 어떻게 해야 되는 건가요?"

"누나 말 들어보니까 경찰이 직계가족을 찾고 있나 봐요. 선우하고 전화가 안 돼서 지우한테 연락한 건데 선우가 누나랑 통화를 하면 좋겠네요."

경아는 전화를 끝내고 말없이 방에 들어가 누웠다. 그때 큰언니가 전화를 걸어왔다. 전화를 받은 경아 목소리에 힘이 없었다.

"목소리가 왜 그래? 어디 아파?"

"선우 아빠가 죽었대."

"엉?"

경아는 짧게 상황을 알려주고 전화를 끊었다. 잠시 후 선우 내외가 달려왔다. 선우는 고모와 통화를 하고 나서 사건담당 경찰에게 전화를 했다. 경찰은 선우가 형민의 아들이란 것을 확인하고 사건 경위와 진행 사항을 알려주었다. 그가 중병을 앓아 왔고 유서가 있어서 특별한 조사는 필요 없으나 생전에 사체기증을 한 것에 문제가 발생한 것을 알려주었다. 사체 수용 여부가 불투명한 상황에서 절차를 밟는 데 시간이 많이 걸리고, 그로 인해 화장을 하기까지 시간이 많이 걸릴 것이며, 사망신고도 불가피하게 늦어진다는 것이었다. 또 유골이 영사관 허락을 받아 한국에 들어오는 것도 한 달 넘게 걸릴 거라며 시신이 안치된 곳 전화번호를 알려주었다.

선우는 장례식장에 전화하여 필요한 내용을 받아 적었다. 그들이 요구한 장례비용은 만만한 액수가 아니었다. 전화를 마친 선우는 무리 없이 장례를 치를 수 있는 방법을 고민하기 시작했다. 경아가 자리에 누운 채 아이들에게 고개를 돌리고 말했다.

"미국에서 장례 치른 거 몇 번 봤는데 관 값 차이가 엄청나더라. 수백, 수천만 원짜리도 있던데 그런 데서 비용을 줄여야 돼. 어차피 화장할 거면 최소 비용으로 해야지."

힘이 빠진 목소리였다. 선우가 경아 말에 수긍하고 다시 장례식장에 전화를 걸었다.

"장례절차는 생략하고 화장만 할 생각입니다."

"그러면 화장 대행 서비스를 해드릴게요. 유골은 우편으로 보내드릴 수도 있고, 가족이 가지러 올 때까지 보관해 드릴 수도 있습니다."

아이들은 장례식장, 경찰, 형민의 동거녀와 수없이 많은 통화를 하며 합리적인 장례절차를 모색하는 데 몰두했다. 다행히도 선우와 지우가 영어에 능통하여 그들의 말을 잘 알아들었다. 경아는 경황이 없는 중에도 '내 새끼들이 위급한 순간에 잘 해내는구나.' 생각하며 눈물을 훔쳤다.

한국에서 장례 치를 생각이 없던 터라 장례비 걱정을 했는데, 잘 대처한 아이들이 대견하고 짠했다. 그러나 형민은 미웠다. 아이들에게 충격을 준 것으로 부족해 장례비 한 푼 남기지 않고 짐만 준 것이 미웠다. 생전에 장례비가 염려되어 스스로 사체기증에 서약을 했다지만 사체를 받아주지 않을 거라니 절차만 복잡하게 만든 셈이었다. 여기저기 조율을 마친 선우가 경아에게 다가왔다.

"엄마, 우리가 잘하고 있으니까 걱정하지 마세요."

"엄마는 괜찮아. 니들 충격 받은 게 마음 아파서 그렇지. 니들에겐 아빠니까 서로 오가며 살기 바랐는데 떠나는 길이 얼마나 서러웠을 거나. 그래도 여자가 있어서 외로움을 덜했겠다. 어쨌거나 여자 복은 많은 사람이다. 미국 가서 그 여자 만나면 고맙다고 전해 줘. 그리고 한국에서 장례식은 하지 말자.

이모는 그냥 보내기 섭섭하다고 장례식 하라던데 조의금 받자는 것밖에 더 되겠니. 엄마는 그런 민폐가 싫어서 할머니, 할아버지 돌아가셨을 때도 부고 안 했다."

"저희도 엄마 생각이랑 같으니까 그렇게 할게요. 그리고 어차피 엄마랑 지우는 할 일 없으니까 예정대로 여행 떠나시고요. 여행하면서 마음 다스리시는 게 나을 거예요."

"어떤 게 좋을지 나도 모르겠다. 시간이 있으니까 생각해 볼게. 그건 그렇고, 미국은 수영이랑 같이 가면 좋겠다. 좋은 일도 아닌데 의지할 사람이 있어야지."

경아는 자리에서 일어나 수영에게 500만 원을 입금했다. 알람 소리를 듣고 문자를 확인한 수영이 깜짝 놀라 말했다.

"무슨 돈을 보내셨어요? 화장 비용도 저렴하게 합의했으니까 염려 마세요."

"니들 고생해서 번 것을 그런 데 쓰는 거 싫다. 방 한 칸도 못 해준 부모가 무슨 염치로 니들 것을 쓰겠니."

그리고 속으로 말했다.

'당신이 여자하고 시시덕거릴 때 나는 뇌가 부어서 쓰러지기까지 했는데, 돈은 여자한테 바치고 죽어서는 내 차지야? 자그마치 9년이나 고생시키고 무슨 면목으로……'

그때 수영이 말했다.

"우린 그 돈 못 써요."

수영은 금세 경아 계좌로 돈을 돌려보냈다. 휴대폰 알람이 울렸지만 경아는 내막을 몰랐다. 경아가 선우에게 말했다.

"유골은 거기서 처리하라고 해라. 미국에 뼈를 묻겠다고 했으니까."

"싫어. 아빠 그렇게 하기 싫어. 보고 싶을 때 찾아갈 곳은 있어야지."

지우가 말했다.

"영혼은 떠났는데 찾아가면 볼 수 있어? 정 그러면 우편으로 받는 게 좋겠다. 직장 일도 바쁘고 피곤한데 경비 들여서 급하게 다녀올 필요는 없을 것 같다."

"그것도 싫어. 이리저리 함부로 던지는 거 싫단 말이야. 내가 아빠 모시러 갈래."

"던진다고 유골이 아프기를 해, 살아서 도망을 가? 가는 데 하루, 오는 데 하루, 고생하고 돈 쓰느니 다른 데 쓰는 게 낫지."

"그래도 싫어. 우리 아빠니까 내가 알아서 할 거야."

경아 귀에는 아빠와 남남인 사람이 웬 간섭이냐는 말로 들렸다. 괘씸하기 짝이 없어서 경아가 힐끔 지우를 쳐다봤다. 한마디하고 싶었지만 아빠 잃은 슬픔을 이해하고 참았다.

영안실에 선 선우는 긴장이 되었다. 권총 자살을 했다면 머리를 조준했을 텐데 얼굴이 처참하게 변했을 것 같고 불안했다. 남자가 사체실 손잡이를 잡을 땐 심장이 콩 뛰듯 했고, 옷자락도 팔딱거렸다. 눈이라도 감고 싶었다. 그러나 아빠의 신분을 확인해야 될 처지였다. 선우는 큰 숨을 내쉬고 내려다보았다. 그리고 조금 안도했다. 머리가 붕대에 감겨 있어서 상처는 보이지 않았고, 얼굴은 부어 있었지만 잠이 든 것처럼 평온해 보였다. 선우가 눈물을 자제하며 입을 뗐다.

"아빠!"

그러고는 말이 나오지 않았다. 대신 눈물이 툭툭 떨어졌다. 선우는 속으로 울부짖었다.

'아빠, 왜 그랬어? 태어난 자체가 축복이라고 하지 않았어? 뭐라고 말 좀 해봐. 아들이 왔는데 왜 그러고 있는 거야. 결혼식 날 본 게 마지막이었어? 그게 살아서 본 마지막 날이었냐고? 그게 이별이 될 줄 몰랐어. 이렇게 누워서 마주할 시간도 오늘이 마지막이야. 다른 아빠들은 돌아가셔도 3일은 함께하는데 아빠는 왜 그마저 못 해? 내가 아빠 아들인데 아빠라는 것만 확인하고 떠나야 된단 말이야. 화장장도 아빠 혼자 갈 걸 생각하면 너무 가슴이 아파. 아빠랑 옛날 얘기하면서 살고 싶었는데 기회도 안 주고 떠나면 어떻게 해. 한때는 아빠에게 실망하고 증오했지만 아빠를 사랑해. 다시 태어날 수 있다면 그때도 아빠 아들로 태어나고 싶어. 그땐 정말 친구 같은 아들이 되어 줄게. 세상을 몰라서 아빠가 외로운 걸 몰랐어. 아빠 사랑만 먹고 자라서 주는 걸 몰랐어. 직장이 뭔지, 출세가 뭔지, 실직이 뭔지, 그걸 몰라서 아빠를 이해하지 못했어. 이제 조금 알 것 같은데 아빠는 숨을 끊었잖아. 미안해, 아빠. 일찍 용서하지 못해서 미안해. 그땐 아빠가 미웠어. 엄마한테 그래서는 안 되는 거였잖아. 그래도 내 아빠니까 용서가 되더라고. 남은 시간은 아빠랑 잘살아 보고 싶었는데 이게 뭐야. 이게 뭐냐고? 미워 죽겠어. 아들도 몰라보는 아빠가 미워 죽겠다고. ……미안해 아빠! 정말 미안해! ……아빠, 사랑해! 아프지 않은 곳으로 잘 가! 아들은 이제 가야 돼. 미안해, 아빠! 사랑해, 정말 사랑해, 아빠!'

아빠와 함께한 시간들이 파노라마처럼 선우 머릿속을 스쳐갔다. 다른 아빠들이 골프를 할 때도 선우와 축구를 했던 아빠! 소위 계급장을 단 아들에게 장난으로 "충성!"하면서 거수경례를 하고 뿌듯하게 등을 토닥거렸던 아빠! UN평화 대학원에 합격했을 때 아빠와 아들이 UN산하 대학원 다닌 집이 얼마나 되겠냐며 자랑스러워했던 아빠! 그 모든 정경들이 눈물 나게 그리웠다. 호프집에서 친구처럼 썰렁한 농담을 던지며 함께한 추억도 아프기만 했다. 선우가 건물 밖으로 나오자 수영이 달려왔다. 수영은 근심스러운 얼굴로 물었다.

"아버님, 알아볼 수 있었어요?"

선우가 고개를 끄덕거렸다. 그때 한 여자가 차에서 내려 여행가방을 끌고 걸어왔다. 여자는 선우가 형민의 아들임을 한눈에 알아보았다. 그녀는 속으로 말했다.

'아빠를 많이 닮았구나. 그도 젊어서는 저랬겠지.'

여자는 여행가방을 내밀며 말했다.

"경황이 없어서 집으로 모시지도 못하고 미안해요."

"아니에요. 그동안 고생 많으셨습니다. 어머니도 고맙다는 말씀 전하셨습니다."

여자는 조금 민망한 표정을 지어 보이며 눈물을 글썽였다.

"이건 얼마 되지 않지만 저희 가족들 성의입니다."

선우가 여자에게 봉투를 내밀었다.

"아녜요. 그런 거 받을 수 없어요."

선우가 몇 번 봉투를 내밀었지만 여자는 받지 않았다. 선우가 여자에게 물었다.

"혹시 전화기는 찾았나요?"

"아뇨, 경찰도 발견하지 못했어요. 연락처 숨기려고 버린 것 같아요. 참, 아빠는 레드 락 캐년을 좋아하셨어요. 혹시 유골 가지러 오게 되면 레드 락 한 번 둘러보고 가는 것도 좋을 것 같아요."

선우도 여자도, 지켜보는 수영도 눈물을 흘렸다.

미얀마 양곤! 경아와 지우에게는 하루하루 무기력했다. 침대에 누워 있다가 때가 되면 밥을 사먹는 정도였다. 밥을 먹으면서 지우가 말했다.

"엄마, 여기서도 힘들긴 하지만 잘 온 거 같아요. 한국에 있었으면 더 힘들었겠지?"

"그래. 밥도 하기 싫을 텐데 해준 밥이라 조금이라도 먹네."

꾸역꾸역 음식을 구겨 넣으며 경아가 말했다. 그러나 소화는 되지 않았다. 속이 쓰리고 더부룩하고 신물이 올라왔다.

까구에 도착해서도 거의 무료하게 지내다가 인레 호수 투어를 하면서 조금 나아졌다. 평화롭게 물살을 가르며 달리다 보니 가슴이 좀 트였다. 경아는 한가롭게 물고기를 건져 올리는 어부를 바라보며 형민을 생각했다.

'저렇게 살아도 행복할 수 있는데, 욕심을 버리면 행복할 수 있는데 왜 그렇게 자리에 연연하고 욕심을 부렸을까?'

인생이 참 부질없다는 생각이 들었다. 호수 중앙에서 기다란 막대기로 물을 치고 있는 어부를 보고 지우가 물었다.

"엄마, 왜 저래요?"

"물고기 기절 시켜서 떠오르면 잡으려고 그럴 거야."

"대박!"

민지도 그게 신기했던지 손가락질을 하면서 알아들을 수 없는 말을 옹알거렸다. 경아와 지우는 경직되어 있다가도 종종 민지의 하는 양을 보며 웃었다. 투어를 마치고 호텔에 돌아오니 침대가 꽃으로 덮여 있었다. 장미 꽃잎으로 수놓아진 글씨를 보고 경아는 그녀의 생일이란 것을 알았다.

"어떻게 내 생일을 알았지?"

"여권 보고 알았겠지."

"세상에! 마케팅 전략 너무 좋다."

경아는 침대 위에 따로 놓여 있는 장미꽃 다발을 들고 향내를 맡아 보았다. 그리고 쓸쓸하게 웃으면서 말했다.

"어쩜 이런 생각을 했지?"

"엄마! 꽃 들고 침대에 앉아 봐. 사진 찍어 줄게."

경아가 꽃을 들고 헤드 보드에 몸을 기대며 웃어 보였다. 웃는다고 웃었지만 엄마 마음 달래려는 지우 연출에 따랐을 뿐 쓸쓸함까지는 털어내지 못했다. 지우가 휴대폰을 내리면서 말했다.

"밥 먹으러 가요. 일찍 먹고 쉬게."

"울 애기 내가 안고 갈게."

경아가 민지에게 팔을 벌리자 민지가 헤죽헤죽 웃으면서 경아 손을 털어내고 말했다.

"어부바!"

그러고는 경아 뒤로 뛰어가 등을 향해 팔을 뻗었다. 지우도 경아도 근심이라곤 없는 양 크게 웃었다.

"알았네. 내 강아지!"

경아가 활짝 웃으면서 등을 굽혔다. 민지는 신이 나 죽겠다는 듯 깔깔대면서 등에 업혀 발을 앞뒤로 흔들었다. 계단을 내려가면서도 여전히 폴짝거리고 흔들어대는 것에 지우가 참견했다.

"할머니 힘드시니까 발 흔들지 마. 위험한 계단에서 넘어지면 어쩌려고."

"조심하고 있으니까 관둬라. 지금 아니면 언제 업어주겠니. 머리 커지면 업어 준다고 사정해도 싫어해."

레스토랑은 객실 건너편에 있었고, 두 건물 사이에 수영장이 있었다. 그들이 수영장을 지나 레스토랑 계단을 오르는데 레스토랑 문이 스르르 열렸다. 웨이터는 유리문을 잡고 서서 민지가 까불대는 것을 보고 웃으면서 하이, 했다. 자리에 앉자마자 웨이트리스가 테이블로 다가와 인사를 하고 두 개의 메뉴판을 지우와 경아에게 내밀었다.

"오늘은 특별한 날이니까 칵테일 한잔할까요?"

"그러자, 순한 걸로. 데킬라 선 라이즈 될까?"

지우에게 한 말을 웨이트리스가 알아듣고 OK, 했다. 경아가 그를 보고 웃어 보였다. 그때 생일 축하 노래가 들려왔다. 경아도 지우도 고개를 돌렸다. 케이크를 든 웨이트리스를 중심으로 여섯 명의 종업원이 노래를 부르며 그들에게 다가오고 있었다. 경아는 지금까지 모든 이벤트가 지우 작품이란 것을 알았다. 눈에 이슬이 맺혔다.

"너였구나! 고맙다, 내 딸!"

제 마음도 힘들 텐데 그런 생각을 해준 지우가 경아는 고마웠다. 경아는 형민에게 정을 뗀 지 오래라지만 아빠라는 끈끈한 정만큼 아픔이 클 수밖에 없는 지우가 아픔을 뒤로 하고 엄마를 배려해 준 마음이 고마웠다.

세 사람은 응아팔리로 자리를 옮겼다. 지우도 경아도 늘 오고 싶은 곳이었지만 좀처럼 흥이 나지 않았다. 비취처럼 찬란한 바닷물도, 아침저녁 해변을 물들인 황홀한 노을도, 위로가 되지 못했다. 예전 같으면 어린애처럼 뛰어다니며 감탄을 쏟아냈을 지우도 민지와 모래 놀이를 하고, 순간순간 까불대는 민지를 보고 웃는 게 다였다. 식당을 찾아다니는 것도 귀찮아서 호텔 레스토랑과 해변 간이식당만 오갔다. 간이식당을 이틀째 이용하던 날 주인이 와서 말했다.

"메뉴에 없는 고급 요리도 해드릴 수 있어요. 부드러운 암소 요리, 새우, 가재, 도미, 다양해요. 두 시간 전까지만 말씀해 주시면 언제든 해드릴게요."

"어머, 잘됐네요."

그동안 건강관리에 소홀한 것을 깨달은 지우가 대꾸했다. 그들은 매일 특별한 음식을 주문했고, 시간이 흐르면서 식욕도 조금씩 나아졌다. 어느 날, 지우가 말했다.

"오빠 카톡 왔는데 화장 끝났대. 유골은 장례식장에서 보관 중이고, 사망진단서 나오면 출국 절차 밟을 거래. 이제 마음이 좀 편하다."

"오래도 걸렸다. 화장하는 데 3주씩이나 걸리고. 미국은 뭐든 느려잉?"

"말만 선진국이지 일하는 건 짜증나. 일이 암만 꼬여도 한국 같으면 3일 안에 끝났지."

화장이 끝났다는 것에 경아도 안도했다. 시신을 집에 두고 가출한 것처럼 불편했던 마음에서 조금 자유로워졌다.

다음 날 경아가 말했다.

"지우야, 우울하게 보내지 말자. 지나가면 오지 않을 시간인데 언제 또 여길 온다고 이렇게 지내? 우리가 재밌게 살아야 아빠도 덜 미안하지. 아빠야말로 세상적인 사람이잖아. 우리 예쁘게 입고 화보 찍자."

"그래요. 그렇다고 아빠가 살아날 것도 아닌데."

"민지도 예쁜 옷 입히고 너도 젤 화려한 걸로 입어."

그들이 가방을 싼 것은 출국 전날이었지만 짐은 미리 챙겨 뒀기에 화려한 색상의 옷은 몇 벌 들어있었다. 경아는 그동안 하지 않았던 화장을 하고 까만 원피스를 입었다. 그리고 큼직

한 귀고리와 목걸이를 하더니 자홍색 실크 스카프를 두르면서 속으로 말했다.

'산 사람은 산다더니 내가 그러네.'

민지도 어느새 주황색 스트링 원피스를 입고 있었다. 경아가 환히 웃으면서 말했다.

"이거 누구야, 엉? 이렇게 예쁜 사람이 할머니 손녀 맞아? 우리 공주 너무 예쁘다."

경아는 민지 볼에 입을 맞추고 지우에게 시선을 돌렸다.

"모델처럼 예쁘게 입어. 민지하고 잘 어울리게. 어디 보자. 흠~~ 이거 잘 어울리겠다. 이거 어때?"

경아는 붉은색과 흰색 꽃무늬가 크게 드문드문 그려진 청색 스트링 원피스를 들어 올리고 말했다.

"그래."

근간에 들어본 적 없는 밝은 목소리였다. 응아팔리 해변은 세 사람만으로도 화려해 보였다. 지우의 청색 원피스와 민지의 주황색 원피스는 화려한 보석 콜라보의 극치라는 말이 어울릴 법했다. 밝은 옷차림만큼 그들의 마음도 밝아진 것인지 그들은 시름이라곤 없는 것처럼 웃으면서 해변에 다다랐다. 이내 민지의 웃음소리가 해변을 흔들고, 두 사람은 민지를 보며 웃을 수 있었다. 모래밭을 뛰어다니며 사진을 찍고, 물놀이를 하면서 그들은 서서히 밝아졌다. 힘든 기억이 수시로 밀려왔지만 억지로라도 웃었다.

　세 사람이 한국에 도착한 날 선우가 형민의 유품을 가지고
지우에게 왔다. 유품 중 유일하게 값나가는 것은 캐논 카메라
였다. 카메라를 본 가족들은 입을 모았다. 여행가이드 하는 데
필요해서 샀을 거라고. 지나치게 검소한 그가 이유 없이 고가
품을 사지 않았을 거라고. 지우가 반짝거리는 무선 마이크를
집어 들며 말했다.
　"이거 뭐야? 노래방 마이크잖아. 아빠답다 정말. 혼자 이걸
로 노래 부르고 놀았을까?"
　"가이드 하면서 고객들하고 쓴 거 아닐까?"
　"그랬겠다. 이건 내가 가질래."
　마이크 옆에는 지우가 선물한 손지갑이 들어 있었다. 지우
는 지갑을 꺼내 들고 말했다.
　"아까워서 못 쓴다더니 새것 그대로네."
　그러고는 지갑을 열어보고 말을 이었다.
　"민지 사진!"
　침대에 누운 민지는 두 달도 안 된 갓난아기였다. 지우의 손
글씨 메모지도 그대로 들어있었다.
　'민지에게 좋은 할아버지가 되어주세요.'
　메모지를 들여다본 지우 눈에 눈물이 고였다.

"카메라는 내가 가져도 돼?"

"그래라. 넌 사진 찍을 일 많으니까."

선우 말에 경아가 대답하고 유심히 유품을 들여다보았다. 35년을 함께한 사람이니 기념이 될 만한 하나쯤 갖고 싶었다. 경아는 이것저것 훑어보다가 말했다.

"엄마는 여행가방이랑 바람막이 점퍼 가져갈게."

아이들은 약속처럼 경아를 쳐다봤다. 독살스럽게 남편 흔적을 지우던 엄마의 말이란 걸 믿을 수 없다는 눈빛이었다. 그들 눈에 비친 경아의 모습은 남편에 대한 애정으로 보일 법했다.

"내 여행가방이 작잖아. 이게 더 커서 그래. 바람막이는 공사장에서 입을 거고."

아이들 눈빛에 엄마가 아빠를 용서했다는 안도감이 보였다. 유품을 나눈 아이들은 노래방 마이크를 들고 돌아가면서 노래를 불렀다. 웃고 즐기자는 것은 아니었다. 아빠의 체취를 느끼려는 것이었고, 아빠에 대한 아픔을 달래려는 것이었고, 아빠를 향한 사랑을 표현하고 싶은 것이었다.

유골이 영사관 허락을 맡기까지 45일이 걸렸다. 그러나 지우 회사 일정이 바빠서 형민이 사망한 지 두 달 만에 미국에 도착했다. 지우는 착잡한 심경으로 입국심사대에 여권을 내밀었다. 심사관이 미국에 들어온 이유를 물었다.

"아빠 유골 가지러 왔어요."

말끝이 흐려지고 눈물이 왈칵 쏟아졌다. 아빠가 세상을 떠
난 지 벌써 두 달, 마음이 안정되었다고 생각했는데 달아오른
감정에 지우도 놀랐다. 입국 심사관은 몹시 당황스러웠다. 큰
죄를 지은 것처럼 미안해했다. 그는 지우 등이라도 토닥거려
주고 싶지만 그럴 수 없어 미안하다는 듯 말했다.

"Oh! I'am sorry! I'am sorry! I'am really sorry!!"

그는 연거푸 미안하다면서 일 초라도 빨리 통과시키겠다는
의지를 담아 스탬프를 찍었다. 그러고는 진지하게 행운을 빈
다는 말과 함께 여권을 돌려주었다. 공항에는 지우의 사촌 오
빠 선이 나와 있었다. 5년 만의 만남이었지만 크게 반기지 못
했다. 지우는 고맙다는 뜻으로 웃어 보였고, 선은 등을 두드리
는 것으로 위로를 표시했다. 그들이 장례식장 현관에 들어서
자 데스크에 앉아 있던 여자가 친절하게 물었다.

"지우 킴?"

그렇다고 말하는 지우 목소리는 가라앉아 있었다. 여자는
지우를 접견실로 안내하고 자리를 떠났다. 잠시 후 여자는 직
사각형의 높이가 높은 까만 플라스틱 통을 가져와 탁자 위에
놓았다. 그러고는 스티커를 가리키며 확인해 보라고 했다. 거
기에는 사망 날짜, 화장날짜, 이름이 적혀 있었다. 아빠 이름
을 확인한 순간 또 울음이 쏟아져 나왔다. 여자는 흐느끼는 지

우에게 신의 은총을 빈다는 말만 계속했다. 그리고 다시 자리를 비우더니 사망진단서와 영사관 허가서, 경비사용 내역서를 건네주었다.

지우는 유골함을 안고 사촌 오빠 차 조수석에 앉았다. 그리고 평소 형민이 즐겨 찾았다는 레드 락 캐년으로 향했다. 레드 락에 도착해서는 유골함을 가슴에 안고 트레일 코스를 걸어갔다. 아빠가 걸었던 흙길을 지나 캘리코 탱크 길목에 있는 바위산에 올랐다. 지우는 건너편 풍경을 바라보며 심호흡을 하고 나서 말했다.

"아빠! 아빠가 여길 그렇게 좋아했다며? 레드 락도 오늘로 마지막이야. 대신 가족이 있는 곳으로 돌아가자. 아빠가 미국은 재미없는 지옥이라고 했잖아. 한국이 그렇게 좋았으면 빨리 돌아왔어야지. 아들딸 옆에서 떠났어야지. 바보같이 혼자 쓸쓸하게……."

호텔에 들어온 지우는 콘솔 위에 유골을 올려놓았다. 호텔 방에 유골을 두고 혼자 있으면 무서울 것 같았는데 왠지 든든했다. 지우는 피붙이의 사랑을 생각하며 유골함 뚜껑을 열었다. 까슬까슬한 느낌의 뼛가루는 비닐봉지 안에 들어 있었다. 지우는 유골함 속에 손을 넣고 비닐봉지째 유골을 만져 보았다. 한 번이라도 딸의 이름을 불러줬으면 하는 마음 간절했다. 눈물이 툭툭 비닐봉지 위로 떨어졌다. 지우는 유골함에서 몸을 떼고 유골 위에 떨어진 눈물을 휴지로 닦았다. 그러고는 간절한 마음으로 유골을 쳐다보다가 뚜껑을 덮었다. 곧 유골함을 사진에 담아 가족들 카톡 방에 올렸다.

지우는 출국을 위해 보안검색대 앞에 줄을 섰다. 지우 차례가 돌아오자 엑스레이 러닝 벨트 위에 조심스럽게 유골을 놓았다. 그리고 검색대를 통과해 탐지기를 든 여자 앞에서 팔을 올렸다. 곧 검색을 마치고 유골함을 찾기 위해 엑스레이 검색대 쪽으로 걸어갔다. 검색관은 러닝 벨트를 멈추고 유심히 모니터를 들여다보고 있었다. 한동안 들여다보던 여자가 동료에게 유골함을 체크하라고 말했다. 남자가 알았다고 말하면서 유골함을 들고 검색대 테이블로 걸어갔다. 지우는 말없이 남자 뒤를 따라갔다.

"이게 뭐죠?"

"유골이에요."

지우 목소리가 떨리고 표정은 시무룩했다.

"미안해요. 그렇지만 검사는 내 의무니까 이해해 주세요."

말을 마친 남자는 거즈에 스프레이를 뿌려 유골함 표면을 닦았다. 다음 과정은 남자 몸에 가려 보이지 않았지만 곧 검사에 응해줘서 고맙다는 말과 함께 유골함을 내밀었다. 지우는 비행기 안에서도 유골함을 안고 있었다. 잠을 잘 때나 식사를 할 때도 내려놓지 않았다. 오직 화장실에 갈 때만 좌석 위에 단정하게 놓아두었다. 옆 좌석의 남자는 '무슨 대단한 보물이 길래 저러는 것일까!' 하는 눈초리로 힐끔거렸다.

경아는 유골이 도착한 지 일주일 만에 서울로 향했다. 버스 안에서도 오만 생각이 다 들었다. 그가 세상을 떠난 지 두 달이 넘었지만 건장했던 그가 유골로 돌아온 사실이 믿어지지 않았다. 경아는 착잡한 심경을 어찌지 못하고 벨을 눌렀다. 할머니다, 소리와 함께 민지가 후다닥 달려오는 소리가 들렸다. 그리고 엄마야? 소리 뒤에 문이 열렸다.

"할머니! 보고 싶었어요. 사랑해요."

민지가 어둔하게 말했다. 경아는 민지를 끌어안고 그동안의 그리움을 풀었다. 그리고 민지를 안은 채 유골이 있는 둔 장식장으로 걸어갔다. 장식장은 경아가 지우에게 물려준 것이었다. 25년 전 경아가 미국에서 돌아왔을 때 친정엄마가 경비를 보내주셔서 형민과 함께 구입한 것이었다. 경아가 유골을 바라보며 말했다.

"자유로운 영혼인데 죽어서는 어쩔 수 없구나!"

"사고 치지 말라고."

지우가 작게 웃으면서 말했다. 경아는 지우가 어느 정도 치유된 것에 마음이 놓였다.

"무섭지 않아?"

"우리 아빠잖아요. 매일 들여다보면서 이야기하고 그래. 밖에 나갈 때는 사고 치지 말라고 꼭 당부하고 나가."

지우가 웃으면서 말하고는 유골함을 꺼내 마룻바닥에 놓았다. 경아도 민지를 내려놓고 유골함 앞으로 다가갔다. 지우가 유골함을 열고 유골을 만지작거리면서 말했다.

"까슬까슬해."

경아는 입자만 보고도 유골의 질감을 느낄 수 있었다.

"그러네. 생각보다 양이 많다."

"엉. 상당히 무거워."

"어디 한번 들어보자."

경아가 조심스럽게 유골함을 들어올렸다.

"3킬로그램은 족히 되겠다. 근데 향내가 나네. 내 친구 말로는 냄새가 역겹다고 하던데 무슨 처리를 했을까?"

"그래요? 아무 냄새도 안 나는데."

"다행이다. 나쁜 냄새 아니라서."

"이제 아빠랑 얘기 좀 하세요."

지우가 경아에게 말하고 민지를 불렀다.

"민지야! 들어가자. 할머니, 할아버지 데이트하시게."

민지와 지우가 방으로 들어갔다. 경아는 조심스럽게 유골함을 안고 작은방으로 들어갔다. 그리고 자리에 앉아 말했다.

"바보야! 왜 그렇게 살았어? 평생 당신 하나 보고 살았는데 그러고 싶었니? 대체 왜 그랬냐고? 제2의 삶 노래 부르더니 이 꼴로 돌아온 거야? 다른 여자 암만 좋아도 좋을 때뿐이란 거 몰랐지? 등신같이 용서도 못 받고 떠날 때 얼마나 처절했을까! 그런데 꼭 그렇게 죽어야 했어? 자식들 가슴에 한을 남기고 떠나야 했냐고? 기독교에서 자살은 지옥이라고 했는데 너무 아파서 떠났으니까 떠나는 순간에 하나님을 믿었다면 천국에 갔을지도 모르겠다. 육신의 병은 드러나지만 마음병은 보이지 않는 거니까 혹시라도 천국에 가지 않았을까 싶어. 만약 천국에 갔다면 우리 아이들 건강하게 살 수 있도록 기도해 줘. 그리고 산호세에서 당신 말 잘랐던 거 미안해. 그게 미안해서 이렇게 안아주는 거야. 이게 당신 흔적이니까. 그런데 아직도 용서는 안 돼. 당신하고 싸웠던 건 헤어지고 싶지 않다는 몸부림이었는데 모질게 하고 떠나서 용서가 안 돼. 용서하려고 노력은 할게. 혹시 천국에서 만나면 웃을 수 있을까? 천국은 미움도 원망도 없다니까. 유골 속에 영혼이 있는 건 아니지만 따질 수 있어서 좋다. 예전처럼 좋게 살다 떠났으면 가슴이 찢어질 텐데 미리 정을 떼 줘서 고맙기도 하고. 헤어질 땐 힘들었지만 미련이 없으니까 아프지 않아서 좋네. 부부는 헤어지면 남이라더니 정말 그런 것 같아. 너무 덤덤해서 미안해. 그렇지만 같이 사는 동안 사랑했던 건 알지? 당신이 늘 그랬잖아. 나는 당신 없이 못 살 거라고. 그때처럼은 아니더라도 내가 세상 떠나기 전에 사랑한다고 말할 수 있었으면 좋겠다. 미운 마음이 예전 같지 않으니까 그런 날이 올지도 모르겠어. 참 지리산에 집 지을 거야. 빙 둘러 산이 있고 앞에 호수가 있는 아름다운 곳이야. 내가 좋아하는 야생화도 많이 심고 닥우드도 심을 거야. 섬진강가에 집 지어준다고 그렇게 장담하더니 약속 못 지켜서 미안하지? 그럴 필요 없어. 원더 우먼처럼 잘살고 있으니까 걱정 말고 잘 가!"

돌고 돌아 행복!

3월이 시작되면서 경아는 집 짓는 일에 혼신을 다했다. 몸 하나 건사하는 것이야 떠돌이 생활도 두렵지 않았지만 아이들에게 안정된 생활을 보여주고 싶었다. 신체리듬의 변화 속에서도 아이들에게 흔적을 보이지 않으려 애를 썼다. 공사장에 올 때는 형민이 남기고 간 바람막이 점퍼를 입었다. 점퍼는 계곡 바람이 드센 공사장에서 퍽 쓸모가 있었다. 어느 정당의 로고 점퍼 같다는 농담에는 쓸쓸하게 웃는 것으로 대신했다. 전봇대를 네 번이나 옮기는 민원에 시달리면서도 좌절하지 않았다. 아이들은 여자를 무시하는 풍토가 염려되어 공사장에 들르겠다고 했지만 경아는 씩씩하게 말했다.

"법이 왜 있는데? 양보할 건 하고 정도에 어긋나면 법대로 할 거야."

"사람들이 그러던데 가족이 없는 것처럼 보이면 무시한대요."

"자꾸 들락거리면 일하시는 분들 신경 쓰여. 말 한마디 실수하면 기분 나쁠 수 있잖아."

바닥공사가 끝나고 1층, 2층 건물이 올라가면서 집은 조금씩 윤곽이 드러났다. 창틀도 넣지 않은 틀 안의 풍경이 액자 같았다. 호수와 신록이 우거진, 움직이는 그림이었다.

경아는 억척스럽게 일을 했다. 무리한 일까지도 묵묵히 해냈다. 2주에 거쳐 핸디코트 작업을 하면서도 피곤하단 말 한마디하지 않았다. 쓰다 버린 가구도 그녀의 손길에서 재생되었다. 먼지를 털고 물로 씻고 사포질하고 오일을 바르면 새로운 물건이 되었다. 버려진 통나무에 사포질만 해도 자연스런 의자가 되었고, 30년 된 낡은 책상도 사포질과 조각으로 흠을 감추니 하나뿐인 작품이 되었다. 경비를 아끼려는 것이기도 했지만 훗날 아이들이 엄마를 추억할 때 엄마의 향기가 피어나는 집을 남기고 싶었다.

쓰레기에 불과한 것들이 그녀의 손끝에서 재생한 것에 칭송이 쏟아졌다. 집은 그녀의 바람대로 구석구석 그녀만의 색깔과 향기가 피어났다. 식탁 옆에는 응아팔리에서 찍은 민지와 지우의 사진을 걸었다. 식탁에 앉으면 민지가 옆에 있는 것처럼 말을 건네고 귀에 들려오지 않아도 민지가 해줄 것 같은 말을 상상하며 대꾸를 했다. 싱그럽게 웃으며 해변을 달리는 모녀의 사진은 오직 평온일 뿐 그 속에 감춰진 그날의 상처는 아무도 몰랐다.

　실내가 마무리되자 화단을 만들기 시작했다. 경아는 화단을 수틀이라 말했다. 그리고 그 수틀에 꽃과 돌로 수를 놓았다. 꽃을 준 지인들을 기억하며 정성스레 화단을 만들어갔다. 화단 작업은 그녀가 가장 즐기는 것이었지만 힘이 달리는 일도 있었다. 혼자 힘으로 들기 어려운 돌을 옮길 때는 눈물이 났다. 더는 못 하겠다며 포기하려던 찰나, 해결책이 떠오르면 눈물이 들어가고 미소가 그려졌다. 삽을 지렛대 삼아 무겁고 큰 돌을 옮겨 심을 때가 그랬다. 허리가 쑤시고 팔다리가 아파도 결과물을 보면 흐뭇했다. 완성되지 않은 화단에도 생명체가 붙어났다. 벌이 윙윙거리고 나비가 하늘거리고 새가 날아들었다.

　수년 동안 버려진 다랭이밭도 생명을 되찾았다. 낫과 톱으로 칡이나 가시덩굴을 제거하고, 괭이와 호미로 뿌리를 파다 보면 여기저기 멍이 들고, 살이 찢겨 피가 나고, 손톱과 발톱이 빠져나갔다. 억척스런 그녀의 기질에 사람들은 혀를 둘렀다.

　"아따 촌사람 다 되야 부렀네. 남자들도 못 할 일을 척척 해 부요잉!"

　"그랑께 말이여. 이런 일을 해본 양반은 아닌 것 같은디 대단하시구만이라."

"저런 양반이 도시에 살았으니 얼마나 근질근질했으까!"

그녀의 집은 거짓 없이 그녀의 손길을 닮아갔고 그녀의 건 강도 차츰 좋아졌다.

경아는 가을에 되어서야 아이들을 불렀다. 조금이라도 가꿔 진 모습을 보여주려고 3개월을 미뤄온 것이었다. 촘촘히 심은 잔디는 어느새 파랗게 자라 있었다. 아이들은 탄성을 지르며 차에서 내려와 호수가 가장 가까운 곳으로 몰려갔다.

"야~ 뷰가 끝내 준다. 이거 실화 맞아? 사진보다 훨씬 좋 네. 꼭 캐나다 집에 온 것 같아."

"정말 그러네. 엄마가 호수를 좋아하잖아."

"이런 땅을 어떻게 구하셨어요? 잠깐 내려와 사셨는데 어떻 게 이런 땅을 구하셨지? 어머님이 이 땅 사실 때 다른 사람들 은 뭐했을까?"

"임자는 따로 있다잖아. 진짜 좋은 건 뭔지 아니? 앞에 있는 다랭이밭이 내 땅이나 다름없다는 거야. 돈 안 들이고 내 땅처 럼 보이는 거, 그보다 좋은 조건이 어딨겠니. 저게 다 국유지 니까 호수까지 다 내 거야."

"그러네요. 어머님 안목은 대단하셔요."

"재벌 회장도 얻기 어려운 땅이네요. 부자라고 다 이런 땅 구할 수는 없잖아요."

"맞아요. 크고 좋은 집 가진 회장은 많지만 이런 호수까지 가진 회장이 어딨겠어."

"말 되네. 오늘부터 엄마를 회장님으로 불러야겠다."

"대~박! 이경아 회장님!"

모두 다 한바탕 웃었다.

"산과 호수가 어우러지니까 너무 아름답다. 왜 배산임수를 선호하는지 알겠어."

"그뿐 아녜요. 양쪽에서 물이 흐르면 좌청룡 우백호라고 해서 최상으로 친다던데 왼쪽에 수로가 있고, 오른쪽에 계곡이 있으니까 갖출 것 다 갖춘 최고의 명당이에요."

"풍수지리도 알고 보면 과학적 근거가 있어. 뒤에 산이 있고 앞에 물이 있으면 만사해결이잖아. 물 있고, 땔감 있고, 야채랑 생선만 있으면 굶어 죽을 일 없으니까."

"정말 그러네. 우리도 원시적으로 살아 볼까? 민지 아빠는 얼른 물고기 잡고 우리는 산으로 가자. 이경아 회장님을 위해서."

"박 서방, 빨리 낚시부터 해. 난 멧돼지 잡아 올게."

모두들 또 한바탕 웃었다. 아이들은 한참을 떠들어대더니 이른 저녁을 하겠다고 나섰다. 박 서방은 뒤뜰에 모아둔 참나무 장작을 가져와 화덕에 불을 붙이고 바비큐를 하기 시작했다. 그걸 본 지우가 농담을 했다.

"엄마네 아들이 해야지 왜 우리 남편이 해? 사위 사랑은 장모 사랑이라던데 부려 먹으면 안 되지."

"난 시킨 적 없다. 박 서방이 알아서 한 거지."

"나도 처가에서는 바비큐 당번이야. 박 서방 많이 먹게 놔둬."

"맞아요. 아가씨! 고기는 굽는 사람이 많이 먹는 거예요."

"그래, 박 서방이 젤 많이 먹어. 수고한 사람이 많이 먹어야
지."

웃음소리는 끊이지 않고 계속되었다. 고기 익는 냄새가 퍼
지면서 아이들 목소리도 커졌다.

"이렇게 멋진 풍경 속에서 바비큐까지 먹다니 이런 행운이
어딨어?"

"콘도든 펜션이든, 예약을 해야 되지만 우린 언제든 올 수
있는 곳이 있으니까 정말 행운이야."

"맞아. 별장도 없을 때는 갖고 싶지만 막상 소유하면 골치라
던데 우린 문서 없는 별장을 갖게 된 거야."

"맞아, 맞아, 문서 없는 별장. 그거 진짜 명언이다."

"엄마 말 좀 인용한 거야. 이모 집을 그렇게 말씀하셨어."

박 서방이 겉만 살짝 입힌 고기를 접시에 놓으면서 말했다.

"어머님! 이거 드세요. 업진살인데 육즙이 아주 좋아요."

"난 웰던이니까 먼저들 먹어."

선우가 가위로 고기를 썰고 있는데 지우가 수영에게 말했다.

"올케, 빨리 먹어요. 우린 집에서 일 많이 하니까 밖에서는

먹기만 하면 돼요."

"맞아, 맞아!"

지우와 수영은 신바람 나게 웃으면서 젓가락으로 고기를 집었다. 지우가 고기를 잘게 썰어 민지 접시에 놓아주면서 말했다.

"꼭꼭 씹어 먹어야 돼요."

"네, 엄마!"

그러고는 고기를 입에 넣자마자 어둔하게 말했다.

"음! 맛있다. 고맙습니다."

"우리 공주는 말도 예쁘게 잘하네. 잘 먹어 내 새끼!"

경아가 오져하며 말했다. 아이들은 좋아라고 고기를 먹으면서 한마디씩 했다.

"육즙이 정말 좋다. 무슨 살이라고? 업진살?"

"엉, 업진살. 향도 장난 아니다. 참나무 향이 솔~솔!"

"자, 두릅 좀 먹어 봐라. 삶아서 냉동했는데 향이 너무 좋아."

"와! 진짜 자연식이다."

아이들이 감탄을 쏟아내고 있는데 경아가 테이블에 사람 수대로 그릇을 놓으면서 말했다.

"이건 산나물 비빔밥이야! 그야말로 유기농. 공사할 때부터 짬짬이 뜯었어. 이를테면 지리산 산나물 비빔밥."

"건강한 맛이겠다."

경아는 다시 주방으로 들어가더니 또 다른 접시를 들고 오면서 말했다.

"이거랑 같이 먹으면 정말 맛있어."

"달래무침이에요? 야생 같은데 이렇게 가늘고 부드러운 게 가을에도 나와요?"

"가을인데 이렇게 좋더라. 올해 씨가 떨어져서 나왔나 봐."

"음~ 너무 맛있다. 엄마 달래무침은 정말 맛있어."

"엄마 손 안 죽었지? 뭐든 손만 대면 척척!"

"오! 우리 모친 자뻑!"

"그거 아니면 벌써 죽었지. 잘난 척할라고 지금까지 살았다."

모두들 또 깔깔거리며 웃었다.

다음 날 아침, 호수 아래쪽에서 물안개가 서서히 피어올랐다. 아이들은 그것만으로도 함성을 질렀는데 잠시 뒤엔 몰래 숨어 있다가 폭발한 것처럼 엄청난 물안개가 호수 전체에서 피어올랐다. 호수가 거대한 노천탕으로 변한 것에 아이들의 감탄도 극에 달했다.

"어머머머! 이럴 수가! 이런 걸 숨이 막힌다고 하나 봐."

"정말 장관이다. 이런 풍경 처음이야!"

"물안개가 손님대접을 너무 잘하네. 가을이라 물안개가 좋긴 했는데 이렇게 풍성한 건 처음이야."

"물안개가 여기로 안 오고 죄다 계곡으로 올라가네."

"신기하다. 그게 무슨 원리일까?"

"완전 신선놀음이야. 서울 가기 싫다."

10시가 넘어서면서 아이들은 각자의 취미대로 움직였다. 수영은 잔디밭 요가매트 위에서 요가를 하고, 박 서방은 호숫가에서 낚싯대에 지렁이를 끼고 있었다.

경아는 슬그머니 유리문을 열었다. 그리고 수영이 카메라를 의식하지 않도록 숨어서 동영상을 담기 시작했다. 렌즈 속 수영은 유연하고 아름다웠다. 경아 입가에 흐뭇한 미소가 피어올랐다.

'내가 원하는 삶은 이거였어. 귀한 내 새끼들이 오고 싶을 때 와서 쉬어가는 거.'

그때 박 서방이 함성을 질렀다.

"우아! 쏘가리다, 쏘가리! 엄청 큰 쏘가리야!"

"어디, 어디?"

"어머머머!"

요가를 하던 수영이 매트리스를 박차고 일어났다. 잔디밭에서 민지랑 술래잡기를 하던 지우도 동작을 멈췄다. 수영과 지우는 서로 눈을 맞추더니 깔깔거리며 호수를 향해 달려갔다. 그리고 호들갑을 떨었다.

"와! 이게 쏘가리예요?"

"맞아, 쏘가리!"

"쏘가리는 일급수에만 산다던데. 진짜 청정지역이네."

"알록달록한 게 무슨 군복 같아."

"하하하하, 걸프전 참전 용사 같아?"

민지는 식구들 소리에 아랑곳하지 않고 까르르, 까르르, 웃으면서 잔디밭을 뛰어다녔다. 경아가 지우를 대신하여 민지를 따라다녔다. 민지는 한참을 뛰어다니다 피곤했던지 경아에게 쪼르르 달려와 품에 안겼다. 경아가 민지를 쓰다듬으며 말했다.

"내 이쁜 내 사람! 할머니 집 오니까 좋아요?"

"네!"

"할머니, 얼마나 보고 싶었어요?"

"많~이."

민지가 초승달 같은 눈을 하고 팔을 활짝 펴면서 말했다.

"할머니가 그렇게 많이 보고 싶었어요? 할머니도 우리 공주가 너무 보고 싶었어요."

경아는 민지 볼에 입을 맞추고 다독다독하면서 아이들이 있는 호숫가를 바라보았다. 아이들은 또 다른 쏘가리가 올라온 것에 세상을 흔들며 탄성을 질러댔다. 경아는 빙그레 웃으면서 속으로 말했다.

'한 사람은 떠나갔어도 세 사람이 불어났구나! 아픔은 많았지만 밑진 장사는 아니었어! 풍족하지 않아도 자식들 보고 사는 게 행복이지 뭘 더 바라. 같이 애써서 키웠는데 오진 꼴은 나 혼자 다 보네. 나쁜 사람! 미안하단 말 한마디는 하고 떠났어야지.'

경아는 민지를 업고 아이들이 있는 곳으로 걸어갔다. 민지가 할머니 목을 끌어안고 바이킹처럼 발을 흔들어댔다. 민지의 맑은 웃음소리가 공중에서 흔들거리며 흩어졌다. 경아는 행복했다. 기적같이 살아나 건강하게 폴짝대는 민지와 살을 대고 걷는 것이 너무 좋았다. 죽음 같은 세월을 견뎌온 자신이 고맙기도 했다. 죽지 않고 살아남아서 엄마로, 할머니로 살아가고 있는 자신이 고마웠다. 돌고 돌아 이룬 작은 꿈이지만, 그렇더라도 그녀에겐 찬란한 빛깔로 다가온 아름다운 꿈이었다. 경아는 기도했다. 그녀가 세상을 떠난 뒤에도 땀방울이 화석이 되었을 이 집에 지금처럼 밝은 웃음소리가 넘쳐나기를 간절히 바랐다.

지리산골에도 겨울이 찾아들었다. 꽁꽁 얼어붙은 날이 지속되자 경아는 바깥일을 멈추고 소설에 매달렸다. 〈이것은 내 남편의 이야기다〉로 시작한 소설은 늘 같은 대목에서 손을 놓곤 했는데 근래에 진전을 보이고 있었다. 강산도 변한다는 10년 동안 한 줄도 보태지 못하고 발목이 잡힌 곳은 형민과 메일로 싸움질하는 대목이었다. 주고받은 메일만 옮겨놨을 뿐 메일

사이사이 묘사는 손도 대지 못한 채 10년을 흘려보낸 것이었다. 메일만 보면 당시 감정이 이입되어 가슴이 뜯어지는 통증과 분노에 바르르 떨며 글을 덮어야만 했었다. 그런데 최근 들어 마음이 편안해지면서 방향을 잡아가고 있었다.

형민이 세상을 떠난 지 1주년 된 날이었다. 그들 부부가 헤어진 지는 10년이 지나 있었다. 경아는 새벽을 털고 일어나 소설을 쓰다가 어제 먹다 남은 밤죽으로 아침을 때우고 있었다. 그때 암 투병 중인 친구가 전화를 걸어왔다. 전화는 5분쯤 이어졌고, 전화를 끊은 뒤 지우가 보낸 카톡을 읽었다. 아빠 보러 가는 길이라며 하얀 국화 여섯 송이가 담긴 사진을 보내왔다. 여섯 송이 국화는 지우와 선우 내외, 민지, 경아 몫이었다. 원래는 경아도 함께 참배할 예정이었으나 코로나 여파로 올라가지 못했다. 경아는 하얀 국화를 들여다보며 생각했다.

'1월에 태어나, 1월에 나를 떠났고, 1월에 아주 세상을 떠났구나!'

경아는 식탁으로 돌아와 먹다 둔 죽을 비우고 다시 소설을 쓰기 시작했다. 그렇게 세 시간이 흘러갔다. 앉은 자세가 불편하고 눈이 침침하여 자판에서 손을 떼고 시계를 봤다. 바늘 두 개가 정직하게 일직선으로 포개져 있었다. 경아는 새벽부터 여섯 시간 넘게 글을 썼다는 것을 의식하고 저장을 하기 위해 메일을 열었다. 그러고는 소스라치게 놀라 비명을 질렀다.

"엄마야!"

형민의 이름으로 발송된 메일을 발견한 것이었다. 1초쯤은 유령의 짓이 아닐까 생각했고, 1초쯤은 스팸메일이 아닐까 생각했다. 그러나 노출된 제목에서 형민이 보냈단 것을 알게 되었다.

'사랑하는 내 경아!'

오직 형민만이 해온 말이었고 문장이었다. 경아는 그걸 의식한 다음에야 눈앞의 글이 예약 전송 메일임을 알았다. 1년 전, 그가 세상을 떠난 날 쓴 것이었다. 경아는 떨리는 가슴을 한 손으로 부여잡고 메일을 클릭했다.

사랑하는 내 경아!

당신과 교제할 때 내 경아라고 불렀지요?

염치없지만 오늘은 내 경아로 부르겠습니다.

무례했다면 용서해 주세요.

당신이 메일을 읽으실 때쯤 저는 이미 재가 되었을 것입니다.

당신에게 진 빚은 꼭 갚아 드리고 싶었는데

그럴 수 없게 되어 원망스럽고 죄송합니다.

용서를 빈다는 말씀도, 잊어달라는 말씀도 할 수 없는,

도무지 용서받을 수 없는 죄인이 되고 말았지만

진심으로 사랑한 사람은 당신뿐이었습니다.
염치없게도 정말 염치없게도
하루하루 당신이 그리웠고 처절하게 외로웠습니다.
정성스러운 당신의 밥상도 그리웠습니다.
당신이 차려주신 밥 한 끼를 꼭 먹고 싶었고
언제까지나 당신을 내 경아로 부르고 싶었다면
못난 사람의 이기적인 욕심이겠죠?
그러나 지금도 사무치게 그리워서 눈물이 나고
메일이 아닌 실제 당신에게 내 경아라고 부르고 싶습니다.
내 경아 품에서 용서를 빌고 목 놓아 울고 싶습니다.

사랑하는 내 경아!
보고 싶습니다.
정말 보고 싶습니다.
그리고 부탁드립니다.
늙었다는 생각은 마시고
좋은 사람 만나 행복하게 살았으면 합니다.
자격 없는 사람이 저 세상에서
내 경아라고 부르지 않게 말입니다.
이율배반적인 말이지요?
내 경아로 부르고 싶다면서 이런 말 하는 거.

사랑하는 내 경아!

이제부터 당신을 가장 사랑하는 사람으로 살아가세요.

오직 당신을 가장 사랑하는 사람이 되어야 합니다.

내가 당신을 떠난 뒤 못 다한 사랑까지 대신해 주세요.

그리고 무엇보다 건강하게 살아야 합니다.

건강을 잃으면 다 잃는다고 하지요?

그걸 깨달은 지 얼마 되지 않았습니다.

당신의 헌신적인 은혜를 저버린 죗값이지요.

이제 그 죗값을 치르려 합니다.

부디 잘살아주세요.

사랑하는 내 경아! 안녕!

진정으로 사랑하는 내 경아에게 형민.

참, 아이들에게 따로 메일 보내지 못했습니다.

하나뿐인 손녀 민지에게도 제 대신 입 맞춰 주시고

내 경아만큼 사랑한다고 전해주시면 고맙겠습니다.

몇 줄 안 된 글이었지만 경아의 소설보다 더한 아픔이 녹아 있었다. 얼마나 큰 고통을 견디며 글을 썼을지, 가족을 그리는 마음이 얼마나 쓰리고 서글펐을지, 가족에게 돌아올 수 없는 처지가 얼마나 처량했을지, 경아는 알 것 같았다. 돌아오고 싶어서 처절하게 몸부림쳤던 그의 소망은 외면했지만 절절한 심정은 알 것 같았다.

경아는 눈물을 훔치고 글씨 하나하나 다시 읽어보았다. 몇 달 전, 그녀가 쓴 '나는 아직 당신을 용서하지 않았으니까 용서할 때까지 살아야 돼.' 그 메시지를 그가 읽고 또 읽었듯이 경아도 그의 글을 읽고 또 읽었다. 숨조차 쉬기 어려웠지만 수없이 읽고 멍하니 모니터를 바라봤다. 모니터가 자동으로 꺼지기를 두 번, 그리고 또 한 번 재생한 화면이 꺼지자 경아는 모니터에서 눈을 떼고 목 놓아 울었다.

얼마쯤 지났을까! 경아는 진저리를 치면서 까맣게 변한 모니터 화면을 바라보았다. 화면 속에서 젊은 날의 그가 '내 경아!' 하면서 팔을 벌리는 것 같았다. 경아는 오직 그뿐이었던 그때로 돌아가, 오직 그녀뿐이었던 그의 품에 안기고 싶었다. 오만 감정이 점철된 그와 그녀가 아닌, 순수했던 그때 그들로 돌아가고 싶었다. 경아는 몸을 기울여 모니터에 볼을 대고 노트북을 껴안았다.

"미안해! 미워서 죽을 것 같았는데 이제 용서할게! 우리 꼭 만나자. 만나서 화풀이는 하고 싶어. 뺨이라도 한 대 때려주고 싶다고. 내 맘이 꼭 그래. 그렇지만 내 귀한 자식들 아빠니까 용서하는 거야. 거기서는 행복한 거지? 행복했으면 좋겠다.

잘 지내. 안녕!"

울음소리가 다시 천정을 흔들었다. 자판에 눈물이 고이고
경아 눈두덩은 부풀어 올랐다. 그러나 아직도 그를 향한 사랑
은 아니었다.

〈끝〉

소망해온 꿈 하나 이룬 것도 삶을 지탱하는 힘

웅크렸던 나무가 움을 틔우고 복수초는 벌써 꽃을 피웠다. 축대에 늘어진 영춘화와 돌담 아래 수선화도 봉긋하다. 혹한을 견뎌온 꽃들과 조우하며 웃음 짓는 내게 말한다. 살아 있구나! 이제 살 만하구나!

한때는 해가 지지 않거나, 날이 새지 않거나, 삶의 종말이 오기만 기다렸었다. 자연의 이치가 보이지 않았고, 사람이 무서웠고, 좋을 일을 만나도 슬프기만 했었다. 그 고통의 무게를 어찌 다 측량하며 깊이 또한 다 드러낼 수 있으랴! 세상이 온통 암흑천지였음은 핍진한 면역력 때문만은 아니었을 것이다. 그러나 나는 견뎌냈고 스스로 위로한다.

⟨아픔은 꼭 나쁜 것만은 아니라고, 작품으로 변신한 아픔은 축복이라고, 내가 살아온 인생은 결코 밑진 장사가 아니었다고.⟩

이 짧은 문장 속에 지난 십 년의 삶이 응축되어 있다. 길들여지지 않은 빈곤과 고통의 터널 속에서 부족하나마 글로 토해내며 살아낸 것이다. 정말 용케도 살아냈다. 그렇게 살아내기까지 사랑하는 이들의 응원이 가장 큰 힘이 되었다.

소망해온 꿈 하나 이룬 것도 삶을 지탱하는 힘이 되었다. 지리산에 터를 닦고 살아온 3년은 일생을 통해 가장 많은 일을 한 날들이었다. 머슴처럼 일하고 밤으로는 글을 썼다. 굳이 주경야서(晝耕夜書)라고 말한다. 글을 쓰고 밭을 갈며 재미 하나 더했다. 호미질이 행복하다.

내 기억 창고엔 아직도 그가 득실거린다. 함께한 길이 길었음인지 발자국 하나하나 그의 것이 겹쳐 있다. 창고를 열면 그가 먼저 뛰쳐나온다. 그리고 당당하게 외친다. 그날 그 자리에

그가 있었노라고. 그러나 기억 속에 유희하는 그것들은 사랑
이 아니라 추억일 뿐이다.

어느새 봄이 언저리에 와 있다. 물안개 피어나는 그 봄을 어
서서서 맞고 싶다.

봄아!
망설이지 말거라.
더디 오지 말거라.
쭈뼛대지 말고 날아오너라.
나비처럼 훨훨 날아오너라.
봄이 오면,
정녕 나의 봄이 오면,
살가운 바람 등에 업고

가뿐히 창공을 날아 보련다.
담장 너머 다가온 봄을 맞으려
굽은 등 추스르고 가슴을 편다.

2022년 이른 봄

나의 마지막 페이지까지

당신과 함께하고 싶습니다.

I want to be with you till my last page.

— A. R. 애셔(A. R. Asher, 미국 소설가)

새우와 고래가 함께 숨 쉬는 바다

마침표 없는 편지

지은이 | 이춘해
펴낸이 | 황인원
펴낸곳 | 도서출판 창해

신고번호 | 제2019-000317호

초판 인쇄 | 2022년 05월 13일
초판 발행 | 2022년 05월 20일

우편번호 | 04037
주소 | 서울특별시 마포구 양화로 59, 601호(서교동)
전화 | (02)322-3333(代)
팩시밀리 | (02)333-5678
E-mail | dachawon@daum.net

ISBN 979-11-91215-46-5 (03810)

값 15,000원

Publishing Club Dachawon(多次元)
창해·다차원북스·나마스테